그렇게 모든 문장에서,
당신을 생각해오던 내가,
당신에게.

제법 안온한
날들

당신에게
건네는
60편의
사랑 이야기

제법 안온한
날들

남궁인
지음

문학동네

"너는 사랑에 빠진 사람이 아니야. 너는, 그냥 외로운 사람이야."

우리가 처음으로 입을 맞춘 뒤,

당신은 바로 입을 열어 이렇게 말했다.

차례

Part 1

Part 2

Part 1

나라에서 당신에게

저는 일본 나라에 와 있어요. 지금은 관광객들이나 찾는 시골 마을이지만, 1300년 전에는 도읍이었던 곳이에요. 저는 100년 전 지어진 가옥을 개조한 숙소에 묵고 있어요. 대문도 아주 작고, 바깥에서는 아주 좁아 보이는 곳이에요. 저는 정말 이곳에 많은 사람이 묵을 숙소가 있을까 의아했어요. 하지만 문턱을 넘어서자 두 개의 등롱을 안은 긴 정원과 이층 고택이 나오더군요.

옛날 이곳에선 집에 세금을 매길 때 큰길을 차지하는 너비로만 세금을 매겼대요. 길이라는 것은 얼마 나 있지 않고 면적을 재는 것도 어렵던 시절이라, 면보다는 선이 더 객관적이고 합리적이라 생각했던 모양이에요. 그래서 각자 집터를 잡을 때, 길가를 최소한으로 면하면서 꽁무니를 뒤로 길게 뺀 거죠. 덕분에 이 도시의 옛날 집은 모두 긴 직방형으로 생겼어요. 사람들이 길가에서 멀리 떨어져 생활하게 된 거죠. 저는 삐걱거리는 마루를 올라 2층 방의 여섯 개 침대 중 한 칸에 누워 있어요. 인적이 너무 멀어 지나치게 적요한, 다른 세상에 있는 침대 같아요. 저는 여기서, 이 도시 사람들이 각자 길에서 멀리 떨어진 침실에 조용히 누워 있는 모습을 상상해요. 여긴 이렇게 아주 고요한 도읍이었겠지요. 1300년 전 언젠가.

이 도시에선 사슴을 방목하고 있어요. 길거리 어디라도 눈빛이 검고 몸에 하얀 반점이 있는 사슴이 돌아다녀요. 오랜 전통이래요. 옛날에는 사슴을 신이 타고 온 신성한 동물이라고 여겨, 실수로 사슴을 죽인 사람을 잡아서 고문하거나 목을 자르기도 했대요. 짐승의 죽음을 사람의 죽음으로 갚던 시절이 있었던 거예요. 사슴만은 평화로웠겠지요. 그러다 19세기에 농작물을 망친다는 이유로 사람들이 사슴을 서른 마리만 남기고 몰살시켰어요. 사람들이 다시 보호해서 그 수가 늘어났지만, 2차대전 이후 굶주린 사람들이 사슴을 잡아먹어 또 사슴은 몇 마리만 남고 절멸할 위기를 겪었대요. 그 시간을 지나 다시 늘어난 사슴들이, 제가 보고 있는 사슴들이에요. 이들의 목숨이 결국 사람 손에 달려왔던 것이죠.

저는 이 말없는 사슴들이 좋아요. 눈빛이 선하고, 다리가 가늘고, 부드러운 털을 가진 동물이에요. 사슴들은 풀밭에 조용히 앉아 있기도, 서 있기도, 때로는 높은 소리로 울기도 하며, 사람들이 먹이를 주려 하면 가만히 걸어서 다가와요. 공원에 앉아 글을 쓸 때 사용하는 제 노트북도 무슨 맛인지 궁금한 것처럼 물었다 뱉어보기도 하고요. 저는 돈을 내고 과자를 사서 때때로 눈빛이 순하고 어린 사슴을 보면 그들을 먹이곤 해요. 사슴은 고개를 흔들고 과자를 받아먹으며 사람의 손길을 피하지 않아요.

종종 저는 저와 같이 사슴을 바라보고 쓰다듬는 조그만 아이들을 보아요. 사슴과 아이들이 서로 교환하는 눈빛이 너무 선해요. 그래서 저는 아이들에게 다가가서 손짓하며 그들 손에 과자를 쥐여주어요. 아이들은 제가 주는 과자를 들고 사슴을 호기심 반 두려움 반으로 바라보다가 사슴이 과자를 빼앗아 먹으면 부모의 품에 안겨요. 그렇게 아이들이 사슴을 먹이며 사슴과 아이들은 같이 커나갔던 것이겠죠. 그런 생각으로 바라보면, 아이들이 조마조마해하며 과자를 들고 있는 장면이 아름다워 견딜 수가 없어요.

이 도시의 늦가을에는 다섯시쯤 해가 져요. 그때를 맞추어 모든 절과 상점과 가게가 문을 닫아요. 그러면 온 도시는 삽시간에 어두워져요. 언덕은 더 높아지고, 물빛은 갑자기 사나워져요. 사슴은 때맞춰 소리 높여 울기 시작하고요. 그렇게 서로를 확인하고 나면 눈빛이 선한 사슴은 이제 잠드는 것이겠죠. 그런 사슴이 지금 여기 1100마리 있어요. 하지만 때로는 잠들지 않는 사슴이 있어서, 또 분간할 수 없는 어둠이 이 도시에 내려앉아서, 교통사고로 한 해에 100마리의 사슴이 죽는대요.

100마리. 사슴을 한 해에 100마리씩 잃으면 얼마 지나지 않아 1100마리의 사슴은 전부 죽을 거예요. 그래서 도시에선 다른 곳에서 번식시킨 사슴 100마리를 매해 여름 풀어놓는대요. 배곯지 않고, 관광객도 유치할 만큼 적당한 개체수를 유지하기 위해서요. 새로 풀려난 사슴들은 천성대로 평화롭게 공존하고 성장하며 살아요. 그런데 수명이 15년인 사슴들이 이곳에서 천수를 다할 수 있을까요. 확률상 불가능해요. 이들은 결국 제 목숨을 다 살지 못하고 차에 치여 죽게 돼요. 그렇다면, 어떤 사슴은 이곳을 죽음이 예견된 큰 감옥처럼 느끼고 있을까요. 또 어떤 사슴은 어느 어두운 밤 검고 빠른 물체에 치여 죽을 운명을 생각할까요. 사람들은 욕심껏 이들을 풀어놓고, 그 사이로 운전을 해서 요리조리 피하다가 결국은 이들을 치어 죽이는, 그런 게임을 하고 있는 걸까요. 하지만 이들의 검은 눈동자에는 우울함이라고는 없어요. 선량하게 풀을 씹어 먹고 오수나 바람을 즐기며 천성대로 사는 짐승이에요. 저는 과자를 사서 이들을 먹여요. 사슴이 가만히 앉아 있는 것도, 서 있는 것도, 어슬렁거리는 것도 보면서, 슬픔을 생각하지 않으나 왠지 슬픔이 깃든 듯한 그들의 검은 눈동자도 보면서.

이 도시에는 사슴을 방목하는 넓은 산이 있고, 그리 크지 않은 호수가 있고, 많은 등롱이 서 있고, 거리마다 절과 불상이 있어요. 좁은 길에서도 민가와 분간되지 않는 절을 자주 만날 수 있어요. 저는 그렇게 기도할 수 있는 장소와 마주할 때마다 걸음을 멈추고 고개를 숙이고 두 손을 모아요. 제가 정淨하고 차분한 마음을 가질 수 있기를 기도하고, 때로는 떠나보내야만 할 생명의 존귀함을 위해 기도하고, 또, 맑고 강한 당신을 위해 기도해요. 그리고 고개를 들면 제 마음이 묵직해져 있어요. 소원하는 것은 그 자체만으로도 저를 달라지게 해요. 제가 원하고 바라는 것이 남아 있다면, 그것이 꼭 이루어지지 않는다 해도 삶은 어떻게든 이어질 것 같아서요.

국립박물관에 갔어요. 나라가 도읍이었던 8세기부터 왕명으로 지켜온 보물 창고를 개방해서 전시하고 있었어요. 저는 1300년간 보존된 이런 물건들을 볼 때마다 조상이, 먼 옛날 살았을 그들이, 의아할 만큼 가깝게 느껴져요. 그들은 그냥 우리와 같은 사람 같거든요. 무엇인가를 두려워하고, 흔하게 볼 수 있는 동물을 본뜬 물건을 만들거나 그림을 그리고, 다른 사람보다 어떻게 더 예쁜 무늬를 새길 수 있을까 고민하고, 날줄과 씨줄을 엮어서 천을 짜고, 미지의 세상에서 온 물건들을 귀하게 여겨 보관하고, 가장 좋은 물건을 신께 바치거나 나라를 통치하는 사람에게 바치고, 후세에 전하고 싶은 것을 보물로 간직하며 살았던 것이죠. 그리고 오랜 시간이 지나, 없어질 것들은 없어지고, 잃어버릴 것들은 잃어버리고, 귀하게 보관했거나 운 좋게 남은 것들만 시간 속에 살아남아 우리가 볼 수 있는 거겠죠. 어떤 것은 너무 흔해서 남아 있지 않고, 또 어떤 것은 너무 귀해서 남아 있지 않고, 800년 전 누군가가 500년 전의 물건을 잃어버리곤 모조품을 만들고, 그것이 또 오래되어 골동품이 되고 유물이 되고, 그렇게 이곳의 물건들은 1300년 전 평범한 사람들의 손에서 손으로, 우연과 필연이 섞여 우리에게 오게 된 것이죠.

그래서 박물관은 저로 하여금 이 공간에도 있었을 옛사람들의 평범한 삶과, 그 사람들이 부대껴서 만든 우연과 필연과 그것이 나에게로 전해진 인연을 생각하게 해요.

저는 또, 역사와 고고학이라는 학문에 대해 생각해요. 옛사람들은 아무도 남아 있지 않고, 그들이 우연처럼 남긴 것들만 남아 있어요. 그러면 우리는 누구도 설명해주지 않는 이 물건들을 가지고 그들이 어떻게 살았을지 생각하는 거죠. 중요한 행사나 세금 내역을 기록하고, 종이가 귀해 이미 사용한 문서로 다른 문서를 만들고, 있던 것보다 더 편리한 물건을 만들고, 윗사람을 원망하는 장면을 떠올려보는 것이죠. 그러며 간혹 남기고 기록하는 일을 했던 예술가들이나 필경사들이 마치 자신의 흔적을 1000년 후의 사람들에게 보여주려던 것처럼 구석에 표시해놓은 글자를 돋보기로 관찰하는 것. 그들이 세상을 살아가고 또 견디며 나눴을 대화를 상상하는 것이 역사와 고고학일까요? 그래서 저는 고고학을 생각할 때마다 마음이 아릿해져요. 그때도 그 시절에도 누군가는 가슴 타는 사랑을 하고야 말았을 것 같으니까요. 그때도 마음은 지금처럼 아팠겠죠. 때로는 행복하기도 했겠지요. 그 사랑이라는 감정이 그때로부터 1300년을 지난 후, 누군가에게 전해지는 생각도 해보아요. 모퉁이에 새겨져 있는 오래된 이름처럼, 귀하게 여겨온 것은 그렇게 귀하게 남는 거겠죠. 누군가는 그 감정을 귀하게 여겼으니, 지금 제가 그 감정을 상상만으로 받아들여도 눈물짓게 되는 거겠죠.

이 도읍에는 나라 8경이라는 것이 남아 있어요. 8경이라는 것은 여덟 개의 대표적인 경치겠지요. 하지만 지금은 시간이 지나 다섯 개밖에 남아 있지 않아요. 그렇다고 사람들이 굳이 5경이라고 바꾸어 부르지는 않아요. 아직도 여기에는 나라 8경이 있어요. 조상이 여덟 개의 아름다운 것이 있다고 믿었고, 그것이 입에서 입으로, 자손에서 자손으로 내려와 지금도 여덟 개의 아름다운 것이 있다고 믿는 거예요. 그러니 남은 3경은 존재하지 않아도 아름다운 것이 되었어요. 아름다움이란, 세상에 있지 않고 우리가 영영 보지 못할 것이어도, 굳건히 믿는 사람만 있다면 성립하는 일이겠죠. 기적처럼. 여긴 그렇게 단단하고 쩡한 것이 많이 남은 도시예요.

해질 무렵에는 근교에 있는 궁궐터에 갔어요. 이미 전란으로 불타 기둥조차 사라지고, 주춧돌과 기둥뿌리와 제단만 남아 있는 터였어요. 지금 사람들은 주위에 주택과 공장을 짓고 부지를 가로질러 철로를 깔아놓곤, 흔들리는 기차에서 잡초가 그대로 자란 넓은 터를 바라보며 살아가고 있어요. 그러니 그곳은 어떤 의미만 남은, 버려진 황폐한 부지에 불과했어요. 저는 이곳이 유적이 맞을까 의아해하면서 찾아갔어요. 한 아주머니가 계단에 앉아 노을을 보고 있었고, 할아버지 두 명이 사진기를 들고 와서 해가 지는 저편을 찍고 있었어요. 저는 그 고즈넉한 곳에서 뿌리만 남은 기둥에 앉아 노을을 보았어요. 이것들은 처음부터 없어질 운명이었을까요, 아니면 그냥 예기치 못한 불운이 닥친 걸까요. 세상에 온전히 남아 있는 것은 얼마나 되고, 또 이렇게 흔적만 남아 있는 것은 얼마나 될까요. 그래도 이 공간은 1300년 전 많은 사람들이 기억하고, 많은 사람들이 의미가 있다고 믿었던 곳이에요. 그래서 이 터만은 그간 사람들이 손대지 않았어요. 그리고 주변 사람들은 이곳을 기억하고 있었죠. 많은 사람들이 소중하다고 여기던 존재는 쉽게 없어지지 않는 건가봐요. 노을이 지는 궁궐터가 유난히 아름다웠어요.

그리고 저는 돌아와 쌀쌀한 공기를 마시며 삐걱거리는 침대에 누워 있어요. 지금 제게 허락된 공간은 이 비좁은 침대 한 칸밖에 없어요. 하지만 이곳은 제가 지닌 감정이 있는 공간이고, 제가 믿고 있는 공간이고, 제가 머물다 가는 공간이고, 제가 무엇인가를 기록해서 남긴 공간이고, 오늘도 한 마리쯤 사고로 죽을 눈망울이 선한 사슴을 떠올리는 공간이에요. 이 감정은 미약하기에 언젠가는 소멸하겠지만 그래도 기억해두고 싶어서, 또 평범하게 사랑했던 옛사람들과 눈에 보이지 않아도 아름다움을 믿는 지금 사람들이 떠올라, 저는 당신에게 편지를 써요.

저는 세상 모든 사람들이 저를 미워하고 있다고 믿으며 자랐어요. 제가 조금이라도 지치고 약해지면, 누군가 나를 헐뜯고 비웃게 될 것이라고. 그래서 저는 그만큼 제 자신을 완고하게 대하며 살았어요. 하지만 제가 이 도시를 떠돌며 소원했던 것처럼 당신에 대한 마음이 계속 남아 당신을 그리워하게 되어, 당신이 나를 향해 돌팔매질하는 사람들 사이에서 각진 돌이 아닌 뭉툭하고 부드러운 손을 내밀어주는 상상을 해요. 그걸로 저는 삶을 이어가야겠죠. 이 세계의 변방에 있는 침대 한구석에서 당신의 둥근 손가락 같은 것을 그리워하면서.

아, 1300년간 영속할 것은 무엇이 있을까요. 저는 소멸하겠지만 제가 남긴 감정이 1300년 후 어느 변방의 침대에 가닿는 생각을 해요. 또 역사와 고고학과 눈이 큰 사슴과 도읍과 궁궐과 염원과 아름다움의 기적에 대해서. 그리고 당신으로부터 탄생한 소원에 대해서. 당장이라도 사라져버릴 것 같은 내가, 사라지지 않을 견고한 모든 것을 떠올리며. 당신에게.

평생의 행운

　혼잡한 주말 낮, 한 환자가 응급실 한복판을 지나 한적한 구석으로 들어왔다. 노쇠한 할머니였다. 오래 투병한 듯 마른 얼굴이었고 전신이 부어 있었다. 의식도 온전하지 않아 보였다. 할머니를 흔들어보았으나 반응이 없었다. 뇌병변이 오래되었음을 전신 상태로 추측할 수 있었다. 곁에는 키가 작고 마른 노쇠한 할아버지 혼자였다. 할머니와 할아버지는 비슷한 시간을 함께 늙어간 것 같았다. 주름진 얼굴의 할아버지에게 물었다.

　"이 상태가 오래되었던 것 같은데, 어떻게 오셨나요?"

　"여기 입원도 했었고, 여기서 치료받아요. 뇌출혈이었어요. 이제 해줄 것이 없다고 하길래 퇴원해서 집에 있었어요. 그런데 이 사람이 열이 나더라고요. 콧줄로 밥을 먹는데 콧줄도 빠졌고, 컨디션이 나빠요. 이래저래 걱정돼서 왔어요."

　"다른 보호자는 안 계시나요?"

　"아들은 옛날에 사고로 가고 없어요. 같이 사는 사람은 나 혼자요."

　나는 병원 기록을 조회했다. 80대. 고혈압, 당뇨, 간경화가 있었다. 2년 전 갑작스레 뇌출혈로 의식을 잃은 채 집에서 와병하는 전형적인 노령의 환자였다. 환자에게선 누워서만 생활하는 사람 특유의 냄새가 났다. 평소 상태가 그리 좋았을 것 같지는 않았지만, 지금이 많이 악화된 것처럼 보이지도 않았다. 당장 처치가 필요한 일은 없었다. 나는 감염에 대한 전반적인 검사를 지시하고 다른 일로 돌아갔다. 주말 응급실은 여전히 혼잡했다.

검사는 조용히 진행됐다. 두 시간쯤 지나자 약간의 폐렴이 감지되는 엑스레이와, 요로 감염으로 보이는 소변검사 결과를 확인할 수 있었다. 오래 자리보전한 사람에게 생길 수 있는 흔한 일이었다. 열도 심하지 않았다. 항생제를 유지하면서 전반적인 영양 보충을 하고 요양병원에서 치료받으면 될 것 같았다. 호출한 신경외과도 비슷한 의견을 전했다. 뇌출혈과 관련된 부분은 그다지 달라진 게 없다고 했다. 나는 할아버지를 불렀다.

"꼭 여기 입원하실 필요는 없다고 하네요. 당분간 나아질 때까지 요양병원에서 항생제를 맞으시면 될 것 같아요. 많이 해보셨죠?"

할아버지는 어눌하고 느린 어투로 대답했다.

"한두 번 있는 일도 아니에요. 이 사람이 요즘 더 자주 아파요. 나도 늙었는데, 이 사람도 많이 늙었으니까요."

"워낙에 콧줄로 식사를 하시죠?"

"오래됐죠. 이 사람이 컨디션이 안 좋아선지 뒤척이다가 마침 콧줄이 빠졌어요. 이걸 넣어야 밥을 먹는데, 굶은 지 좀 되었어요. 배가 고플 거요."

"네, 콧줄도 넣어드리고 요양병원을 알아봐드릴 테니, 치료 잘 받으세요. 그다지 나쁘지 않습니다."

할아버지는 곁에서 오랫동안 할머니를 간호한 것 같았다. 자식이 없다면 의지할 곳도 특별히 없었을 것이다. 있다고 하더라도 이런 경우는 대개 아프지 않은 배우자가 환자를 끝까지 돌본다. 나는 콧줄 삽입과 동시에 환자의 퇴원 지시를 냈다. 콧줄은 위로 직접 연결되어 할머니의 식사를 책임질 것이다. 곧 삽입이 준비되었다. 나는 여전히 혼잡한 응급실의 다른 환자에게로 돌아갔다.

한참 뒤 한편에서 갑자기 급박한 소리가 들렸다. 남녀의 비명이 섞인 단말마의 불길한 음성. 늘 혼곤하고 시끄러운 응급실이지만, 이처럼 날카로운 소리는 특별히 인간의 신경을 긁는다. 나는 반사적으로 뛰어갔다. 방금 보았던 할머니가 피를 뿜고 있었다. 할머니의 코와 입으로 피가 쏟아져나왔다. 할머니는 손발을 움직이지 못했지만, 피가 뿜어져나올 때마다 몸을 꿀렁거렸다.

"이게 무슨 일이야?"

"갑자기…… 할머니가 피를……"

콧줄을 넣다가 갑자기 생긴 일이라고 했다. 아까 읽었던 차트가 머릿속에서 펼쳐졌다. 간경화로 인한 출혈로, 내시경으로 지혈한 기록이 있었다. 정맥류 파열이다. 콧줄을 넣다가 정맥류가 터졌구나……

"할머니 중환 구역으로 옮겨요. 지금 당장."

할머니는 지금부터 더이상 평온한 환자가 아니었다. 의료진이 달려들어 할머니를 중환자 구역으로 옮겼다. 굴러가는 침대 위에서도 할머니는 꿀렁거리면서 피를 뿜었다. 할아버지는 당황한 표정으로 침대를 따라 의료진을 쫓아왔다. 여기서부턴 들어오면 안 된다는 말에, 할아버지는 말없이 구역 바깥에서 서성대고 있었다. 나는 환자 앞에 섰다. 영양 결핍으로 인한 빈혈이 있었다. 간경화로 인한 정맥류 출혈이라면 지혈이 쉽지 않다. 응고인자의 이상으로 피는 걷잡을 수 없이 더 날 것이다. 멈출 수 없다면 곧 죽는 것이다. "여기 중심정맥관이랑 농축적혈구, 신선냉동혈장 신청하겠어요. 빨리."

환자에게 소독된 포가 덮였다. 중심정맥관은 급박하고 신속하게 들어갔다. 쏟아붓는 수액만큼 할머니는 피를 쏟아내고 있었다. 퇴원을 지시한 신경외과의는 연락을 받고 당황해서 다시 응급실로 내려왔다. "막을 수 있는 방법을 다 찾아요." 호출을 받은 내과의는 환자 상태를 파악하고 빠른 결론을 냈다. 내시경이 어려울 것 같다고 했다. 이미 이전 정맥류 결찰(지혈 목적으로 혈관을 막는 일)이 어려웠다는 기록이 있고, 콧줄을 오래 껴서 위벽도 더 약해졌을 것이며, 지금 저 정도면 시야 확보조차 어려울 것 같다고 했다. 맞는 말이었다. 수술이 필요할 것 같았다. 배를 열어서 출혈을 막아야 할 것 같았다.

외과에 연락했다. 방금 콧줄을 끼우던 인턴이 주사기를 들고 걱정스러운 표정으로 서성대고 있었다.

"선생님 저……"

"괜찮다. 눈으로 봐서 확인할 수 있는 게 아니야. 누가 했어도 마찬가지였을 거다. 이제 이건 네 일을 넘었다. 너는 네 일을 해라." 그동안 환자의 혈압은 급강하고, 빈혈 수치도 계속 떨어졌다. 잔뜩 매달린 피가 혈관으로 쏟아져 시간을 벌고 있었다. 외과는 기록과 환자 상태를 확인하고 즉시 수술을 결정했다. 출혈 부위를 절제해보겠다고 했다. "시간 싸움이네요." 수술방에 연락하자 마취과까지 내려왔다. 중환 구역은 많은 사람들로 아우성이었다. 그 시간 동안 할머니는 여전히 피를 뿜었고, 이제는 항문으로도 변과 섞인 피가 쏟아졌다. 죽음의 냄새가 났다. 나는 할아버지에게 말했다.

"위장관 출혈입니다. 수술해야 합니다. 하지만 상태가 좋지 않아 돌아가실 확률이 높습니다. 콧줄을 끼우지 않을 수가 없어 어쩔 수 없었습니다. 어떻게든 해보겠습니다."

"이제, 저 사람이 지금 죽는 건가요? 그게 지금인가요?"

"솔직히 그럴 확률이 높습니다. 모든 게 악화된 상태였습니다. 최선을 다하겠습니다."

할아버지는 당황스러움에 어쩔 줄 몰라했다. 죽음이 가까워온 할머니였지만, 분명 여기서 갑작스럽게 나빠졌다. 약간이라도 준비가 된 죽음과, 그렇지 않은 죽음은 달랐다. 게다가 코와 입으로 피를 쏟아내는 모습의 죽음이라면 더더욱 그럴 것이다.

"아…… 혼자 간병하며 저 사람만 보고 살았어요. 부디 잘 부탁드립니다……"

동의서는 빠르게 작성되었다. 준비가 다 되었는지 수술방에서 호출이 왔다. 급박하게 앰부백을 짜면서, 많은 의료진은 할머니를 따라 수술방으로 향했다. 개복해서 출혈 부위를 붙들어야 했다. 의료진은 수술방에 집결했다. 관계된 당직 의사는 다 모인 셈이었다. 나는 뿜어져나오는 피를 보며 집도의에게 물었다.

"할머니가, 개복을 견딜 수 있을까요?"

"힘들어 보입니다. 하여간 이게 최선입니다. 초반에 막으면 버틸 수도 있을 겁니다."

할머니는 수술대 위로 옮겨졌다. 그 순간까지도 할머니의 코와 입에서는 핏물이 비집고 나오고 있었다. 마취 주사를 놓고 수술을 시작하려는 순간, 할머니의 심박이 떨어졌다. 이미 엄청나게 많은 피와 수액이 들어가고 있어서 더이상 할 처치가 없었다. 곧 심박은 사라졌다. 돌아오지 않는 한 수술은 불가능했다. 하얀 가운 한 명이 할머니 위에 올라앉아 가슴팍을 눌러댔다. 나머지 의료진은 할머니를 두고 동그랗게 모여들었다.

뇌출혈로 2년간 투병. 엄청난 위장관 출혈. 간경화. 사람들은 모두 같은 생각을 했다. 할머니는 죽을 것이다. 살아남더라도 죽음과 비슷한 결과로 끝날 것이다. 그러면 책임은 누구의 것인가. 콧줄을 넣은 사람, 콧줄 삽입을 지시한 사람, 출혈을 발견하고 대처한 사람, 수술을 결정하고 준비한 사람, 기타 의사 결정에 관여한 사람 등 누구에게 얼마만큼의 책임이 있는가. 하지만 80대 노인이고, 건강은 좋지 않았다. 보호자가 묻지 않으면 이 책임은 따질 필요가 없다. 처치가 불가항력적이기도 했다. 우리는 심폐소생술을 유지하며 마음속에 돌덩이처럼 매달린 무엇인가를 떠올렸고, 할머니는 가슴이 눌릴 때마다 입과 코에서 피를 뿜었다. 짜고 있는 앰부백으로도 피가 역류했다. 그렇게 환자의 피는 우리 모두의 옷가지를 적셨고, 환자의 얼굴과 가슴팍과 손끝은 피칠갑이 되었다. 그리고 시간의 한계가 찾아왔다. 환자의 심전도는 영영 돌아오지 않았다. 할머니는 떠나버렸다. 나는 수술방 밖으로 나가 할아버지에게 이 사실을 전했다.

"돌아가셨습니다. 불가능했습니다."

할아버지는 아직 보지 못한 일이라 믿기지도 않는지 그냥 그 자리에 우두커니 서 있었다.

이 죽음을 두고 우리는 우리의 책임을 헤아렸다. 오랜 투병을 거친 할머니였지만, 급박한 처치가 이뤄지던 수술대에서 유명을 달리했다. 그 위는 책임이 발생하는 곳이다. 그러면 죽음의 원인은 우리에게 있는가, 아니면 환자에게 있는가. 생명이 다하면 죽음이 찾아온다는 사실이 근본적 원인이라면, 이 죽음은 죽음 그대로 끝나야 하고, 최선을 다한 우리에겐 면죄부가 주어지는 것인가. 혹여 할아버지가 우리에게 책임을 묻는다면 우리는 이 죽음의 원인을 규명하며 책임을 나누어야 하는가. 복잡한 생각으로 현장을 정리하려던 우리에게 할아버지가 조심스럽게 다가왔다. 애절한 표정이었다.

"환자에게 할말이 있어요. 잠깐만 시간을 주세요. 지금 말해야 됩니다."

"이미 돌아가셨어요. 현장이 안 좋습니다. 저희가 정리하고 말씀드릴게요."

"괜찮아요. 부탁입니다. 지금 봐야 해요. 지금 환자를 보게 해주세요."

우리는 솔직히 할아버지가 무슨 말을 할까 조금 걱정스러웠다. 우리가 놓친 무엇인가를 확인할 것도 같았다. 하지만 할아버지를 막을 논리가 없었다.

"그러면 잠깐 보시죠."

할아버지는 가운과 수술복을 입은 사람들 사이로 혼자 걸어들어왔다. 할머니는 수액과 핏더미를 주렁주렁 달고 축 처져 있었다. 할아버지는 한 손으로 할머니의 손을 붙들고, 다른 손으로 피투성이가 된 뻣뻣한 얼굴을 쓰다듬었다. 할아버지의 두 손바닥도 곧 피범벅이 되었다. 할아버지는 주름으로 깊게 팬 얼굴에 더욱 커다란 슬픔을 얹기 시작했다. 미간이 쪼그라들고, 얼굴에는 더 깊은 골이 패었다. 이윽고 할아버지는 시신을 붙들고 울먹이는 목소리로 말했다.

"자네는 나와 함께 오래 살았네. 감사했네. 여보. 당신. 나
는 행복했네. 많은 사람 중에 자네와 평생을 함께해서, 나는 행
운아였네. 그 행운이 60년도 넘었네. 그래서 나는 너무 운이 좋
았네. 그렇게 생각하지 않은 순간이 없다네. 이제 자네가 떠났
으니 나는 오래 살지 못할 것일세. 대신 나는 자네가 기다리고
있을 거라는 걸 안다네. 먼저 가 있게. 좋은 곳이라고 들었네.
여기보다 평온한 곳이라고 들었네. 어떻게 우리가 같이 한날한
시에 가겠나. 대신 자네가 먼저 간 것일세."

죄책감으로 시신을 정리하려던 의료진은 전부 멍청하게
서 있었다. 이제 그들의 몸과 손은 가라앉아 다만 할아버지의
넋두리를 들으며 몸을 떨고 있었다. 할아버지는 주변을 아랑곳
하지 않고 말을 이었다.

"가서 기다리고 있게. 먼저 편히 가게나. 곧 가겠네. 곧 따
라가겠네. 자네. 지금 모습이 조금 수척할지라도, 자네의 영혼
은 편안해졌음을 믿는다네. 자네가 이런 모습이라고, 나는 자네
가 고통스러웠을 것이라고 생각하지 않는다네. 그래서 나도 괜
찮네. 예기치 못했지만, 괜찮네. 곧 보세. 좋은 곳에서. 헤어지
지 않을 것일세. 이젠 헤어지지 않겠네. 사랑하네. 사랑하는 사
람이 있으니 잘 가게. 잘 가게나……"

숱한 죽음을 목격했던 강철 같은 사내들은 눈물을 감추기
위해 고개를 돌렸다. 할아버지는 이제 큰 소리로 통곡하기 시작

했다. 그곳에서 소리를 내는 사람은 할아버지 한 사람뿐이었다. "할아버지를 그대로 둡시다." 사내들은 피범벅인 손을 흐르는 물에 씻고는 고개를 숙인 채 하나둘씩 자리를 피했다. 할아버지는 무릎을 꿇은 채 그 손과 얼굴을 붙들고 오래 그렇게 있었다. "이제 부디 잘 가시게…… 편히 잘 가게……"

할머니는 장례식장으로 향했다. 그와 관련해 더이상 어떤 일도 우리에겐 일어나지 않았다.

나는 다른 죽음을 막아내며 밤을 새웠고, 피로에 전 몸으로 집을 향해 운전했다. 머릿속이 혼곤해서 어머니에게 전화를 걸었다. 안부를 묻고 나는 간밤의 이야기를 꺼냈다. 말하는데 자꾸 울음이 배어나왔다. "어제 한 할머니가 처치중에 돌아가셨어요. 솔직히 할아버지가 책임을 묻거나, 아니면 이미 돌아가실 분이었으니까 그냥 죽음을 받아들일 줄 알았어요. 그런데 이제 자기는 못 산다고, 더이상 못 살겠다고, 그리고 사랑한다고 했어요. 잘 가 있으라고, 당신뿐이었다고, 이미 피범벅인 돌아가신 할머니를 붙들고 계속…… 그런데 잘잘못이나 따지던 우리는…… 그 자리에서……"

나는 말을 잇기 어려웠다. 어머니는 한참 뒤에 대답했다.

"인아. 사랑은 침범할 수 없는 것이다. 거의 인생만큼 긴 시간이 지나면 사랑은 영속할 수밖에 없다. 그렇다면 그 사람을 떼어놓고 자신을 생각할 수가 없게 된단다. 그처럼 치명적인 게 없다. 인아. 할아버지는 오래 못 살겠다. 그건 어쩔 수가 없다. 사람은 죽는 거다. 그리고 사랑하는 사람은 사랑하는 사람으로 남는 거다. 할아버지는 계속 사랑하는 사람일 거다. 잘했다, 인아. 수고했다."

나는 답하지 못하고 있었다. 울먹이는 차창 밖으로 비가 부슬거리는 한강변이 보였다. 출근길의 도로는 꽉 막혀 움직이지 않았다. 차들은 슬픔 없이 멈춰 서 있었다. 그리고 이제부터 내 차는 도저히 조금도, 한 치도, 나아갈 것 같지 않았다.

어떤 집중

지인 중 10년 가까운 연애 끝에 결혼한 커플이 있다. 나는 그 긴 기간을 곁에서 지켜보고 들어 그 과정을 안다. 그들은 대체로 다정했지만 많은 시간은 순탄치 않았고, 긴 기간 동안 헤어져 지내거나 때로는 관계가 소멸할 것처럼 다투기도 했다. 당연히 각자 다른 사람을 만난 적도 있었다. 그럼에도 그때마다 그들은 결국 정해놓은 자리였던 것처럼 서로에게 돌아갔고, 10년의 우여곡절 끝에 오랜 연애의 종지부를 찍고 부부가 되었다.

사람들이 모인 자리에서 이 커플은 결혼까지 우여곡절이 많았음을 전혀 숨기지 않는다. 하지만 지금 사랑하고 있음도 숨기지 않는다. 그리고 어쩌다 결혼까지 하게 되었냐고 누군가 물으면 꼭 이 이야기를 들려준다. 뮤지컬 극단의 무용수로 활동하고 있는 누나의 이야기다.

"그건 한순간이었어. 인생의 결심이란 것은 단 한순간이더라고. 나는 무대 위에서 춤을 추고 있었고, 이 남자는 객석에 있었어."

나는 한 번도 그녀의 공연을 본 적이 없지만, 그녀가 좀처럼 주인공으로 무대에 서는 일이 없다는 걸 안다. 그녀는 대부분 포스터에 이름이 실리지 않는 단역 무용수로 출연한다.

"나는 그날 주인공이 아니었어. 주인공은 무대 중앙에서 사랑의 노래를 목이 터지게 부르고 있었지. 나는 말하자면 무용수 A였어. 무대 왼편 구석에서 다른 무용수들과 함께 주인공의 감정을 표현하는 율동을 하고 있었지. 그때 문득 설명할 수 없는 느낌을 받았어. 그리고 객석을 내려다봤지. 꽉 들어찬 객석에 희미한 불빛이 비쳐, 무대에 열중하고 있는 수많은 얼굴이 보이거든. 그 많은 얼굴들은 당연히 한 방향으로 무대 중앙에서 열창하는 주인공을 보고 있었어. 극의 흐름상 그래야 했으니까. 거기서 나는 즉시 본능적으로 설명할 수 없는 그 느낌을 찾아냈어. 단 하나의 고개가, 단 하나의 시선이 그 방향을 보고 있지 않았거든. 그 툭 튀어나온 듯한 시선 하나는 내 것이었어. 그 많은 사람 중에서 이 남자가, 나만을 계속 바라보고 있었던 거야. 극의 흐름과는 관련이 없는 무용수 A만을, 고작 감정을 더해주는 많은 무용수 중 한 명인 무용수 A를, 왜냐하면 이 남자에게 나는 이 무대에서 가장 중요한 주인공이었으니까. 처음부터 이 남자는 극은 안 보고, 평범한 관객이라면 신경도 안 쓰는 나만 바라보고 있었어. 내가 호흡은 어디서 하는지, 발은 어디에 딛고 손은 어떻게 뻗는지, 혹여나 실수하지는 않는지."

보통 회상이 여기까지 이르면 사람들은 침묵하며 이야기에 귀기울인다.

"내가 무대에서 내려왔을 때 이 남자는 당신 말고는 무대에서 아무도 주인공처럼 보이지 않았다고 했지. 그래서 그것은 극으로 보이지도 않았고, 다만 당신만이 춤을 추는 무대였기에, 당신에게서 눈을 뗄 수가 없어 당신의 표정과 춤선만 바라보고 있었노라고. 나는 곧 결혼을 결심했지. 그렇게 인생을 결정한 것은 단 한순간이었어. 그 어둑한 객석에서, 다른 곳을 바라보는 수많은 얼굴과 고개들 사이에서 나를 필요로 하고 나만을 바라보는 단 하나의 얼굴을 찾았을 때, 그때가 내 운명을 결정한 순간이었던 거야."

고백

　"사랑한다는 말은 너무 짧고 금방 끝나버리는 말이라, 조금 더 긴 단어가 있으면 좋겠다고 생각했어. 온전하게 같은 뜻을 지녔지만 전부 발음하는 데 3분쯤 걸리는 한 단어가. 그렇다면 나는 그 단어를 틀림없이 몇 번이고 외워, 너의 눈을 바라보며 한 글자씩 큰 소리로 3분에 걸쳐 사랑을 고백할 수 있을 텐데."

사람을 세는 방식

여자친구와 나는 평소처럼 한적한 술집을 찾아 한가하게 달큰한 취기를 즐기고 있었다. 우리는 금지된 비밀을 누설하듯 각자의 지난 연애를 화제에 올리던 참이었다. 그녀는 적당히 취해 기분이 좋아 보였다. 갑자기 그녀는 무슨 생각이 들었는지, 장난스러운 표정으로 내게 물었다.

"갑자기 묻고 싶은 게 생겼어. 물어봐도 되겠지?"

"응. 표정을 보니 조심해야겠네."

"있잖아. 지금까지 만났던 여자친구는 몇 명이나 돼?"

"응? 그건 갑자기 왜? 음, 역시 당황스러운데⋯⋯"

"한 명이라고 해도 이해하고 열 명도 이해할 테니 말해봐, 괜찮아."

"그걸 어떻게 다 이해하는 거야. 솔직히 얼마 안 돼. 으음⋯⋯ 3.5명이라고 해야 할까봐."

그녀는 유쾌한 느낌을 잃지 않으면서도 약간 의아해하는 표정을 지었다.

"세 명도 아니고 네 명도 아니고, 0.5명은 도대체 왜 있는 거야. 혹시 상반신하고만 데이트해서 0.5명이니?"

"아유, 말도 참. 그건 한 명과의 관계가 조금 애매해서 그래. 분명 호감이 있었고, 서로를 좋아한 순간도 있었는데, 정말 사랑했는지 알 수 없는 시기에 관계가 뚝 하고 끝나버렸어. 그것도 별다른 이유 없이 말이야. 그래서 한 개의 연애라고 세기에는 조금 부족해. 그 사람도 분명히 그렇게 생각할 거야."

"아, 그랬구나. 음……"

그녀는 골똘히 생각하는 눈치였다. 그리고 다시 말을 이어갔다.

"나 갑자기 생각난 건데 말이야. 우리가 만약에 헤어지게 되면, 그래서 서로 얼굴도 못 보고 연락도 할 수 없고 안부도 주고받을 수가 없는 때가, 만약에 온다면 말이야."

"으, 싫다. 하여간 온다면?"

"나는 그러면 내가 할 수 있는 방법을 총동원해서, 네 친구들 연락처나 네 직장 동료나 잠시 밥이라도 먹었다는 사람까지 다 캐고 알아내서, 너에게 똑같은 질문을 하게 시킬 거야. 그래서 네 대답을 얻어낼 거라고. 만약 네가 이 질문에 4.5명이라고 답한다면 나는 그냥 가만히 있을 거지만, 네가 만약 네 명이라고 답한다면, 그런다면……"

여자친구는 씩씩거리며 나머지 말을 뱉었다.

"나는 너를 무슨 수를 쓰더라도 찾아가 죽여버릴 거야. 정말 지구 끝까지 쫓아가서 너를 죽여버릴 거라고."

미뢰

우리는 헤어지기로 했다. 꼭 그렇게 될 것을 우리는 이전부터 직감하고 있었다. 이제 정말 우리는 영영 떨어져 각자의 삶으로 돌아가기로 결정했다. 그래서 우리 둘은 마지막으로 밥을 한 끼 먹고, 서로 작별을 고한 후 각자의 길을 향해 가기로 했다.

점심을 먹기에는 약간 이른 시간이었다. 우리는 유서 깊어 보이는 한산한 일식집으로 들어가 구석에 자리를 잡았다. 이미 이별은 완벽히 합의되었으므로, 이제 우리가 나누는 대화는 우리 관계에 아무런 영향을 끼치지 못할 것이었다. 서로는 그 사실을 명확히 인지하고 있었고, 의미 없는 대화는 피하고 싶다는 생각이었다. 테이블 위로는 침묵만이 감돌았다. 그런 상황에서는 "그동안 행복했어"나 "앞으로 좋은 사람 만나" 같은 말도 쉽게 꺼내기 어려운 법이다. 우리 테이블의 분위기가 전염됐는지, 일식집 내부의 공기에도 어색함이 감돌았다. 이제 마지막 식사였으므로 우리는 이 어색함까지 기억 속에 꾹꾹 묻어두려는 듯 이별 직전의 시간을 견디고 있었다.

사정을 전혀 모르는 종업원은 테이블 사이로 천천히 음식을 날라왔다. 곧 각자 주문한 우동과 미니 초밥이 테이블 위에 놓였다. 우리는 이별을 논의하느라 상당히 출출했고, 할말도 없었다. 침묵 속에서 각자는 그릇에 담긴 우동 면발을 젓가락으로 집어 입에 넣었다. 그리고 나는 약간 눈살을 찌푸렸다. 우동이 짜릿하고도 명백하게 맛이 없었기 때문이다.

면발은 불어 있었고, 국물은 밍밍했다. 옆에 있는 초밥마저 눅진거려서 비린 물이 배어나왔다. 도저히 먹는 자에 대한 배려라고는 찾아볼 수 없어, 한입만으로도 미각이 마비될 것 같았다. 나는 묘하게 낡은 간판과 밥때임에도 유독 이곳이 한산하던 이유를 그제야 알 것 같았다. 이별 전 마지막 식사를 하겠다고 맛집을 검색할 수 없어 길거리 아무 식당에나 들어온 것이 패착이었다. 도대체 일식에서 어떻게 이런 맛이 날 수 있는지 궁금할 정도였다.

나는 매우 이상하고 기묘한 기분이 들었다. 이런 끔찍한 상황에서 밥마저 혁신적으로 맛이 없다니. 하지만 내색하기는 어려웠다. 나는 그냥 잠자코 우동을 먹고 있었다. 그녀 앞에 놓인 우동도 같은 주방장 손에서 나와 별다를 바가 없었는지, 면을 입에 넣은 그녀는 썩 좋은 표정이 아니었다. 안 그래도 우리가 행복한 표정으로 식사할 리는 만무했지만, 평소 같았으면 우리끼리 소곤거리면서 식당 뒷얘기를 하거나 다른 화제를 반찬 삼아 식사를 할 수 있었을 것이다. 하지만 지금 우리는 조용히 이 밥을 다 먹어야 했다. 분위기는 한층 더 어색해졌다.

이상한 침묵이 한동안 이어졌다. 나는 허기와 이별을 반찬 삼아 간신히 면발을 목구멍으로 떠넘기고 있었다. 별안간 중간쯤 먹은 그녀가 젓가락을 턱 하고 내려놓으며 긴 침묵을 깼다.

"이 이별은 무효야. 우리는 이대로 헤어질 수 없어."

"……"

"이딴 밥은 마지막 밥이 될 수 없어. 정말 옳지 않아. 이건 우리가 같이 먹었던 밥뿐 아니라 내 인생을 통틀어서도 최악이야. 너도 일식에서 어떻게 이런 맛이 날 수 있나 생각하고 있었잖아. 이걸 밥이라고 먹고 헤어져서 나쁜 기억을 남겨야겠어, 꼭? 좋게 이별해도 모자랄 판에?"

실은 나도 그렇게 생각하고 있었다. 이걸 먹고 헤어지는 것은 정말 옳지 않은 일이었다. 갑자기 머릿속이 혼란스러워지기 시작했다. '그러면 다음번에 맛집을 검색해서 다시 먹고 헤어져야 하나? 그것도 진짜 웃기잖아.' 하지만 정말 이대로는 안 되는 거였다. 이 밥은 외상 후 스트레스 장애에 시달리게 할 만큼 심각하게 맛이 없었다. 나는 대답했다.

"응. 헤어지면 안 될 것 같아, 당분간은. 적어도 맛있는 밥을 먹을 때까지는."

나도 젓가락을 식탁 위에 턱 하고 내려놓았다. 그길로 우리는 식당 문을 나섰다. 서로는 어느덧 다시 손을 잡은 상태였다. 그리고 우리는 같은 길을 향해 걸어나갔다. 나는 이 사람과 헤어지는 일은 훨씬 나중의 일이 될 것이라고, 어렴풋이 생각하고 있었다. 아마 그녀도 그렇게 생각했을 것이다.

소금은 상하지 않잖아

헤어진 다음날, 그녀가 우리집에서 쓰던 물건을 전부 상자에 담았다. 더이상 집에 남겨둘 이유가 없었고, 속이 쓰려 쳐다볼 수도 없었다. 한시바삐 그녀의 흔적을 없애고 싶었다. 잠시였지만 그 물건들이 두렵고 무섭기까지 했다. 커다란 상자를 이고 우체국에 다녀오고 나니 집에는 부칠 수 없는 것만 남아 있었다. 아직 그녀의 향기가 집안 공기에서 느껴졌고, 무엇인가 잔존해 있는 기분도 들었다. 나는 일단 같이 만들어둔 음식과 둘이 마시다 남긴 와인이나 위스키 따위를 몽땅 꺼냈다. 식탁에 그것들을 차려놓자 또 한번 가슴이 내려앉는 기분이었다. 하나도 남겨두지 않을 요량으로 종일 그것들을 걸신들린 듯이 먹고 마셨다. 왜인지 둘이 있을 때보다 더 많이 먹고 마실 수 있었다. 어떻게 잠들었는지 기억나지 않았다.

술을 섞어 마신 탓에 다음날 머리가 깨질 듯 아팠다. 집에는 여전히 그녀의 흔적이 남아 있었다. 그녀가 잠시 외출이라도 한 듯했지만, 핸드폰에 늘 도착해 있던 그녀의 메시지는 없었다. 나는 귀여웠지만 쓰기 불편했던 알록달록한 식기를 재활용

통에 넣었고, 그녀의 직장 이름이 적힌 볼펜과 그녀가 낙서해둔 메모장과 같이 뽑았던 인형 따위를 쓰레기통에 버렸다. 최대한 많은 것을 없애야 했다. 나는 추억이 남아 있는 줄넘기 같은 자잘한 물건까지 쓰레기통에 넣고 아직 여유가 많이 남은 봉지를 묶어서 집밖에 냈다. 그녀가 무거운 가전 같은 것을 선물하지 않아 다행이었다.

그뒤 영혼을 잃어버린 사람처럼 지냈다. 아무 글이나 끄적거리거나 마구 읽었고, 가끔 음식을 시켜 며칠간 나눠 먹으며 무엇인가를 마셨다. 그 외의 다른 일은 거의 아무것도 하지 않았다. 식탁에 앉았던 그녀의 흔적이 희미해지고, 그녀가 남긴 향기가 날아가고, 집안 구석구석에 남아 있던 그녀 특유의 느낌이 옅어지기까지 얼마나 걸렸는지 알 수 없다. 하지만 시간은 계속 흘러 그녀가 남긴 것은 어느덧 사라져갔다. 하루종일 그녀를 생각했던 것도, 점차 하루에 열 번, 다섯 번에서 세 번, 나중엔 가끔씩만 그녀가 떠올랐다. 그 정도로 줄어들기까지 오랜 시간이 걸렸다.

어느덧 나는 일상생활을 할 수 있게 되었고, 예전처럼 가끔 요리를 해먹기도 했으며, 친구들을 초대하기도 했다. 그러던 어느 날, 찌개를 끓이다 양념통의 소금이 떨어진 것을 발견했다. 나는 오랜만에 찬장을 열었다. 반쯤 남은 소금 봉지와 뜯지 않은 설탕 봉지, 새 후추통과 랩으로 감싼 파슬리 통이 있었다. 갑자기 잊고 있던 장면이 생각났다.

헤어지기 한 달 전쯤이었나 그녀가 퇴근길에 갑자기 소금과 설탕 같은 양념을 몇 가지 사들고 들어왔다. "소금은 조금 부족하지만, 설탕이나 다른 것들은 아직 많이 남았는데?" "사는 김에 한 번에 사왔어. 후추랑 파슬리 가루도 한 통 사왔고, 젓갈도 한 병 사왔어. 요리할 때 편하게 써." 그녀는 아무렇지도 않게 말했다. 나는 한번 마련해두면 좀처럼 떨어지지 않는 양념이 많이 생겨 넉넉해진 느낌이 들었고, 그녀는 직접 찬장 구석에 그 양념들을 챙겨 넣었다. 지금 내가 보고 있는 이 찬장의 구성은 그때 그녀가 배열한 그대로였다.

나는 가지런히 늘어서 있는 양념통을 가만히 보며 그 순간을 회상했다. 무엇인가 의도된 것 같았다. 순간 나는, 그때 그녀가 이미 이별을 생각했음을 알았다. 그녀는 내가 다른 물건은 전부 정리할 수 있지만, 먹는 것을 그냥 버리지는 못한다는 사실을 알았다. 남거나 상해가는 음식이 있으면, 그녀가 아무리 버리자고 해도 나는 기어코 어떻게든 먹어버리고야 말았으니까. 그런데 내가 상하지도 않고 유통기한도 따로 없는 멀쩡한 소금이나 설탕 따위를 하수구에 부어 하수도를 짭짤하거나 달달하게 만들 수 있을까? 그건 내 성격상 불가능했다. 이 사실을 그녀는 누구보다도 잘 알았다.

이제 와서 그것들을 버리는 것은 역시 불가능했다. 게다가 분량으로 보아 양념들은 이 집에 몇 년은 더 남아 있을 것 같았다. 왜 그녀는 먼저 이별을 말했으면서 나에게 무언가를, 또 하필 이것들을 남기고자 했을까. 나한테 오래도록 짠맛 단맛을 보여주려고? 아니면 그것들이 남아서 내가 오래 그녀를 추억하고 괴로워하라고? 자신이 여기서 완벽히 떠나가는 것이 싫어서? 그것도 아니라면 소설 속 장면에서처럼, 내가 훗날 다른 사람을 만나 스파게티를 삶아 식탁에 올려놓고 파슬리 가루를 뿌리며 잠시 몰래 그녀를 떠올릴 것을 기대하기라도 했던가? 하여간 어떤 이유이건 그것들은 이제 크게 중요하지 않았다. 그녀는 이별을 먼저 알고 있었다. 곧 헤어질 애인의 집에 갖은 양념을 사서 넣어놓고 이별을 준비하던 마음. 그건 어떤 마음이었을까. 그래서 나는 그뒤로 가지런한 양념통을 바라볼 때마다 무엇이 나로부터 그녀를 떠나가게 했는지, 또 한 달이나 이별을 계획해야 했던 그녀의 마음은 어땠을지를 생각하며, 한번씩 달고 짜게 쓴웃음을 지었다.

관대할 수 없는 일

그녀는 이성적이고 합리적이며 이해심이 넓은 사람이었다. 천부적인 성격 탓도 있겠지만, 그건 산전수전 다 겪고 나서 체득한 일종의 방어기제 같기도 했다. 그녀는 누구의 어떤 이야기이건 간에 기본적으로 늘 그 사람 입장에서 납득하려 노력해보고 나서 자신의 의견을 붙였다. 그 점은 그녀의 큰 매력이었다. 나는 그런 그녀가 좋았고, 그녀와 나누는 이야기가 좋았다.

우리는 많고 많은 이야기를 나누었다. 취해도 혹은 취하지 않아도 우리는 눈을 뜨면 쉬지 않고 우리 둘과 그 밖의 사람과 세상에 관한 이야기를 했다. 나는 이성적이지도 합리적이지도 않았지만 할 수 있는 이야기만은 무궁무진했다. 나는 배낭여행에서 만난 사기꾼과, 레지던트의 머리를 꼭 차트로 내리쳐야 직성이 풀리는 교수와, 어수룩한 수작을 벌이는 모태 솔로 친구와, 바람을 피우다 현장에서 걸린 직장 상사 이야기 같은 것을 했다.

그녀는 내 얘기를 잘 듣고 언제나 상황을 객관화한 다음 대답했다. 그 대답 중 늘 한결같이 등장하는 문장은 "그럴 수 있지"였다. "그런 사기꾼이 있을 수도 있지. 그렇지만 개새끼인 걸?" "의대 교수 중에 그렇게 체벌하는 사람도 있을 수 있지. 그 나저나 인성이 나쁜 놈인걸?" "세상에는 그렇게 어리바리한 사람도 있는 거지 뭐. 그런데 험한 세상 어떻게 산대?" "바람피우는 사람이 한둘이겠어. 그럴 수도 있지. 하여간 나쁜 놈이네." 이런 식이었다. 그리고 나도 이해심만은 뒤지지 않았고, 그녀가 살아오며 겪은 기가 막힌 일도 한두 가지가 아니었으므로, 어느덧 "그럴 수 있지"는 나에게로도 옮겨왔다.

나는 초대형 아기를 낳은 그녀의 친구와, 문어 다리를 걸 치다가 들통난 그녀의 전 남자친구와, 삼겹살 3인분을 먹는 그녀의 구순 할아버지와, 미국 MBA 과정을 이수하고 식당 주방장을 하고 있는 그녀의 선배에 관해서도 비슷하게 응수했다. "아, 그럴 수도 있지. 하여간 신기한 사람일세." 그렇게 우리는 타자를 객관화하는 능력과 만인에 대한 이해심과 각자 알고 있는 이 세상 기막힌 이야기의 개수를 두고 경쟁이라도 하듯이 남의 이야기를 털어놓고 "그럴 수 있지"를 연발했다.

그녀를 만나고 제법 오랜 시간이 지나자, 그 일화들은 어느덧 현재형이 되었다. 우리는 일상에서 벌어지는 모든 이야기를 쏟아놓고 서로와 주변 인물에 관해 털어놓고 납득하고 이해했으며 두 손을 잡고 가서 그 친구들을 실제로 만나서 이야기를 나누었고, "그럴 수 있다"며 뒷담화를 했다. 나에겐 무엇이든 이해하는 한 세계가 들어온 것 같았다. 행복한 시간들이었다.

그리고 더 오랜 시간이 지난 어느 날이었다. 문득 나는 그녀를 더이상 사랑하지 않고 있음을 깨달았다. 그 원인을 나조차도 알 수가 없었다. 다른 여자가 생긴 것도 아니고 그녀에게 쏟을 만한 시간이 부족한 것도 아니었다. 그냥 어떤 순간부터 어쩐지, 그녀를 보고 있으면 사랑이라는 감정을 느끼기 어려웠다. 그런 순간은 세상 부지불식간에 찾아온다. 많은 사람들은 어느 순간 떠나가버린 자신의 마음을 안다. 그래서 그것을 어떠한 원인으로 설명할 수 없었다. 하지만 나는 그녀에게 이전처럼 무엇이든 숨기기는 싫었다. 어떤 일을 화제 삼아도 이성적으로 대화할 수 있는 그녀에게, 어떤 것도 숨기면 안 된다고 생각했다. 그래서 그녀를 만나 정확히 사실만을 전달하기로 했다. 나는 그녀를 만나 이야기를 꺼냈다.

"나, 왜인지는 모르겠는데, 얼마 전부터 너를 보면 어떤 사랑의 감정도 느껴지지 않아. 내 신변에 다른 일이 있는 것은 아니고, 네가 잘못한 것도 전혀 없어. 그런데, 그냥 누군가 한 번쯤 겪는 일처럼, 갑자기 실이 끊어진 것처럼, 네가 연인으로 보이지 않아. 어떤 느낌도 안 들어. 도저히 설명할 수 없지만 지금은 그래."

"그건 보통 돌아오지 않잖아."

"보통은 그렇지……"

그녀는 조금 충격을 받은 듯했다. 평소 어떤 말이든 경쾌하고 단호하게 대답하던 것과 달리, 그녀는 한동안 말이 없었다. 그녀의 눈동자가 위아래로 내 모습을 한번 훑었다. 슬퍼 보였지만, 두 눈에 힘을 주고 무엇인가 빨리 생각하고 판단하려는 것 같았다. 나는 더이상 덧붙일 말이 없어 그냥 보고 있었다. 그녀는 이윽고 지긋이 눈을 감았다가 다시 두 눈을 떴다. 그녀의 눈동자가 더이상 흔들리지 않았다. 그리고 말했다.

"그래. 그럴 수 있지. 그럴 수도 있는 거지. 알았어."

그녀는 일어나서 밖으로 나가버렸다. 그뒤 우리는 연락하지 않았다. 아직까지 그녀를 다시 본 일이 없다.

소원

"혹시, 제주도에 있는 산방산이라고 들어봤어?"

"웅? 들어만 봤어."

"그 정상이 영험한 힘이 있어 소원을 들어주는 곳이래. 내가 그때 다녀왔잖아. 기억나지?"

"아. 웅, 기억나지."

"앞으로 소원을 빌 일이 생기면, 적어도 그곳에는 가지 마. 내가 일정에는 맞지 않았는데, 소원을 빌고 싶어 무리해서 그곳에 갔었거든. 아침해 뜨기 전에 소원을 비는 게 가장 잘 이루어진다고 해서, 일부러 늦은 밤 차를 몰아 전날 그 앞에 묵었어. 나 아침잠 많은 거 알잖아. 그런데도 동트기 전 알람을 맞춰놓고 일어나, 피곤한 몸으로 어둑어둑한데 눈을 비벼가며 산방산 동굴까지 올라갔단 말이야. 그래서 나는 땀에 절어 뜨는 해를 보며 간절하고 또 간절하게 빌었어. 너랑 영원히 만날 수 있게 해달라고, 또 네 마음이 변하지 않고 나를 영원히 사랑할 수 있게 해달라고."

"웅……"

"그런데, 그렇게까지 했는데, 우리는 헤어져버렸잖아. 그
것도 엄청 잔인하게. 그만큼 간절한 소원마저 갈기갈기 찢어버
리는 곳이 무슨 소원을 들어주는 곳이겠어. 산방산은, 실은, 아
무 소원도 들어주지 않는 곳이야. 그럴 수밖에 없어. 나는 거기
를 쳐다보지도 않을 거야. 그러니 앞으로 너도 소원을 빌 일이
있으면, 아무리 사소한 것이라도 그곳에서는 빌지 말도록 해.
아마 절대 들어주지 않을 테니까."

헤어지는 중

"요즘 어떻게 지내?"

"그냥 혼자 지내고 있어."

"왜? 그녀와는 헤어졌어?"

"음, 만나지 않은 지 꽤 됐어. 연락하지 않은 지도 꽤 되었고."

"앞으로도 그럴 거 아니야?"

"그럴 것 같아. 그녀와 그렇게 하기로 했으니까."

"그러면 헤어진 거네."

"……그렇다고도 볼 수 있겠지."

"그렇게 말하기 힘들어?"

"응. 나는 혼자 지내. 혼자 밥을 먹고 혼자 책을 읽다가 혼자 잠자리에 들어. 하지만 그 순간마다 그녀가 지금 무엇을 하고 있을지 생각을 멈출 수가 없어. 그녀가 나처럼 혼자 밥을 먹고 혼자 책을 읽고 혼자 영화를 보고 있을지 아니면 누군가를 만나서 이러한 것들을 하고 있을지. 이전에는 혼자 있는 순간에도 그녀가 지금쯤 무슨 일을 하고 어떤 밥을 먹고 무슨 책을 읽고 있겠구나 생각할 수 있었는데, 지금은 전혀 알 수 없어. 다만 이전 시간들을 조립하면서 지금 그녀의 일상을 상상해보곤, 내 주변이 온통 어둡다는 생각을 해. 이 생각을 도저히 멈출 수가 없어. 그래서 나는 혼자 지내지만 전보다도 더 가까이 그녀와 함께하고 있다는 기분이야."

"……"

"나도 알아. 그만해야 한다는 거. 다시는 연락해서는 안 되고 이제는 만날 일도 없어야 하는 것까지 다 알아. 하지만 헤어졌다고 말할 수는 없어. 지금 내 상태로는 아직 헤어졌다고 할 수 없거든. 그냥 나는 혼자 지내. 그리고 헤어지고 있어. 아직 나는 그녀와 헤어지는 중이라고."

공황장애

공황장애가 생겼다. 이 병을 앓는 내 몸의 직업은 의사다. 심지어 응급실에서 공황발작을 일으킨 사람을 수천 명쯤 보며 공부하고 진료했다. 그래서 나는 내 몸에 발현되는 증상을 객관적으로 읽을 수 있다. 내가 책으로 공부했던 공황발작의 증세 및 병의 경과는 내 몸 상태와 너무 신기할 정도로 일치했다. 어떻게 보면 당연한 일이지만, 직업상 모든 병을 다 앓아볼 수 없으므로 이런 것이 신기할 때가 있다.

기본적으로 공황발작과 과호흡은 동시에 발생한다. 과거에는 습관적으로 과호흡 환자에게 '공황발작Panic attack'이나 '불안장애Anxiety disorder'라는 진단명을 붙이곤 했는데, 그것이 병질에 대한 깊은 이해와 통찰에서 비롯된 진단임을 다시금 깨닫는다. 신체는 공황, 즉 불안한 상태가 되면 이를 과호흡으로 표현할 수밖에 없다. 공황 상태에서는 평소에도 숨이 가쁘다. 호흡 자체를 조절하기 어렵다. 사방이 막힌 공간에 있거나, 불안과 공포를 느끼면 이 증상은 훨씬 심해진다. 습관적으로 한숨을 내뱉게 되며, 가만히 있어도 호흡이 빠르게 오가는 상태가 계속

된다. 마치 몸에 산소가 부족한 느낌이다.

하지만 대부분 산소 교환 체계의 이상은 없다. 과호흡은 몸의 이산화탄소를 과도하게 빼내고 산소를 과도하게 공급한다. 이는 전신의 알칼리증으로 이어진다. 평상시에 알칼리증이 지속되면, 그로 인한 증상이 따라다닌다. 뇌혈관이 수축해서 어지럽고 늘 두통을 느낀다. 머리를 급하게 돌리거나 빨리 움직이면 증상이 심해져서 천천히 움직여야 한다. 손발에선 만성적으로 저릿한 느낌이 지속된다. 사지의 감각이 조금 이상해지거나 둔해진다. 온몸에 기운이 없으며, 실제 주먹을 쥐어봐도 힘이 잘 들어가지 않는다.

심장은 항상 존재감이 느껴질 정도로 심하게 두근거린다. 가슴이 쿵쾅거려 온몸을 흔들고 있는 것 같다. 호흡을 의식적으로 조절하지 않으면 이 증상은 훨씬 심해진다. 숨을 깊게 천천히 쉬어야 하는데, 생각만큼 쉽지 않다. 만약 조절하지 않고 마음껏 과호흡을 한다면, 알칼리증이 폭발해 전형적인 공황발작의 증세가 발현되어 손발이 오그라들면서 정신이 혼미해지고 응급실에 실려가게 된다. 나는 이 위기를 수차례 겪었다. 내가 의사가 아니라서 병증이나 조절 방법을 잘 몰랐고, 직접 공황발작 환자 수천 명을 진료하지 않았더라면, 나도 그중 한 명이 되었을 것이다. 응급실 환자가 간신히 한 명 줄어든 셈이다.

한번은 크게 마음먹고 달리기를 해보았는데, 호흡수가 오히려 줄어들고 마음이 편해졌다. 산소 요구량이 늘어 자연스럽게 알칼리증이 교정되고, 육체적 소모로 인해 정신과적인 증세도 가라앉은 것이다. 이것마저 내가 읽은 텍스트의 내용과 일치하지만, 그렇다고 증상이 완벽히 가라앉을 때까지 뛰어다니기만 하면서 살 수는 없다. 그래도 환자들에게 운동을 권해야겠다는 생각은 든다.

텍스트에는 카페인과 알코올을 피해야 한다는 말이 있었다. 나는 유독 카페인에 예민해서 조금이라도 카페인이 든 음료를 마시면 정말 죽어버릴 것 같다. 극도의 심계항진(자신의 심장 박동을 불편하게 느끼는 증상)과 한계에 도달한 과호흡이 온다. 내 환자들의 절반이 "곧 죽어버릴 것 같아요"라고 호소하는데, 그걸 피부로 체감할 수 있다. 알코올은 과량 섭취하면 당장 안도감은 있다. 하지만 그만큼의 에너지를 소모한다. 술에서 깰 때 간밤에 소모한 것에서 조금 더 보탠 무기력과 불안을 되돌려받는다. 쨍쨍한 아침에 눈을 뜨면 곧 죽어버릴 것 같다. 환자들에게 카페인과 알코올을 삼가라는 강력한 권고를 지금도 하고 싶다.

극도의 불안감으로 인한 발작 직전의 상태는 내가 무슨 일이나 어떤 행위를 하고 있느냐와는 전혀 관계가 없다. 밥을 먹다가도, 잠깐 눈 붙였다가 일어난 새벽이나 뜬눈으로 밤을 새우고 일어난 아침에도, 컴퓨터 앞에서 작업을 하거나 누군가와 이야기를 나누는 중에도 증세는 불현듯 찾아온다. 밥을 먹다가 증세가 찾아오면 순간 모든 음식이 역해져서 더이상 먹을 수 없다. 늘 불안감이 머릿속을 차지하고 있기에 평상시에도 식욕이 떨어진다. 난생 처음으로 좋아하던 순댓국밥을 반 이상 남기는 경험을 했다. 공황장애를 앓는 사람이 되자 1인분을 온전히 다 먹을 수 있던 삶이 참으로 행복했음을 깨달았다.

신경이 예민해져서 잠들기도 어려울뿐더러, 자다가도 발작이 불시에 찾아온다. 이 발작으로 잠에서 깨면 다시 못 잔다고 보면 된다. 당연히 심각한 수면장애를 동반한다. 두통과 어지럼증으로 생각을 이어가지 못해 고도로 집중을 요하는 작업은 하기 어렵다. 물론 독서도 어렵다. 정상적인 사회생활도 가끔 이어가기 어렵다. 한번은 많은 사람들 앞에서 강연을 하고 있었는데 갑자기 발작이 찾아와 말문이 막혔다. 나는 멍청하게 서 있을 수밖에 없었고, 그 자리에서 강연이 끝날 뻔했다. 수많은 사람들 앞에서 간신히 정신을 차렸다. 이렇게 공황장애는 모든 일상생활에서 제약을 초래한다. 이 정도 상태가 되었는데 행복할 리가 없다. 불안장애는 필경 우울증까지 동반한다.

나에게는 이를 초래한 단 하나의 원인이 있었으므로, 이 원인에 대해 생각하면 증상이 매우 심해진다. 처음에는 이 원인을 떠올렸을 때만 과호흡 증세가 있었는데, 지금은 원인을 떠올리지 않더라도 공황발작이 찾아온다. 이제 병의 연유가 되는 사건과 내 몸의 병은 독립적인 것이 되었다. 대부분 환자들은 한 사건으로 인해 처음 공황장애 증상을 겪지만, 그것을 잊어버리거나 해결해도 병은 치유되지 않고 남아 고통을 호소한다. 이 사실은 공황발작을 겪는 사람에게 매우 절망적으로 작용한다. 무슨 수를 써도 이 아득한 터널의 끝이 보이지 않을 것 같은 기분이 들기 때문이다. 이로써 공황장애의 투병 기간은 길어지는데, 잠복기 또한 끝없이 길다. 보통 사람은 신체 건강한 사람이 왜 저렇게 고통스러워하는지 이해를 잘 못하지만, 공황장애는 직접 겪어보지 않으면 알 수 없는, 괴롭고 막막하고 사람을 옥죄는 병이다.

공황발작은 꽤 많이 발생한다. 지금껏 응급실에서 만난 환자만도 수천 명일 정도다. 또한 이 환자들은 응급실에서 가장 중증도가 떨어지는 경환자이기도 하다. 왜냐하면 "숨이 가빠 당장 죽을 것 같아요"라고 말해도, 실제 공황발작만으로는 거의 아무도 죽지 않기 때문이다. 하지만 직접 환자가 되고 나니, 공황발작 환자에게도 다시금 마음을 다해 따뜻한 말 한마디라도 건네야겠다는 생각이 든다. 나는 내가 안 죽을 줄 명백히 잘 알고 있는 의사임에도, 정말이지 꼭 죽어버릴 것만 같은 시간을 견디고 있으니 말이다.

눈물의 이유

식당에 앉아 식사를 주문하고 빈 식탁을 보고 있으면 배가 고파지기 시작해, 식사가 나오기 직전에 가장 허기짐을 느끼고 곧 차려질 음식에 안달이 나는 것처럼, 나는 당신과의 약속이 정해졌을 때부터 당신이 보고 싶어지다가 만나기 직전의 순간 가장 견딜 수 없이 당신이 그리워. 당신이 나를 만나러 집에서 출발해 내가 기다리고 있는 방향으로 오고 있다고 생각하면, 나는 점차 애달아 마음이 간질거리다가 결국 당신이 근처까지 도달했다는 문자를 보내왔을 때 그 칠흑 같은 먹먹함과 연민과 사랑이 한꺼번에 몰아쳐서 나는 결국 울 수밖에 없어. 당신이 나를 만나러 왔을 때 한 번도 예외 없이 내가 눈물짓고 있던 것은 그 때문이야. 그건 슬픔도, 애잔함 때문도 아니고, 그냥 당신이 보고 싶어 견디기가 불가능하다고 생각한 바로 그 순간에 당신이 나타나주어서라고.

인간에게 남아버리는 슬픔

내겐 조금 묘한 버릇이 있다. 숏커트를 한 아담한 체구의 여성을 보면 놀라는 버릇이다. 순서는 이렇다. (1) 대상자가 포착되면 마음속으로 뜨악한다. (2) 상대가 눈치채거나 이상하게 여기지 않을 한도 내에서 조심스럽게 그녀의 얼굴을 확인한다. (3) 안심한다.

서두가 짧았지만, '조심스럽게' '이상하게 여기지 않을 한도 내에서' 이유를 눈치챘을 것이다. 이전 연애사 때문이다. 전애인은 일순간 내게 이별을 선언하고 떠나갔다. 그날부터 연락도 닿지 않았다. 나는 하는 수 없이, 도저히 일어날 수 없는 확률인 걸 알면서도 거리로 나가 그녀를 찾아다니기 시작했다. 범인이 범행 장소에 다시 나타난다는, 전혀 관련도 없는 말을 떠올리면서. 그녀가 좋아한다고 했던 장소나 그녀의 인스타그램에 나왔던 곳을 무작정 배회하며 혼자 밥과 커피와 술을 먹고 다녔다. 그리고 그녀와 인상착의가 비슷한 사람부터 찾았다.

일단 후보군을 마주치면 가슴이 철렁하는 느낌을 받았다. 그리고 그녀인지 확인했다. 당연히 그녀는 아니었다. 그러면 다시 혼자 그 일을 반복했다. 성실한 삽질이었다고 해야 하나. 나중에는 버릇이 체화되었다. 유흥가에서는 물론 집 앞 미용실에서나 슈퍼에서도 자연스럽게 그 버릇이 나왔다. 심지어 지방 강연이나 해외여행에서도 나는 단발머리에 아담한 체구의 여성을 찾았다.

하여간 그런 궁상맞은 짓을 하고 다니는데 결론이 좋았을 리가 없다. 당연히 길에서는 그녀를 본 적이 없다. 연락이 되어 끝내 만났지만, 다시 안 만나는 것보다 못한 결말을 맞았다. 그것을 특별히 후회하지는 않는다. 너무 해볼 만큼 다 해보아서, 더이상 안 된다는 것을 알게 됐기 때문이다. 하여간 우여곡절의 시기에도, 길거리에서 습관적으로 그녀와 닮은 사람을 찾았다. 길에서 굳이 마주칠 것을 대비해야 하는 사람은 그 사람 하나뿐이었기 때문이다.

그러고도 시간이 더 지나서, 나는 그녀와 관련된 대부분을 잊었다. 당연히 본 지도, 연락을 주고받은 지도 한참 되었다. 지금은 뭘 하고 사는지 크게 궁금하지 않으며, 혹시라도 마주치면 불편할 것 같다는 생각밖에 없다. 그래도 볼 것 못 볼 것 다 본 사이인데, 응원하는 마음 정도만 있다. 그럼에도 숏커트와 아담한 체구를 마주하면 마음이 버릇처럼 반응했다. 마음에 물이 들어 이제는 어쩔 수 없었다고나 할까.

그러던 어느 날 나는 한 카페에 앉아 있었다. 다음 날까지 마무리해야 할 원고가 있었다. 노트북으로 작업하다가 문득 저 멀리서 들어오는 한 여자를 보았다. 그녀였다. 진짜로 그녀였다. 숏커트에 아담한 체구라서 알아본 것이 아니라 그냥 그 사람이었다. 오랜 시간을 같이 보냈는데, 한눈에 못 알아볼 수가 없었다. 잠깐 나는 내 버릇이 참 헛된 것이었다는 생각이 들었다. 그녀를 찾아내기 위해 꼭 인상착의를 뒤져야 할 이유가 없었기 때문이다. 하여간 카페가 크고 나는 멀리 앉아 있어 그녀는 나를 보지 못했다. 나는 잠깐 그녀를 바라보고 생각했다. "저 바지는 아직도 입고 다니는군. 아유, 저 담배 쥐는 것 하며 하나도 안 변했네. 잘 사나."

이윽고 그녀는 내가 앉은 곳과 동떨어진 자리에 앉았다. 나는 다시 작업을 하려고 했으나, 한 공간에 있는 옛 연인이 괜히 신경 쓰였다. 정말 아무렇지도 않았지만, 그렇다고 신경 쓰지 않을 것도 아니었다. 작업이 갑자기 막혔다. "쟤는 하필 여기 와서." 그녀를 뒤로 두고 짐을 챙겨 가장 가까운 지하철역으로 나왔다. 집에 가서 어제 쪄둔 고구마나 먹으며 마감해야지, 라는 생각이었다.

걸어나온 지 한 십분이나 되었을까, 트렌치코트를 입은 작은 체구의 단발머리 여자가 개찰구로 내려갔다. 순간 나는 그 뒷모습을 보고 다시 마음이 무너지는 느낌을 받았다. 반사적으로 그녀의 얼굴을 확인하려고까지 했다. 그리고 잠깐 생각하다가, 다시 깜짝 놀라고야 말았다. 그 사람은 절대로 그녀일 수 없었다. 심지어 나는 그 본인이 어디에 있는지 확인하고 오는 길이다. 논리적으로는 완벽히 무의미한 행위였다. 하지만 마음이 다시 알아서 반응해버리고야 말았다. 아팠던 마음이 그냥 알아서.

그래서 돌아오는 길, 영원히 한 인간에게 남아버리는 슬픔을 생각했다. 슬픔의 원인은 이미 굳어지고 고착화되어 오히려 저 멀리에 있다. 대신 한 인간에게는 그때 당신이 얼마나 슬픔에 차서 방황했는지 알려주는 증거만이 잔존한다. 영원히 그 사람에게만 남는 슬픔. 당신이 누구이건 간에 당신을 확인해야 하는 슬픔. 이제는 헛되고 부질없어도 손을 내밀어 잡아보아야 하는 세상 속 많은 이야기처럼, 누군가는 이렇게 슬픈 중독과 습관을 안고 영영 살아가야 하는 것이다.

불안과 고독

그날 밤 나는 혼자 남아 있다간 꼭 죽어버리고 말 것 같아 친구 집에 갔다. 친구는 허름한 원룸에 살고 있었다. 밖에서 소주를 적당히 나누어 마시고, 우리는 맥주를 사들고 집으로 들어갔다. 좁은 집 한편에 그리 크지 않은 어항이 눈에 띄었다. 그 안엔 손바닥만한 푸른빛 민물 가재가 들어 있었다. 나는 취기 어린 눈길로 어항 안을 바라보았다. 그리고 아주 투명하고 작아서 유심히 보지 않는다면 그냥 지나칠 새우 몇 마리가 헤엄치고 있는 것을 발견했다.

"새우도 키워?"

"아, 그건 생먹이야. 가재 먹으라고."

"그런데 왜 안 먹어? 같이 사네?"

"그게, 처음에는 얘가 주는 대로 다 잡아먹다가, 좀 크더니 귀찮은지 가끔씩만 잡아먹어."

"배가 안 고픈가?"

"가재는 일주일까지 너끈히 굶어. 일주일이 넘으면 내가 참지 못하고 먹이를 주지."

"그런데 새우가 왜 이렇게 많아?"

"처음에는 몇 마리 안 되었는데, 그 안에서 새우가 번식해. 계속 늘어나."

"음, 그러면 자급자족인가. 먹이가 먹이를 낳고 같이 먹이가 되는 선순환인가?"

"뭐 일단은."

나는 잠시 생각했다.

"그러면 이 친구들은 평생을 이 좁은 데서 자기 몸의 만 배쯤 되는 큰 천적과 같이 살아야 하는 거잖아. 마치 팀장님이랑 아침에 같이 씻고 같이 출근해서 같이 일하고 같이 지하철 타고 퇴근한 다음 같이 저녁 먹고 같이 티브이 보다가 옆에서 같이 자는 거네."

"야…… 근데, 듣고 보니 다르지 않겠다."

나는 언제 삼켜질지 모르는 채 좁은 어항을 구석구석 헤엄치는 투명한 새우와, 육중하게 움직이는 가재를 바라보았다. 새우들은 이 비좁은 세계에서 자기 몸을 통째로 먹는 거대한 천적과 같이 먹고, 쉬며, 본능이 시키는 대로 자식들을 낳고 근근이 살아가고 있었다.

그렇다면 그들은 언제 기쁠까. 어쩌면 태어날 때부터 이들에게 행복은 거세된 개념이 아닐까. 평생을 살아도 행복이나 안온감을 느낄 수 없는 존재…… 이 생각들을 버무리며 나는, 그들이 각자, 따로, 편편이, 투명한 내장을 드러내며, 가재와 멀리 떨어진 쪽에서 헤엄치는 모습을 멍청하게 바라보았다. 그리고 혼잣말을 뱉었다. "외롭겠다. 불안하겠다. 고독하겠다. 그리고 죽고 싶겠다……"

거식증

"그 걸 그룹 있지. 네가 좋아한다고 했던 애들. 몇 명이더라?"

"응, 여덟 명이었어. 지금은 일곱 명이고."

"한 명은 중간에 어디 갔어?"

"빠졌어. 조금 쉰다고 하다가, 지금은 아예 탈퇴했어."

"왜?"

"거식증이래."

"거식증? 그거 밥 못 먹는 병이잖아."

"응. 음식을 먹기 힘들어하는 병이지."

"음식을 먹기 힘든데 왜 활동을 못 해? 단순히 밥을 안 먹을 뿐이라면, 연예계 활동이랑은 상관없잖아. 게다가 걸 그룹은 원래 다이어트하느라 밥을 잘 못 먹는 거 아냐?"

"저……"

"응?"

"너는 밥이 도저히 먹기 힘들다고 생각해본 적 없지?"

"글쎄. 보통 한두 끼 굶으면 배고팠지. 속이 안 좋은 날 아니면."

"이런 게 있어. 먹고 싶지 않은데 더이상 굶으면 안 되겠다 싶어서 1인분을 차려놓고 억지로 한입을 먹었는데, 맛은 안 느껴지고 남은 음식은 어디 바다에서 국자로 떠온 것처럼 보이는 거야. 항상 1인분은 아쉬웠는데 지금은 도저히 먹을 수가 없어서 결국 남은 음식을 개수대에 쏟아붓고는 언제 식욕이 돌아올지 모르겠다는 절망감을 느끼는 거지."

"잘 모르겠어."

"그래서 안 겪어본 사람은 이해를 못 해. 인간이 먹겠다는 욕구가 얼마나 강력한데, 몇 끼니만 굶어도 눈알이 핑글핑글 도는 게 인간인데, 음식이 먹기 싫어지는 병이라는 건 가장 심각한 상태인 거야. 몸이 아픈 게 아니라 마음이 음식을 거부하는 거란 말이야. 이런 사람이 행복할까? 하다못해 정상일까? 하루종일 음식이 역겨워서 입에도 못 대는데, 늘 쾌활하고 활기차고 남들 앞에서 잘 웃고 떠드는 사람이 되어야 한다고 생각해봐. 이상하잖아. 로봇이나 기계 같잖아. 그런 식으로는 오래 버티기 힘들어. 그래서 이런 일상생활 못하는 병에 걸린 사람들, 못 먹고, 못 자고, 떨려서 집밖에 못 나가고, 무조건 우울해. 우울하지 않은 사람에게는 처음부터 이런 병이 오지도 않아. 그건 단순히 밥을 못 삼키는 병이 아니야. 그 사람은 늘 죽고 싶어하고 있었던 거지. 나는 그 멤버가 거식증으로 활동을 그만둔다는 말을 들었을 때, 그에게 자신의 힘듦을 표현할 정도의 기운이 남아 있어 얼마나 다행이라고 생각했는지 몰라. 그렇게라도 버틸 힘이 남아 있다는 사실이 얼마나 다행이었는지."

공기의 냄새

　봄밤이다. 어두운 공기에는 찬 겨울의 여운도 있고 생동하는 온기의 기대감도 있다. 학창 시절의 두근거리던 느낌도 있고, 여행지의 그리운 느낌도 있고, 병원의 없어지지 않는 퀴퀴한 느낌도 있다. 이 밀려오고 쓸려가는 교환을 나는 답습하려고만 하나, 새로운 감정은 나를 생각에 주저앉힌다. 이런 혼돈 속에서 나는 무릎을 끌어안고 각자가 주장하는 감정에 순응해본다. 먼 과거와 가까운 과거의 공간이 겹친다. 결국 나는 봄밤을 오래 견디지 못한다. 매년 봄마다 나는 많이 취했고 천치 같았으며 과거라곤 하나도 버리지 못했던 것이다.

　봄에 너를 만났다. 봄 햇살은 우리를 비추며 이끌었고, 봄바람은 우리의 마음을 간지럽혔다. 비밀스럽게 우리는 서로의 소매를 걷었고, 곧 마음을 풀어놓고 취했다. 그리고 조금 더 먼 곳까지 뻗어나가는 봄을 보러 가자는 이야기를 했다. 그곳에 사는 봄은 다를 것이라고. 또 햇살의 온도와 바람의 습도에 관해 이야기했다. 그곳에서 마실 들큼한 술과 누구보다 아름다울 너에 관해 이야기했다. 한없이 취해 봄으로 기어들어가기로 한 날 우리는 아침 일찍 일어나 미리 이야기했던 먼 도시로 떠났다. 짧지 않은 여정에 우리는 머리를 맞대고 갔다. 그러곤 그 도시의 기차역 앞길 건너 강둑에 놓인 벤치에서 서로를 베고 누워 봄을 보았다. 햇살을 먹고 봄을 마셨다. 꽃은 피지 않았거나 전부 졌고, 그것이 다였다. 결국 우리는 서로에게 잔뜩 취해 비틀거리며 돌아왔다. 돌아오기까지의 기억은 잘 떠오르지 않는다. 봄은 우리에게 꽃 한 송이 보이지 않고 자신을 각인시켰다.

꽃이 지는 건 모든 사람이 언젠가 꽃은 질 것이라고 생각하기 때문이다. 그래서, 단 한 사람도 영원히 피는 꽃은 볼 수 없다.

그날 이후 몇 번의 여행을 더 계획했지만 그만큼 멀리 가지는 못했다. 아니 본능적으로 가지 않았는지 모르겠다. 그리고 그 편이 나을지도 모르겠다는 생각을 했다. 사랑한다는 말을 사용한 것도 위태로운 이 즈음이었다. 온기가 심해져 네가 햇살에 얼굴을 찌푸려 울 때도 나는 취했다. 떠나겠다는 말에 나는 고개를 떨구며 무슨 일이든 다 하겠다고 빌었다. 그때 그녀가 영영 떠나기를 바랐던 것 같다. 나에게로 돌아오지 않았으면, 봄을 남기고 이대로 비극을 보았으면 했다.

나는 우리가 멀리 가지 못할 것을 이야기할 때부터 알고 있었다. 봄이 기억으로만 남아 발목을 잡을 것이며, 매년 온기가 바람에 섞여올 때 서로에게 각인된 감정이 요동칠 거라는 사실도. 그러나 어차피 기억이란 어느 하나 아프지 않은 것이 없

다. 그것은 바닥에 부딪히는 비처럼, 결국 져버리는 꽃같이, 무
조건 죽어버리는 것이므로.

키와 몸무게

"잠깐, 음. 174센티미터, 72킬로그램이네요."

그녀의 말에 나는 놀란 기색을 숨길 수 없었다. 나는 오늘 그녀를 처음 만났다. 그 만남이 막 5분째 되어가던 참이었다. 또한 나는 20년간 174센티미터였고, 어젯밤의 체중은 72.2킬로그램이었다. 방금 그녀는 나를 쓱 훑어본 것만으로 내 키와 몸무게를 정확히 맞혔다. 나는 보기보다 몸이 두꺼운 편이라, 무게를 짐작하기 쉽지 않다. 가만히 생각해보면 내 키와 몸무게 같이 중요하지 않은 것을 맞혀보려고 노력한 사람도 없었다. 뜬금없는 그녀의 추측이 놀랍고도 당혹스러웠다. 잠시 그녀가 내 몸의 구석구석을 꿰뚫어보는 것 같은 서늘한 느낌이 들었다.

나는 가만히 팔과 다리에 힘을 주어 내 몸의 무게를 느껴보았다. 내 몸이지만 무게감은 막연했다. 정신을 차리고 그녀의 얼굴을 바라보았다. 자신의 추측이 정답인지 오답인지 궁금해하는 사람 특유의 표정은 찾아볼 수 없고, 다만 체중계에 표시된 숫자를 막 읽은 듯한 담담한 표정이었다. 나는 대답했다.

"나는 의식 잃은 사람을 전문적으로 보는 의사입니다. 늘 그들에게 알맞은 투약량을 결정하고 호흡기를 세팅해야 하죠. 하나 축 처진 그들의 몸무게를 직접 잴 수도, 그들의 입을 통해 들을 수도 없어요. 나는 그들의 벌거벗은 몸을 훑어보거나 맨다리를 들어보곤, 몸무게를 어림짐작해서 투약량을 결정합니다. 그렇게 10년이나 일했어요. 그러다보니 사람의 몸무게를 눈으로 어느 정도 맞힐 수가 있지요. 하지만 이 방식으로 무게를 정확히 맞히는 것은 불가능하다는 것도 알아요. 나중에 그 사람의 체중을 재면, 항상 짐작한 몸무게에서 1~2킬로그램은 틀리기 마련이더군요. 인간의 겉모습만 보고 몸무게를 짐작한다면, 왜인지는 몰라도 무조건 틀리게 되어 있는 거죠. 그것은 인간의 어느 숨겨진 부분, 예를 들면 장기라든지, 체액, 혹은 영혼의 무게가 유난히 제각각이라서일까요. 그것은 남이 도저히 독해할 수 없는, 그 인간이 지닌 고유한 파장 같은 거라고 생각해왔어요. 한데 그것을 그렇게 정확히 읽을 수가 있나요? 당신은 그게 보이는 사람인가요?"

많이 듣던 이야기인지 그녀는 담담하게 대답했다.

"네. 저는 그게 보여요. 아주 쉽지만은 않지만, 어떤 기시감이라고 할까요. 그 사람의 분위기나 다가오는 발걸음의 기운이 제겐 어떤 수나 양으로 느껴져요. 제 안에 있는 저울의 숫자가 점차 올라간다고 해야 할까요. 아, 방금 지나간 남자는 181센티미터에 74킬로그램이군요. 하여간 저도 소수점 단위까지는 아직 자신이 없어요. 당신의 저울은 72킬로그램에서 조금 더 올라갔는데, 72.2인지 72.3인지 약간 판단하기 어려웠어요. 그래서 뭉뚱그려서 답한 거예요."

"72.2였어요."

"아 역시, 그랬군요. 그런데 이건 집안에 내려오는 일종의 능력 같기도 해요. 제겐 여동생이 있는데, 동생은 사람 체중을 소수점 단위까지 정확히 맞힐 수 있어요. 그래서 제가 사람들의 체중을 맞히면 다들 우연의 일치가 일어난 것처럼 신기해하지만, 동생이 체중을 맞히면 사람들은 두려워하곤 해요. 그들도 정확히는 알지 못했던 체중이, 나중에 재어보면 한 치의 오차도 없이 딱 들어맞으니까요. 화를 내는 사람도 있고, 무슨 술수를 썼느냐고 하는 사람도 있어요. 반면 저와 여동생의 몸무게는 어떤 사람도 맞힐 수가 없어요. 저희에게 영혼을 간파당했다고 느낀 사람들은, 필사적으로 우리의 몸무게를 어림잡다가, 자신의 추측이 전부 빗나갔음을 깨닫고 다시 한번 놀라곤 해요. 우리의 몸무게를 맞힐 수 있는 사람은 서로뿐이에요. 우린 매일 아침마다 서로의 몸무게를 비밀스럽게 맞히며 하루를 시작하곤 하죠. 이 행위는 어떤 누구도 침범할 수 없는, 혈족에게 주어진 일종의 상징이나 암시 같다는 생각을 자주 해요."

"음······"

나는 자매가 누구도 틈입할 수 없는 결속력으로 서로의 몸무게를 읊조리며 하루를 시작하는 광경을 상상했다. 보통 사람은 생각하기 어려운 비밀스러운 의식일 것이다. 세상을 꿰뚫어

보는 가늠쇠, 기시감, 그리고 그를 둘러싼 사람들. 나는 생각의 조각을 맞추다가, 담담한 미소를 짓는 그녀의 눈을 바라보며 입을 열었다.

"방금 당신이 내 키와 몸무게를 맞혔을 때, 나는 당신에게 무엇인가 내주어서는 안 될 것을 빼앗긴 느낌이었어요. 생기를 잃어버린 듯한 허전함도 같이 찾아왔어요. 내 일부나 마음이 당신에게 드러난 것 같았죠. 곧 나는 당신이 반드시 불행했거나, 혹은 불행해질 거라는 생각이 들었어요. 당신을 보고 사랑에 빠졌거나, 당신과 사랑을 나누었던 사람은 많을 거예요. 사람은 자신의 영혼을 쥐고 있는 사람을 따라갈 수밖에 없으니까요. 하지만 그들이 전부 이면에서 이렇게 허탈하고 불안한 느낌을 받았다면, 또한 당신을 조금이라도 두려워했다면, 지극히 사랑하는 동시에 두렵게 느껴지는 시선을 견뎌야 하는 사람이 과연 행복해질 수 있을까요? 그렇지 않을 거예요. 당신은 분명히 신비로운 사람이기도 하고, 당신의 피에는 상대방의 영혼을 간파하는 능력이 흐르고 있죠. 그건 좀처럼 설명할 수 없는 능력이에요. 하지만 분명한 것은, 당신은 불행하게 살아왔다는 거예요. 틀림없어요."

"잘 아시네요."

그녀는 이제 나에게서 시선을 거두고 창밖을 바라보았다. 그녀 앞에 놓인 아이스커피에서 얼음이 희끔하게 녹아갔고, 그녀는 빨간 빨대를 비비 꼬며 걸어가는 사람들을 저울 위에 올려놓듯 바라보고 있었다. 그 시선은 이제 기시감을 느끼는 것도 영혼을 가늠하는 것도 아닌 듯했고, 다만 자신을 수없이 스쳐지나간 불행을 바라보는 눈빛 같았다.

개미

　어느 날 집에 개미가 보였다. 작고 붉은 개미였다. 바닥에 단 음식을 흘리고 즉시 치우지 않은 것이 화근이었다. 몇 마리가 보인다 싶더니 어느덧 주체할 수 없이 들끓기 시작했다. 그들의 모습은 건강하고 부지런해 보였지만, 육체는 관용구에 등장하는 그들 이름의 비유처럼 미약했다. 청소기로 혹 빨아당기면 머리와 몸통이 분리되어 청소통에 들어갈 정도였다. 하지만 청소기는 현재를 청소할 뿐, 미래의 잠재적인 개미까지 빨아들이지 못했다. 개미는 학살에 굴하지 않고 내 집을 돌아다녔다.

　한번 집에 마수를 뻗치자, 그 집단은 조금의 불청결도 용납하지 않았다. 마치 살림을 간섭하는 카나리아 같았다. 빵이나 과자 한 조각이라도 두고 나가면 그들은 보란 듯 험로를 개척해 광란의 파티를 벌였다. 과오 한 조각에 어느새 검게 불어난 개미들. 내가 부재하는 빈집에서 내가 허락하지 않은 생명체가 돌아다니고 있다는 사실은 끔찍하다. 그것은 보고 있을 때보다 보고 있지 않을 때 더 끔찍할지 모른다. 청소기에 그들 현재의 육신을 모조리 넣어놓고 외출해도, 미래의 그들이 예기치 못한 곳에서 파티를 벌일 것이라는 상상이, 또 내 물건이 내가 두고 떠나온 그대로가 아닐 것이라는 불안감이 나를 지배했다. 나는 매번 외출에서 돌아오자마자 험하게 불을 켜고 청소기로 그들을 빨아들였다.

　그러나 그들은 끊임없이 불어났다. 참을 수 없어 대청소를 했다. 조금의 여지도 용납할 수 없었다. 일단 모든 음식을 냉장고에 넣었다. 그들이 자주 출몰하는 경로를 쫓다 찬장 아래 흘린 쌀알들을 발견했고, 흘린 과자 부스러기도 발견했다. 또 그들이 일정한 방향에서 일정한 패턴으로 움직인다는 사실도 발견했다. 그것은 미지의 어느 한 공간에서 집의 중심으로 뻗어나오는 구멍이었다. 나는 구멍을 테이프로 막고, 퇴로가 막혀 황망해하는 몇 마리를 청소기로 빨아들였다. 집이 청결해지고 구멍이 막히자 그들은 잠잠해졌다. 아마 영역을 확장할 방법을 궁리하고 있을 것이었다. 역시 다음날, 다른 구멍에서 개미들은 일없이 나와 휑한 집을 돌아다니다가 청소기의 세례를 받았다.

　나는 발견하자마자 구멍을 재차 막고, 식사한 흔적을 완벽히 없애기 위해 밥을 싱크대 위에 차려놓고 먹었다. 아예 집에서 식품을 섭취하지 않을까도 궁리했다. 하지만 구멍은 계속 새로 발견됐고, 나는 끝없이 배고팠다. 문지방 하나가 전부 일자 테이프로 덮였지만 개미들은 그 위를 유유자적 걸어다녔다. 개체수도 점차 늘고 있었다. 온 집에 무한히 테이프를 붙여야 할 것 같았고, 밥은 굶기 어려웠다. 위험이 커지고 있었다. 미지의 공간에 대한 염려와 망상이 점차 늘어갔다. 침실에서 일어나 거실로 나와 개미를 빨아들이는 일이 일상이 되어가고 있었다.

끝내 약국에 개미약을 사러 갔다. 종류는 그리 많지 않았다. 검은 플라스틱의 깔끔한 트랩형이 있었고, 사과 모양의 투명 플라스틱 용기에 과립과 액체가 따로 들어 있는 조금 징그럽게 생긴 형태가 있었다. 가격도 후자가 두 배쯤 비쌌다. 역시 투박한 쪽이 더 강력할 것이라는 생각이 들었다. 나는 과감하게 두 배 비싼 개미약을 사왔다. 어떤 개미가 어떤 약을 선호할지 모르니 용기 하나에 두 가지 독약을, 두 개의 입구가 나 있는 곳에 각각 넣었다는 설명이 쓰여 있었다. 마치 트와이스라는 것인가. 나는 그것을 가위로 개봉해서 가장 최근에 발견된 개미구멍 앞에 붙여두었다. 앞을 지나가던 개미 네댓 마리가 무슨 일이 일어나는지 나를 지켜보고 있었다. 나는 그들을 점잖게 쫓아내고 분위기를 관찰했다.

그들은 약에 즉각적인 반응을 보이기 시작했다. 역시 막 사온 싱싱한 먹을 것은 인간에게나 다른 생물에게나 흥미를 끄는 법이다. 잠시 뒤 온 동네 개미가 까맣게 그 약을 둘러쌌다. 낯익은 친구들부터 잠재적 불청객까지 모조리 보였다. 그들의 취향은 액상형이었다. 한쪽 통로에 몰려든 그들은 독약을 먹기 위해 서로의 어깨를 밀치고 붙들고 실랑이를 하고 있었고, 심지어 고함치는 것 같기도 했다. 마치 일생일대의 행운이 내가 설치한 독약을 만난 일 같았다. 나는 왠지 모를 기분으로 개입하지 않고 그 장면을 가만히 지켜보았다.

다음날까지도 그들은 개미약에 까맣게 붙어 있었다. 어찌나 중독성이 강한지, 식탁 위에서 내가 꿀을 질질 흘리며 떠먹어도 거들떠보지 않을 정도였다. 하도 활발하고 부지런하게 약을 오래 퍼다 먹길래 나는 그들이 오히려 건강해져 돌아올 것 같다는 생각마저 들었다. 하지만 나는 이 성분에 대해 잘 안다. 독성학의 범주에 개미약이 있다. 개미약을 실제로 먹는 사람들이 있기 때문이다.

이 약의 계열은 매우 다양하다. 다행히 인간에게까지 독성이 효과를 보이는 약은 거의 시판되지 않지만, 개미에겐 모조리 치명적이다. 그 원리는 대부분 신경독성인데, 국제 협약으로 금지된 무기는 전부 신경계에 작용할 정도로 살상 효율이 좋다. 개미들은 약에 조금만 닿아도 죽음이 확정된다. 심지어 바로 죽지는 않게 개발되어, 그들은 이 극약을 둥지에서 나누어 먹을 수 있다. 시간이 지나면 약은 둥지의 여왕개미를 포함한 모든 개미의 신경을 타고 마비시켜 팔다리를 끊고 그들을 절멸시킬 것이다. 그들이 까맣게 붙어 있는 모습을 보고 왠지, 그건 지나치게 위험한 음식이니 어서 떨어지라고 충고해주고 싶을 지경이었다. 하지만 그들은 여전히 활발하게 약 주위를 첨벙거리며 돌아다녔다.

그다음날이 되었다. 집에는 그야말로 개미 새끼 한 마리 보이지 않았다. 내가 어떤 방만한 행동을 해도, 식탁 위에 비스

킷과 꿀과 초콜릿과 머랭과 초코쿠키와 사탕과 과실주와 꼬북 칩을 쏟아부어도, 개미는 한 마리도 나타나지 않았다. 나는 문 지방의 테이프를 뜯어내고 며칠간 괜한 바닥을 문질렀다. 청소 가 귀찮아지자, 왠지 살기도 귀찮다는 생각이 들었다. 그러면서 나는 가끔 내가 붙여놓은 개미약을 본다. 그것은 인기가 떨어진 연예인처럼 혼자 붙어 있다. 이 집에는 이제 아무도 거들떠보지 않는 개미약과 나 혼자만 남았다.

스포트라이트

어렸을 때 사랑에 빠져들던 아련한 순간을 생각해보면, 꼭 많은 사람 중에 빛나는 한 사람이 있었다. 같은 교복을 입은 엇비슷한 동창생 중에서도, 신입생 오티 때 강당에 모여 웅성거리던 많은 동기 중에서도, 넓은 술집에 흩어져 앉아 떠들썩하던 동아리 모임에서도. 그 사람과 말 한마디 나눠보지 않았으며 심지어 누군지 알지도 못했지만, 나는 그 많은 군중 속에서 오직 한 명의 사랑하는 사람을 분명하고도 단호하게 찾아냈다. 다른 사람들은 전부 너와 나 사이의 배경이 된 듯 멀고 흐린 시야에서, 너의 머리칼 한 가닥이 삐져나온 모습을 멍하니 바라보다가, 네가 몸을 움직여 무엇인가를 집어들거나 앞사람과 재잘거리는 모습에도 가슴 아릿해지던 그런, 분명 내가 사랑에 빠졌음을 알게 하는 것들. 그것들이 일순간 가슴으로 쏟아지는 일이 아련한 기억 속에선 사랑에 빠지는 순간이었다.

하지만 그로부터 시간은 너무 많이 흘러가버렸다. 낯설었던 공간이나 사람들은 전부 흩어졌고, 이제 나는 더이상 알지 못하거나 말을 나눠보지 않은 사람을 두고 사랑에 빠지는 일 따위는 하지 않는다. 지금은 가끔 수많은 사람 사이에서 눈에 띄는 한 사람을 보아도, 미지의 타인에 대한 두려움이나 그 사람과의 관계가 성립 불가능한 이유만을 떠올린다. 지금 누군가와의 사랑이 굳이 이루어진다면, 그것은 이미 눈앞에 있는 그 사람과 사랑할 가능성을 이리저리 궁리하며 재단한 뒤다. 저 정도 사람이면 마음을 열어도 괜찮지 않을까. 혹시 사랑에 빠지기에 충분한 사람이 아닐까. 그러다 이 선택이 돌이킬 수 없는 후회나 상처로 남게 되면 어쩌나.

사랑은 왜 이렇게 슬픈 것이 되어버렸을까.
군중 속에서 우리를 사랑에 빠져들게 한, 단 한 사람이 꽃가마를 타고 벼락처럼 들어왔던 예민한 순간은 과연 어디로 사라져버린 걸까.

우에노의 케이

　　케이를 처음 만난 건 시리아 알레포의 어느 게스트하우스
에서였다. 지금은 믿기지 않지만 당시 시리아는 여행자의 천국
이었고, 알레포는 터키에서 국경을 넘은 여행자들이 본격적인
중동 여행에 앞서 묵어가는 도시였다. 나는 게스트하우스 테이
블에 앉아 스무번째 읽은 시집을 스물한번째 읽고 있었다. 그녀
는 샤워를 마치고 나와 수건으로 머리를 말리고 있었고, 스물
셋의 나와 스물넷의 케이는 그때 처음 만났다. 내 시집은 한국
어였고, 그녀의 가이드북은 일본어였다. "어디로 가는 길이야?"
"아부심벨."

　　그녀는 머리를 마저 말리고 나와 테이블에서 맥주를 한 병
마셨다. "혼자 왔어?" "응. 심지어 시베리아 횡단 열차를 타고
왔어." 그녀도 나도 혼자 여행하고 있었다. 중동 횡단 루트는 앞
으로 한 갈래 길이었다. 나도 맥주를 한 병 주문했고 우린 곧 친
구가 되었다. 하나뿐인 그 길 위에서 친구가 된다는 것은 이제
매끼 같이 식사를 하고 유적지를 돌아다니며 다음 도시로 향하
는 버스를 같이 탄다는 뜻이었다. 다음날 아침 그녀와 나는 같

은 버스를 타고 시리아 홈스로 향했다.

이후 우리는 같이 다섯 개 국경을 넘으며 여행했다. 다마스쿠스, 베이루트, 암만, 예루살렘, 베들레헴, 룩소르. 지금 돌이켜보면 꿈같은 도시들이었다. 그 일대기는 여기에 다 적을 수 없다. 수많은 친구들과 많은 술을 마셨고, 이야기가 남지 않을 때까지 수다를 떨며 취한 시간을 보냈다. 각자의 나라로 돌아가야 하는 카이로 사파리 게스트하우스에서의 마지막 밤, 나는 케이에게 너와 이야기를 나누기 위해 네 모국어를 배우고 말 거라고 선언했다. 케이, 너와 이야기를 더 자유롭게 나누는 것만으로도 가치가 있어. 그녀는 마지막날 밤 끝까지 숨겼던 자기의 비밀을 털어놓았다. 사실 내 전공은…… 영어야.

우리는 비슷한 시기에 고국으로 돌아가 각자의 삶을 살았다. 각자의 삶도 치열해야 할 때니까. SNS가 없던 시절이라 이메일을 통해서만 나의 삶을 상대방에게 전달할 수 있었다. 우리는 끈질기게 이메일을 주고받았다. 하지만 물리적인 거리는 멀었다. 비행기표는 비싼데다가 단수 여권을 사용해야 했던 시절이었고, 나는 아직 일본에 가본 적조차 없었다. 그러나 케이가 그리웠고 보고 싶었다. 이메일만 주고받는 사이의 잠정적 한계는 1년 정도일까. 그 1년이 넘도록 우리는 메시지를 적어 보냈다. "학기중이야" "시험을 봤어" "취직을 했어" "이번 과목은 신장학이었어" 따위의 이야기였다.

하지만 나는 일본이 아닌 중국으로 어학연수를 떠나게 되었고, 치열하게 방황하며 학창시절을 보냈다. 그러다, 갑자기 호주에 가기로 결정했다. 방학 한 달을 머물며 시를 쓰기로 했다. 기적적으로 일본에 스톱오버하는 저렴한 비행기 표를 구할 수 있었다. 경유지는 도쿄였다. 나는 케이가 도쿄에 살고 있다는 건 알았지만 정확히 도쿄 어디에 사는지 몰랐다. 이메일도 조금 뜸해진 무렵이었다. 나는 출국 전날 부랴부랴 케이에게 이메일을 썼다. 내일 도쿄에서 만나자고.

초행인 도쿄에서 약속 장소를 정해야 했다. 지하철 노선도를 찾아 정말 멋대로 장소를 정했다. 공항에서 바로 닿는 우에노 역이 교통의 요지 같아서 좋겠어. 위치는 아사쿠사 방면으로 가는 기차의 맨 앞 승강구면 되겠지. 케이, 나는 내일 아침 비행기로 도쿄에 가. 한시 반에 그곳에서 기다릴게. 이메일을 확인하지 않았을지도 모르니까, 삼십분만 기다릴게.

사실 불가능에 가까운 일이었다. 이메일은 일부러 컴퓨터를 켜고 접속해야만 확인할 수 있었고, 그녀와 마지막으로 이메일을 주고받은 건 한 달 전이었다. 케이가 우에노에서 너무 먼 곳에 살고 있거나, 어딘가로 여행을 갔을 수도 있다. 그 시간에 다른 일이 있을 수도 있었고, 사실 우에노에서 아사쿠사 방면으로 가는 노선이 단 하나뿐인지도 알 수 없었다. 스마트폰은커녕 핸드폰도 없어 그 넓은 역에서 엇갈리면 다시 만날 수 없었다. 결정적으로, 케이가 나를 보러 나와주어야 했다. 그래야만 우리는 재회할 수 있었다.

하지만 케이는 거기 있을 것 같았다. 인천공항에서 출국해 도쿄 입국 심사대에서 스톱오버 비자를 받았다. 공항선에 오를 때에도 가능성을 하나하나 따지고 셈하며 케이를 생각했다. 기차는 느릿느릿 우에노역에 도착했다. 낯선 일본어 간판이 번쩍거리는 어마어마하게 복잡한 역이었다. 아사쿠사로 가는 기차는 그중에서도 벌판 같은 곳에 있었고, 맨 앞 승강구는 아주 외딴곳이었다. 나는 거기서 내려 케이를 기다리기 시작했다.

그때 내가 무슨 생각을 했는지 모르겠다. 처음 보는 일본의 기차와 벌판 같은 풍경을 보고 우연 같은 것을 생각했을까. 케이는 십오분 늦었다. 그녀는 글썽이고 있었다. "이런 곳이 있었구나. 세상에. 나 이메일을 두 시간 전에 확인했어. 집이 여기서 멀단 말이야. 우에노역 아사쿠사 방면의 맨 첫번째 승강구라니, 미쳤어. 전날 연락해서 이런 곳에 나와 있다니. 정말 너답단 말이야. 2년 만이네. 잘 지냈어?"

그뒤로 불가능한 것을 떠올릴 때면 우에노의 케이를 생각한다. 닿지 않는 마음이나 멀리 있는 그리운 것을 생각할 때, 도저히 전해지지 않는 진심을 생각할 때, 문득 내일 내가 거기에 있겠어, 라고 이메일을 보내고 벌판 같은 역에서 케이를 기다리던…… 그건 어쩌면 아릿하게, 마음이란 것이 돌부리에 치이듯 가닿는 기적 같은 순간이라고. 그렇게 그립던 케이가 글썽이며 그 자리에 나타난 것처럼, 그리워하고 있으면 일생 언젠가 한번은 만나게 되는 불가능해 보이는 일들을.

생활

1.

수면 시간은 충분하지만 과하지 않아야 한다. 아침에 일찍 눈을 떴을 때, 일과가 비어 있다고 다시 눈을 붙이지 않는다. 정신이 명료하고 무엇엔가 집중할 수 있는 시간은 막상 하루에 얼마 되지 않는다. 이 시간을 모두 아깝다고 여겨야 한다. 대신 정신이 혼탁하다고 느껴지면 주저 없이 숙면을 취한다.

2.

급한 일이 아니라면 전화를 걸지 않는다. 걸지 않으면 받을 일도 점차 줄어들어 거의 없어진다. 무엇인가 하고 있는 일상의 집중을 깨뜨리면서까지 누군가와 통화해야 할 정도로 중요한 일은 많지 않다. 외로움이 힘이 될 것이라고 생각하면, 결국 외로움도 힘이 된다. 적어도 당장 신변잡기를 누군가에게 털어놓지 않아도 될 정도가 된다. 스마트폰과 포털 사이트 기사는 필요악이다. 될 수 있는 대로 보거나 만지지 않는 편이 어느 모로 봐도 좋고, 스트레스도 덜하다. 지금 보고 있는 그 기사는 나중에 봐도 된다. 완전히 없앨 수 없다면, 적어도 그로 인해 멍청한 시간을 보내지는 않겠다고 다짐한다.

3.

독서는 한 달에 스무 권 정도로 정한다. 더 많이 읽으면 밀도가 낮은 독서가 되거나, 허튼 책을 고르게 된다. 충분히 시간을 두고 책을 즐기며 문장을 하나하나 음미한다. 오랜 습관대로, 어딘가 갈 때 꼭 인쇄된 활자를 들고 다닌다. 근본적으로 가리지 않고 쉬지 않고 읽는다. 책으로 만들어진 활자는 대체로 멍청하지 않고 경거망동하지 않으며, 신중하다. 떠드는 말이나 근본 없이 돌아다니는 글보다는 낫다. 한 권 정도는 영문으로 된 것을 읽도록 노력한다. 괴롭지만 보탬이 되는 습관이다. 읽고 나선 짧게라도 읽었음을 기록하는 서평을 쓰고 좋은 문장을 기록해둔다. 그 기록은 앞으로도 오랜 시간 자산이 된다. 책의 정수만을 다시 볼 수 있고, 당시에 사랑했던 문장일수록 이차적인 영감을 얻을 확률이 높다.

4.

한 달에 한 번씩 열리는 시 낭송회에 참석한다. 새로운 글을 써서 낭송하는 일은 제법 재미있고, 그 자체로도 뮤즈가 된다.

5.

주말 하루는 축구하러 나간다. 흠뻑 땀흘리는 일은 언제나 좋다. 그 외 해가 저물고 무료하며 기분이 가라앉는 저녁이 되면 꼭 삼십여 분 가벼운 웨이트 트레이닝을 하고, 한 시간 정도 조깅을 한다. 운동하는 시간을 아깝다고 여기거나 줄이지 않는다. 그 시간만큼 더 보람차고 밀도 있는 시간이 없다. 달리기는 생각을 전환하고 정리해주며 자신도 몰랐던 주제나 결론을 이끌어내주기도 한다. 편하게, 무리하지는 말고, 천천히 꾸준하게 오래 달린다.

6.

평일 하루는 음악을 하러 나간다. 각자의 악기를 다루는 사람들이 모여 호흡을 맞추고, 그 결과를 음악가의 입장에서 듣다보면 음과 소리를 다루는 느낌이 확연히 좋아진다. 그것은 그것만으로 일종의 쾌감을 주기도 한다. 특히 나의 연주를 스스로 듣는 것에 익숙해지니, 남들 앞에서 부끄러운 연주를 하는 일이 줄어든다. 밴드 연습도 틈틈이 하면서 클래식 피아노는 따로 일주일에 두 번, 두세 시간 정도 연습한다. 쇼팽, 바흐, 베토벤, 드뷔시, 라흐마니노프 등 좋아하는 음악을 한 시간쯤 집중적으로 연습하고, 나머지는 조금 가벼운 악보를 골라 쳐본다. 책을 읽을 때처럼 음악가와 대화한다는 기분으로 연주한다. 음악 이론서도 틈틈이 본다.

7.

주변에 음악을 틀어놓는다. 자신의 취향에 맞고, 분위기에 어울리며, 가끔은 분위기를 만들 수 있는 음악을 선곡할 수 있는 것도 능력이다. 꾸준히 음악 목록을 만들고 기억해가며 듣는다. 매주 주요 발표 앨범을 골라 걸어놓고 내가 좋아하는 장르를 우선적으로 듣는다. 좋아하는 노래는 나중에 언제라도 듣고 마음을 가라앉힐 수 있게 귀에 익을 만큼 듣는다. 선호하지 않는 장르라도 주요 음악가의 음악은 들어본다. 문득 나도 몰랐던 좋은 세상의 문이 열릴 가능성이 있다. 주변 지인이 추천하는 노래는 잊지 말고 찾아 들어본다. 그 사람은 나와 공감할 수 있는 사람일 확률이 높고, 그들이 좋아하는 노래도 그럴 가능성이 높다. 이는 생활을 윤택하게 만드는 결정적 습관이 될 수 있다.

8.

습득한 외국어를 놀리지 않도록 틈날 때마다 읽고 쓰고 기억해본다. 당장 사용할 일이 없어도 관련된 책을 읽거나 펴서 떠올려보는 것으로 회로가 유지된다. 시간 여유가 있다면 공부해서 어학시험에 응시해본다. 반드시 필요한 일은 아니지만 언젠가 그로 인해 도움 받을 일이 생길 것이다. 적어도 인생에서 몇 번 재미있는 일이 생길 것이다.

9.

청소는 많은 시간이나 품을 들이지 않고도 막강한 영향을 발휘할 수 있는 활동이다. 느리지만 꼼꼼하게 시간을 들여 청소한다. 누군가 갑자기 찾아와도 부끄럽지 않을 정도를 기준으로 삼는다.

10.

혼자 있는 시간만이 나를 발전시킬 수 있다. 또, 혼자 시간을 보낼 수 있는 것은 행운이다. 홀로 남으면 이에 감사하고, 귀한 시간을 흐트러뜨리지 말고 최대한 알차게 보낸다.

11.

끼니를 직접 요리해 먹는다. 가정식을 만드는 일에는 직관적 능력이 필요하다. 냉장고에서 꺼내 쓸 수 있는 식재료와 양념을 조합해 어떤 방식으로 조리하면 좋을지 머릿속에 그려본다. 간단한 조리로 시작할지라도 요리 실력이 점차 늘 수밖에 없다. 가끔 한번쯤 지금까지 해본 일 없는 요리를 만들거나, 김치 같은 복잡한 요리에 도전한다. 그러다보면 그것은 곧 내가 만들 수 있는 요리에 포함된다. 장차 그 총합은 내가 포함된 가구의 가정식이 될 것이다. 시간만 넉넉하다면 요리는 나와 내 앞에서 식사를 할 사람에게, 또 앞으로의 인생에 가장 좋은 습관이 되어준다.

12.

써야 한다는 생각을 쉬지 않는다. 실제로 무슨 생각이든 일단 적기 시작해 남겨놓는 것이 최고의 습관이다. 하지만 그 생각과 기록이 정말 좋은 것이 될 수 있도록 항상 노력해야 한다. 어떤 문제나 화제, 이야깃거리가 생겼다면 그걸 즉시 소재로 단정짓지 말고. 꼭 다른 방향에 서보거나 다른 시점을 가져본다. 내가 서 있는 자리나 상대방의 논점 등을 파악해보면 글을 써야 하는 좋은 위치가 눈에 띈다. 그 위치가 발견되면 주저하지 않고 일단 쓴다. 이 과정을 반복하고 성찰하다보면 나도 모르는 사이 머릿속에서 자연스럽게 그려지는 글을 쓸 수 있다. 직접 써보기 전까지는 내가 무엇을 알고 어떻게 생각하는지 잘 모른다. 자신이 모으는 글과 남들 앞에 보이는 글을 분리해서 적어도 남들 앞에 내어놓을 수 있는 글을 주당 한 편은 완성하고, 그 글이 제법 긴 분량과 개연성을 갖출 수 있도록 노력한다. 다 되었다면 비슷한 시간을 들여 문장을 다듬는다. 개별적 문장의 아름다움이 곧 글의 아름다움이다. 다시 말하지만 머릿속을 옮겨서 실제로 완성시키는 행위가 가장 중요하다.

13.

술자리를 줄일 필요가 있다. 정신이 혼탁한 채로 정신이 혼탁한 사람의 이야기를 듣는 것은 자주 하면 좋을 리가 없다. 반드시 필요한 술자리란 없다고 생각한다. 하지만 가끔씩 마주하는 청량한 알코올은 세상을 살아가는 이유가 되어준다. 내가 경거망동할 수 있고, 특히 상대방이 경거망동했을 때에도 전혀 상처받지 않을 수 있는 사람들과 술잔을 나눈다. 편한 분위기라면 생각나는 무슨 말이든 해본다. 이것이 보통 사람들이 지금까지 해왔던 유희의 방식이기도 하며, 이런 유희를 통해 가끔 나도 모르는 나의 이야기를 얻는다. 너무 잦지만 않다면 이런 자리는 좋다. 하지만 흉허물 없이 그런 편안한 술자리를 함께할 수 있는 상대는 드물다. 그렇지 않은 상대 앞에서 취했을 경우, 내가 느낀 부끄러움을 기억한다. 의지로 줄일 수만 있다면 술자리를 줄인다. 내 입에서 내 머릿속에 들어 있는 말이 자꾸 새어나가는 일이 어쩌면 좋지 않다.

14.

남이 쓴 것뿐 아니라 자신이 쓴 글도 읽는다. 그리고 남들이 한 말뿐만 아니라 자신이 하고 있는 말도 듣는다. 자신의 행동을 스스로 정제한다는 느낌으로.

15.

티브이의 호흡은 너무 느리거나, 시간이 덧없이 흐르도록 설계되어 있다. 드라마는 지나치게 통속적이고, 예능은 지나치게 들떠 있으며, 뉴스는 몰라도 되거나 이미 아는 것들을 늘어놓으며 종종 현실을 호도한다. 영상이 그리우면 영화를 본다.

영화는 아직까지 압축되어 있는 철학과 영상미의 정수다. 좋은 영화를 골라 유심히 보는 습관을 들이고, 엔딩 크레디트가 올라갈 때 눈을 감고 감독의 의도나 미장센을 생각하며 영화의 인상적인 순간을 첫 장면부터 복기해본다. 마치 다시 한번 되새김하는 느낌으로. 그리고 깊이 있게 영화를 보는 사람들의 영화평을 찾아 탐독한다. 이런 습관이 쌓이면 고급스러운 비평안이 생기며, 영화를 심도 있게 해석하는 일이 가능해진다. 영상 평론도 틈날 때마다 써둔다. 영상도 충분히 텍스트로 표현될 수 있다.

16.

옥상에 있는 두 뙈기 밭에는 작물을 얻을 수 있는 것을 심어 침착하게 가꾼다. 낯선 분야지만 경작에 관련된 노하우를 찾아보아 직접 작물에 약간의 정성을 더 들이는 것만으로, 그들은 끔찍하게 잘 자란다. 흙을 만지고 씨앗을 심어 키워보는 체험은 신비로움을 선사하며, 손수 경작한 작물로 요리하거나 김장을 담글 줄 안다는 것은 대단한 자산이다. 무엇보다 땅에서 뭔가를 얻어오고 있다는 생각으로 살 수 있다. 그 느낌이 얼마나 충만한지 모른다.

17.

가끔 휴가를 최대한 길게 받아 멀리 간다. 나는 일상만을 유지하기 위해 사는 것은 아니니까. 이 모든 일상을 해체하고 그 나라의 대기에서, 그 도시의 질서대로 사는 며칠간은 나에게 색다른 청량감을 준다. 자칫 너무 피로해질 수도 있으니 여행지에서는 무리해서 이동하지 않는다. 그 장소를 남에게 소개할 수 있을 때까지 편히 자신을 녹여 그곳에 머무른다. 그곳에서 해야 할 일은 몇 가지 없다. 외국어를 사용할 것. 조깅을 할 것. 나만의 시점에서 사진을 찍을 것. 마지막으로, 내가 보냈거나 지금 보내고 있는 아름다운 순간에 대해 최대한 자세하고도 치밀하게 기술할 것.

배려

　겨울휴가를 맞이해 따뜻한 곳으로 떠나기로 했다. 비행기
가 이륙하고, 나는 기내의 좁은 통로를 지나 화장실로 들어갔
다. 일을 보려던 내 눈에 그 자리에 조금 어울리지 않는 물건이
눈에 들어왔다. 바로 재떨이였다. 이 금단의 존재는 15년 전 내
가 비행기를 처음 타던 때부터 기내 화장실 벽에 태연하게 눈에
띄게 붙어 있었다. 심지어 위치도 타들어가는 담배에 빨간색 사
선이 그어진 금연 안내문 바로 아래였다. 나는 그것을 한번 열
어보았다. 당연히 내부는 깨끗하게 비어 있었다.

　그 재떨이는 뜬금없는 존재기에 나는 그 의미를 다시 한번
생각했다. 비행기 내부에서는 공식적으로 누구도 담배를 피울
수 없다. 하지만 재떨이는 모든 화장실 벽에 내장되어 있다. 그
렇다면 아무도 이용하지 못할 재떨이를 왜 일부러 만들었을까.
비행기에서 흡연이 허용됐던 옛 시절의 잔재가 아직 남아 있
는 것일까? 아니면 승객에겐 흡연이 금지되어 있지만, 기장이
나 승무원은 긴 비행을 마치면 몰래 일탈의 즐거움을 만끽하는
것인가. 혹여나 공중도덕상 흡연 욕구를 누르고 있던 사람들마

저 깨끗하게 준비된 재떨이를 열어보곤 한번쯤 허공에 연기를 내뿜고 검은 재를 떠는 상상에 빠져들진 않을까. 만일 그렇다면 이는 아직 없애지 못한 채 남겨두어 사람들을 불필요하게 유혹하는 존재 아닐까. 나는 그 공간에 도무지 어울리지 않는, 재를 떨기에 가장 효율적으로 디자인된 모양새를 바라보며 그렇게 생각했다.

여행에서 돌아와 나는 그 존재의 이유를 검색해보았다. 곧 납득할 만한 구절을 찾을 수 있었다. 비행기 회사의 문건이었다. 그 내용은 대강 이렇게 요약된다. "공식적으로 비행기 내부에선 일절 흡연이 금지되어 있습니다. 그것은 누구에게나, 관계된 어떤 사람에게도 당연히 마찬가지로 적용됩니다. 하지만 어떤 사람들은 기내에서 꼭 흡연을 하고야 맙니다. 계속 기내 금연을 홍보하고 더 강력한 처벌을 할지라도 매년 일정 수의 사람들이 흡연으로 적발됩니다. 또한 누군가의 통제할 수 없는 욕망은 강렬해서, 이 위법을 앞으로 원천봉쇄할 수 있다고 장담할 수도 없습니다. 그렇기에 어차피 존재할 그 사람들은 비행기 화장실에 재떨이가 없다면 벽이나 휴지통 같은 곳에 아무렇게나 재를 떨고 담배를 비벼 끄고 말 것입니다. 그런 행위는 위생적이지도 않을뿐더러 큰 사고로 이어질 수 있습니다. 그렇다면 결국 선량한 사람들이 피해를 보는 셈입니다. 그래서 우리는 차라리 화장실에 재떨이를 만들어놓은 것입니다."

그랬다. 그것은 비행을 마친 기장을 위한 것도, 뭇사람에게 유혹을 가하기 위한 것도 아니었다. 오롯이 공공질서를 위반하는 사람을 위한 것이었다. 어차피 매년 비행기를 이용하는 수많은 승객 중에서 흡연자는 나올 것이다. 그런 사람은 당연히 용납해서는 안 되고, 정해진 규정으로 엄벌해야겠지만, 비행기를 만드는 사람들은 일단 그 범법자가 미칠 영향까지도 고려해야 했다. 그래서 도무지 불필요해 보이는 재떨이는 모든 기내 화장실 벽에 내장되어 깔끔한 자태를 뽐내게 되었고, 비행기 제작자들은 많은 승객 중 오직 범법자를 위해 품을 들여 공간을 마련하고 재떨이를 배치하게 되었다.

그런데 세상에 이렇게 범법자를 위해서만 존재하는 물건이 있을까? 오로지 사회질서를 파괴하는 사람만이 이용할 수 있고, 또 그들만을 위해 누군가 만들어놓은 물건이 있을까? 그렇게 비행기의 재떨이는 범인의 생각으로는 헤아리기 힘든 유별나고 유난한 배려에서 태동한 존재였다. 그래서 나는 자전거도 자동차도 아닌 비행기를 만들기 위해서는, 그 크기만큼의 거대한 아량이 있어야 하는 것이 아닐까 생각했다. 태평양과 대서양을 건널 정도의 너른 존재를 창조하려면 누군가를 고려하는 마음도 그 정도의 너비가 되어야 하는 것 아닐까 하고.

열상

오랜만에 술에 취했다. 집에서 친구와 단둘이 마셨기에 큰
소동 없이 아침에 눈을 떴다. 대신 마음이 아주 편했던지, 내 손
에 나 있는 낯선 상처를 발견했다. 간밤의 나는 기억이나 잘 붙
들고 있으면 다행인 취객이었다. 취객의 본분상 나는 상처의 경
위를 기억하지 못했고, 욱신거리는 통증만을 호소했다. 처음 상
처를 진료한 것은 아침에 일어난 의사의 자아였다. 그는 자신의
상처를 잠깐 벌려보고 반사적으로 이렇게 진단했다.

"2센티미터가 약간 넘는 열상. 신경이나 근육층을 의미 있
게 침범했을 자리는 아니지만, 지방층이 보일 정도로 깊습니다.
게다가 상처가 손바닥이 접히는 부위에 나 있어서 추후 벌어지
거나 넓어질 가능성이 높고, 일상생활을 하면서 계속 닿을 수밖
에 없는 부분이라 곪을 가능성도 많습니다. 말끔히 소독한 다음
국소마취 후 봉합하고 3일간 항생제를 복용해야 하며, 열흘 뒤
실밥을 풀 때까지 소독을 받아야 합니다. 그러지 않으면 상처에
염증이 앉을 것이고, 상처가 쉽게 아물지 않을 것이며, 흉터가
크게 생길 수도 있고, 일상생활에 불편함을 겪을 것입니다."

아직 취객의 연장선상에 있던 다른 자아는 이렇게 답했다.

"싫어. 마취 주사는 아프잖아. 아픈 건 무섭고 싫어."

의사로서의 나는 평소 같았으면 막무가내로 나오는 환자를 보며 속으로 혀를 끌끌 찬 다음, 권위를 이용해 환자에게 겁을 주거나, 보호자에게 읍소하거나, 점잖게 환자를 타이른 다음 얼른 주사기를 들어 마취부터 시작할 차례였다. 하지만 같은 몸을 쓰는 환자는 여간내기가 아니었다. 설득의 여지없이 응급의학과 전문의의 의견은 이렇게 묵살당했다.

그리고 이틀이 지났다.

상처는 과연 손바닥이 접히는 자리에 나 있어서 더 벌어졌고, 그곳은 일상생활에서 계속 닿는 부분이라 상처가 덧났다. 소독도 대충 받고 계속 물에 닿았더니 상처에는 벌겋게 염증이 생겼고, 쉽게 아물 기세는 아니었다. 앞으로도 더더욱 일상생활에 불편감을 줄 것 같았다.

이제 의사인 자아가 나와 권위 있게 헛기침을 한 다음에, "환자 분, 거봐요. 덧나고 더 불편하잖아요. 그때 말을 들었어야지요"라고 할 차례였지만, 그런 일은 없었다. 환자가 그 말이 듣기 싫어 반대편의 자아를 차단했기 때문이다. 대신 환자는 상처가 욱신거릴 때마다 이렇게 말한다. "의사는 참 신통하다. 귀신같이 아프네. 역시 의사 말을 들었어야 해."

이렇게 의사인 자아와 나누어 쓰는 육체는 오히려 더 고생할 때가 있다. 내 육신이여, 평생 방심하지 말지어다.

무릎

영하 3도의 축구장에서 축구를 하고 있었다. 아침까지 당직 근무를 하고 잠깐 눈을 붙이고 나온 경기였다. 팀은 원래 풋살장에서 아기자기한 공놀이를 했으나, 그날따라 마지막 경기는 큰 구장에서 하기로 했다. 나는 그날도 그럭저럭 축구를 못하던 중이었다. 다들 체력을 소진하고, 넓은 경기장에서의 시합은 막바지에 이르렀다. 슬렁슬렁하던 경기도 누군가 "골든골 두 골 아이스크림 내기!"라고 외치면 아이스크림이 전혀 먹고 싶지 않아도 근육에 힘이 붙는다. 팀이 골든골을 하나 실점한 뒤, 결정적인 스루패스가 왼쪽 풀백이었던 내 옆으로 흘러갔다. 그리 빠르지 않은 공격수 친구가 기분 나쁘게 쇄도하고 있었다. 이 경로를 차단하고 싶었다. 뇌는 몸통과 오른발을 동시에 던져 패스를 차단하고 공을 끌어당겨 소유한 뒤 미드필더에게 바로 연결하고 최전방으로 킬패스를 보내 아이스크림을 핥으며 상대를 조롱하는 그림을 그렸다. 몸통과 오른발은 서로 조화롭지 않게 어설프고 다급한 모양으로 날았다. 구르는 공은 축구화에 닿는 듯하였으나 굳이 그러지 않았다. 나는 주춤거리며 매우 부자연스러운 자세로 넘어졌다. 늘 부자연스러웠기에 사람들뿐만 아니라 나조차도 크게 신경쓰지 않았다. 공격조차 그리 재능 없던 기분 나쁜 친구는 공을 받아 노마크찬스에 직면했고 회심의 결승골을 날렸다. 그것은 매우 안정적으로 골문 구석으로 빨려 들어갔다. 나는 자리에서 털고 일어났으며 사람들은 아이스크림을 먹으러 갔다.

축구를 마치고 돌아오면 늘 다리 어딘가가 불편했다. 장딴지나 허벅지에 압력이 가해질 때 느껴지는 약간의 통증을 격한 운동의 증거로 생각해 좋아했다. 하지만 그 감각의 잔흔은 나와 같이 팀을 먹은 친구들의 어시스트와 득점과 패스에 대체로 도움되지 않는 것이었으므로 지극히 개인적인 자아실현에 가까운 것이었다. 그날도 운전해서 집에 들어오자, 다리가 매우 불편했다. 이번 통증은 조금 더 오래갈 것이라고 생각했지만, 평소보다도 너무 심하고 격하게 아팠다. 가뜩이나 굵은 허벅지와 무릎이 비대칭으로 엄청나게 부풀어오르기 시작했다. 나는 다리를 절름거리다 몇 시간 만에 걷지도 못하게 되었다. 땅에 발을 딛기만 해도 끔찍한 고통이 전해져왔다.

마지막 진심을 담은 자아실현이 문제였다. 그것은 자아가 자신의 육체를 파괴하도록 내린 매우 그릇된 명령이었다. 육체가 그 자폭 명령을 기꺼이 실현해버렸다. 나는 자리에 드러누웠다. 오른쪽 하지가 계속 욱신거렸고, 한 관절이 마비되자 대신 하중을 받은 왼다리에도 통증이 있었다. 연이어 자세는 비틀어졌으며 통증은 사라지지 않고 나는 다만 누워 있었다. 내일도 출근하는 날이었다. 아, 일은 어떻게 하지. 통증과 고뇌 사이를 오가다가 내 직장이 종합병원이라는 생각이 떠올랐다. 아참, 진료를 받으면 되겠군. 진료를 주고받으며 나아갈 길을 모색하면 되겠다. 병원은 대체로 그 안에 있는 사람의 통증을 방관하지 않는 법이지. 좋은 생각이다.

그래서 나는 다리를 붙들고 이른 밤부터 출근할 때까지 꼼짝없이 누워 있었다. 화장실이라도 가려면 처절했다. 당직과 축구의 피로가 몰려와 잠이 들었다가, 통증이 너무 심해 한 시간에 한 번씩 일어났다. 불면시에는 내가 당직 근무중에 이런 다리를 마주했다면 어떻게 했을지 생각했다. "골절이 의심되지 않으니 반깁스를 대고 통증 조절을 한 다음 통증이 지속되면 MRI 찍읍시다." 이 문장은 인류가 무릎 손상 환자를 치료하며 축적해온 의학 지식의 최신 결정판을 압축적으로 표현한 것이었다. 하지만 반깁스를 대고 통증 조절을 한다고 이 무릎이 안 아파질 일은 없음을 나는 본능적으로 알 수 있었다. 지금 너무 아팠기 때문이다. '아니야. 의느님이잖아. 정형외과 의느님은 이 다리를 치료해줄 거야. 무려 병원 진료인데 말이지.' 실상 나뿐만 아니라 정형외과 의사들이 수없이 이 문장을 반복하는 것까지 보았으면서도, 나는 왠지 그들에게 희망을 품었다. 하여간 나는 빨리 병원에 가고 싶었다. 출근이 기다려지기는 오랜만이었다.

택시를 타고 일찍 병원에 갔다. 오후에 발을 담당하는 교수님 진료가 있었다. 외래에서 발은 무릎과 다르기 때문에 진료가 불가능하다는 사실을 알았다. "대신 일반의 진료라도 접수해드릴까요?" "네. 그런데 몇 년차인가요?" "2년차입니다." "일단 일반의라도 접수해주세요."

정형외과 레지던트 2년차는 다리를 절면서 들어오는 응급의학과 임상조교수를 보고 당황해했다. "저 축구를 차다가 무릎을 다쳐서요." "아, 저, 그런데……" "왜요?" "제가 선생님보다 아는 게 별로 없는데……" "일단 봐주시죠." 2년차는 무릎을 주섬주섬 만지더니 말했다. "골절이 의심되지 않으니 반깁스를 대고 나중에 MRI……" "네." "저, 지금 무릎 보는 선생님이 당직인데, 전화해드릴까요?" "제가 직접 부탁할게요." "엑스레이는 찍어둘까요?" "뭐, 찍어두죠."

영상의학과에 가자 친구가 판독실에서 튀어나왔다. "뭔 가운 입은 친구가 다리를 절길래 보니까 너네." "응…… 축구하다가." "하여간 온 세상의 사고는 네가 다 치는구나." 나는 영상의학과 교수에게 엑스레이 동선 안내를 받았다. 그는 내 무릎 엑스레이를 실시간으로 판독해주기까지 했다. 예상대로 골절은 없었다. 엑스레이에서 나올 만한 이상이 아니었다.

처음 가보는 석고실은 병원 구석에 있었다. 한국 느와르 영화에 나오는 쇠락한 구둣방 같았다. 나름대로 질서가 있어 보이는 구둣방에 구두 대신 각종 깁스와 스플린트와 그를 몰딩하는 집게 같은 것과 석고를 자르는 톱과 용도를 알 수 없는 쇳덩이가 빼곡하게 놓여 있고 50살쯤 됨직한 몸집이 크고 흰머리가 난 담당자가 회전의자를 왼쪽으로 빙글 90도 돌려 이름을 물었다. 그 장면마저도 한국 느와르 영화에 나오는 그것 같아서 마치 "왼쪽 신장인가?"나 "금이빨 개당 5만 원"이라고 말할 것 같았다. 여기를 스쳐간 환자들이 느꼈을 위압감을 조금 알 것 같았다. 담당자는 친절하게 내 다리에 반깁스를 맞춰주었다. "선생님 스키 탔나요?" "아뇨. 축구요, 축구." 이는 앞으로 수없이 반복될 "축구요, 축구" 서사의 서막에 지나지 않았다.

조금이라도 안면이 있는 병원 직원은 거의 모두 절뚝이는 나를 신기한 눈빛으로 바라보고선 물었다. 나는 "축구요, 축구"부터 시작해 직종에 맞게 "과신전Hyperextension(관절이 정상 범위를 넘어서 펴짐)으로 인한 손상인데 조직의 부종이 심하고 인대 파열이 강력히 의심되는……"까지로 답했다. 절뚝이며 하는 근무는 매우 고단했는데, 나뿐만 아니라 환자에게도 매우 다행인 것은 그날 자리를 박차고 뛰어야 하는 상황은 발생하지 않았다는 것이다. 대부분은 다리를 저는 의사를 대수롭지 않게 보았는데, 기억에 남는 사람은 무릎을 다쳐 약간의 소독을 받고 잘 걸어간 환자와, 새벽 다섯시 중환자 구역에 흉통으로 누워 있다가 내게 "의사 양반이 다리도 불편한데 고생하네"라고 말하며 웃어준 할아버지다. 첫번째 환자는 부러웠기 때문이고, 두번째 환자는 급성 ST분절 상승 심근경색으로 바로 중환자실로 직행했기 때문이다. 관상동맥이 꽉 막혔으니 고통과 경중으로 친다면 급성 ST분절 상승 심근경색이 하마처럼 무거울 텐데, 과연 이 것이 각자의 고통에 직면한 인류끼리의 인류애인가, 하는 거창 한 생각을 잠시 해보았다.

아침에는 무릎을 전공하는 정형외과 선생님이 응급실에 왕진을 왔다. 우리는 우리끼리 서로 많은 부탁을 하게 되어 있 다. "응급실에 저희 어머니 아시는 분이……" "저희 당숙모께서 어깨가 안 좋아서 상경하셨는데……" "이분이 저희 과장님 지 인이신데……" 등등이다. 그것들은 어떻게 보면 청탁의 경계를 넘나드는데, 실질적으로는 환자에게 가서 "제가 아무개와 친합 니다" 하고 웃어주는 일이다. 실제로는 안 친해도 말이다. 하여 간 그다지 안면 없던 정형외과 선생님은 내 전화를 받고 용건 이 그런 이유 중 하나일 거라고 생각하는 눈치였다가 "저, 제가 축구를 하다가 무릎이 나가서……"라고 말하자 어투가 달라졌 다. 우리는 자신이 해결할 수 있는, 동업자의 의학적 문제에 대 해 진지하게 최선을 다하는 본능이 있다. 나도 그렇고 내가 만 난 누구도 그랬다. 아마 어느 분야든 그럴 것이다. 그래서 고맙 게도 그는 먼저 응급실로 출근해주었다.

정형외과 선생님은 일단 나를 침대에 눕히고 바지를 걷었 다. 다리가 팅팅 부어 바짓단이 잘 올라가지 않았다. 그는 기어 코 드러난 내 장딴지와 무릎을 보더니 말했다. "이 정도면 즉 시 MRI 미는 게 낫겠는데요. 그런데 어젯밤에 당직 섰다고요?"

"네…… 뭐 별 할일도 없어서." 그는 무릎을 당기고 접어보더니 지금까지와 비슷한 결론을 내며 관절천자를 해주겠다고 했다. 직접 소독세트를 챙긴 그는 병원에서 가장 굵고 큰 50시시 주사기를 들고 왔다. 나는 원래 관절천자를 저 주사기로 해야 하는 것을 알았으며 관절천자는 심지어 나도 많이 해보았지만 그걸 내 신체에 이입해본 적은 없었다. '저렇게 굵은 바늘로 찌른단 말이야?' 다시 말하지만 나는 관절천자를 많이 해보았다. 나에게 당한 환자들의 고통을 떠올리며 회한에 젖어들기도 전에 그는 내 슬개골 위쪽 살을 바깥에서 푹 찔렀고 피가 섞인 관절액이 콸콸 주사기를 채웠다. 그것은 다른 모든 주사처럼, 바늘이 들어간 부위를 제외한 전신의 감각이 아득해지는 그런 경험이었다. "역시 MRI를 확인해보는 게 낫겠습니다." "감사합니다. 이후는 제가 알아서 방문하겠습니다."

택시를 잡아 집에 왔다. 엘리베이터가 없는 4층까지 10분에 걸쳐 한 계단씩 올라왔다. 나는 거의 울부짖으면서 다음 당직까지 이틀간 침대 바깥으로 나가지 않을 채비를 갖추었다. 예정된 모든 일은 취소되어 있었다. 당직과 통증에 지쳐 한참을 자고 일어나니 밤이었다. 나는 매우 반듯하게 누워 있었다. 이제 통증은 절정에 달했기에 지척에 있는 화장실까지 가는 것도 매우 고통스러웠다. 나는 깁스를 풀었다가 차기를 반복하며 누워서 취할 수 있는 몇 안 되는 자세를 바꿔가며 열심히 누워 있었다.

가끔 이런 서사가 있다. 모 작가가 부상을 당해 입원한 병원에서 얼마 만에 어떤 작품을 써냈다더라, 이런 것들. 왜 풍파에 찌든 표정을 한 남자가 파이프 담배를 물고 허공에 붕대를 감은 다리를 곧게 뻗은 채 일필휘지로 글을 써나가는 이미지 있지 않은가. 나도 그런 일이 일어나는 전화위복을 잠시 기대했다. 불행에 너무 몰입하면 미세한 행복이라도 쥐어잡고 싶은 법이다. 하지만 실제 누워보니 든 생각은 그 작가들은 별로 안 아팠던 모양이었구나, 하는 것이었다. 당장 무릎이 결딴났는데 무슨 글이 있고 문학이 있고 에티카와 파토스가 있겠는가. 남의 글을 읽기조차 어려웠다.

　나는 병원에서 일하면서 종종 나도 입원 침대에 눕고 싶다는 생각을 했다. 만약 입원을 하게 된다면, 완독까지 영원 같은 시간이 걸리는 책을 쌓아두고 읽다가 잠들고 다시 읽다가 잠드는, 그런 일을 상상했다. 반면 나는 실제 병실의 사람들이 무엇을 하고 있는지 보아왔다. 어느 병실의 어느 환자이건, 그들은 대체로 앓느라 아무것도 하지 않고 있었다. 거기 눕기 전엔 나와 같은 생각을 한 사람이 많았을 것이지만 말이다. 그들은 실상 앓는 데 모든 기운을 소진하고 있었다. 이를 이해할 수 있었지만, 겪어보니 더 피부에 와닿게 이해할 수 있었다. 나을 때까지 창작이란 없다.

　급선무로 생각해야 하는 것은 내 처지였다. 아픔과 관련된 줄기만이 머릿속에 뻗어나갔다. 내 눈은 MRI가 아니었지만, 마치 눈에서 자기장을 내뿜는 듯한 매서움으로 다리를 세심하게 노려보며, 그전에는 깊이 고찰하지 않았던 해부학적 구조를 생각하면서 예전에는 다른 누군가에게 했을 설명을 나에게 했다. '허벅지는 한 개의 뼈로 되어 있고, 장딴지는 두 개의 뼈로 되어 있습니다. 그 사이 무릎에는 슬개골이 붙어 있습니다. 이 따로 떨어진 뼈를 근육과 인대가 연결하고 지탱합니다. 근육은 각자의 뼈에서 기원하고 종결되어 다리를 접고 펴도록 합니다. 근육은 일부 손상이 있어도 안정을 취하면 자연적으로 치유됩니다. 현재 부종은 근육의 염좌인데, 나아질 것입니다. 반면 인대는 물리적으로 강력하게 이들을 붙이고 연결하는 역할을 합니다. 무릎 관절의 핵심 인대는 십자인대와 외측인대입니다. 가장 흔히 손상되는 것은 다리가 빠지지 않게 해주는 십자인대인데, 어느 정도 이상 손상되면 자연치유되지 않습니다. 즉, 수술이 필요합니다. 관절을 부드럽게 해주는 연골의 손상도 동반할 수 있습니다. 이 손상은 적어도 세 달간의 재활치료를 필요로 합니다. 수술 이력만으로 군면제 판정이 내려지기도 하는 결정적인 손상이기도 합니다.'

요는 손상이 분명한 이 다리에서, 십자인대의 안위가 가장 중요한 쟁점이었다. 십자인대만 괜찮으면 안정을 취하면 된다. 하지만 십자인대가 손상된 거라면 수술을 받아야 한다. 그리고 십자인대 손상이 있으면 끊어질 때 출혈이 있어 피가 섞인 관절액이 나온다. 그리고 그것을 일단 내가 본 것이다. 안 돼. 안 된다. 나는 진짜로 자기장이 눈에서 뿜어져나올 것처럼 슬개골 뒤쪽을 노려보았다. 수술을 위해 의사들은 내게 소변줄을 끼우고 기관삽관을 하고 무릎을 드릴로 뚫어 관절경을 넣고 험하게 만진 다음 여기저기서 인대를 파 구멍을 뚫고 연결할 것이다. 생각만 해도 끔찍했다.

　나는 인대가 성하다는 증거를 찾기 위해 누워 노트북으로 무릎에 대한 의학 정보를 게걸스럽게 찾아 읽었다. 일단 십자인대 손상을 특정할 수 있는 몇 가지 신체검사가 있었다. 라크만 테스트, 안테리어 드로우, 피봇 샤프트, 대체로 무릎 위를 고정하고 아래쪽을 당겨보는 것들이었다. 나는 이들을 복습해 내 축 처진 다리를 성심껏 누르고 잡아 뽑았다. 어차피 이런 방법으로 검사해봤자 근육의 저항 때문에 정확한 결과가 나오는 것도 아니고, 양성이든 음성이든 MRI 결과가 절대적임을 이미 알고 있었다. 결정적으로 혼자 자기한테 할 검사는 아니었다. 그래도 할 수 있는 것이 없으니 나는 꼼지락거리면서 이 검사들을 반복했다. 하나 이것들은 내게 착실히 통증을 가했을 뿐, 확실히 알 수 있는 것은 아무것도 없었다. 나는 지쳐서 다시 뻗어버렸다. 무릎만 더 욱신거렸다.

　이제 정형외과 친구들이 생각났다. 굳이 관절에 대한 지식을 많이 알고 있는 데를 꼽으라면 정형외과 다음이 응급의학과다. 그래도 상위에 있는 과이니 한번 물어봐야겠다는 생각이 들었다. 나는 축구를 좋아하던 정형외과 친구에게 전화했다. "무슨 일이야?" "내가 축구를 하다가 오른무릎을……" "나이 처먹고 무슨 축구야. 나는 진작에 그만뒀어. 하여간 지금 어떤데?" "여하튼 오른무릎이 과신전된 다음 3일간 못 걷고 있는데 부종이 전반적으로 매우 심하고, 뽑았더니 혈관절이 있고, 디디면 심한 통증이 있고, 특히 무릎이 돌아갈 때나 들었을 때 빠지는 느낌이 들고……" 나는 내가 십자인대 파열 환자의 임상증상을 나열하고 있다는 사실을 자각했다. "들었을 때는 느낌이 매우 안 좋군. 나갔지 뭐." "결국 부목 하고 있다가 MRI지?" "응, MRI 찍고 파열 맞으면 다시 전화해. 그것도 그건데 축구 그만둬." "응…… 고마워."

실질적으로는 크게 소득 없는 전화였다. 어떤 누구에게 도움을 구해도 똑같은 결과를 얻을 것이라는 사실이 왠지 고독했다. 몸이 의사의 것이라 영혼이 위로를 받지 못하는 그런 기분이랄까. 잠시 뇌를 셧다운시키기 위해 스마트폰으로 아무 동영상이나 틀어 보았다. 그런데, 머리를 새로 하면 사람들의 머리칼만 보이고 가방을 사면 사람들의 가방만 보이는 것처럼, 나는 동영상 속 사람들의 춤추는 무릎이나 달리는 무릎이나, 하여간 그 싱싱한 무릎들만 보였다. 어떻게 저렇게 무릎이 홀쭉하고 통증 없이 쉽게 움직이는 것일까. 그래서 걷고 뛰고 달리고 몸을 틀고 움직이고…… 하아……

문제는 불확실성이었다. 이 무릎이 나아질 거라는 확신이 있다면 나는 희망을 품은 채 통증을 견디면 된다. 하지만 이 인대의 안녕을 정확히 알 수 없는 상태라면, 이 통증은 더 큰 통증으로 가기 위한 교두보일 뿐이다. 두뇌가 의사여도 육체는 결국 객관적인 영상에 의지해야 했다. 일반적으로 MRI를 즉시 찍지 않는 이유는, 안정을 취하게 하고 지켜보기만 해도 많은 환자가 호전되고, 호전되었다면 MRI는 필요 없는 검사이기 때문이다. 그리고 나 같은 경우, 현재 부기가 너무 심해 다리를 완전히 접거나 펼 수 없는데, 빨리 진단을 내려버리고 수술도 무리해서 일찍 한다면, 재활 과정에서 다리가 더 굳어져 나중에 움직임의 제약이 올 확률이 높다. 다시 말하자면 완전한 회복에 도달하는 전체 과정을 생각했을 때, 일찌감치 손을 대봤자 결과적으로 최종 성적은 더 나빠지거나 기껏해야 달라질 게 없는 정도다. 그래서 의사들은 "이 골절은 조금 뒤에 수술해야 합니다"나 "이 손상은 조금 뒤에 검사해보는 것이 좋습니다"라고 한다. 이 기다림은 의학적으로나 논리적으로나 합당한 기다림이다.

하지만 불확실성은 환자들을 조인다. 정확한 자신의 상태가 어떤 건지도 모르고 현재의 통증을 또다른 통증으로 건너가기 위한 중간 과정으로 겪어내는 것은 비참한 느낌이다. 또한 내 다리가 수술이 필요한데 수술을 지금 당장 하지 않고 나중에 하자는 말은, 지금의 통증이 가라앉아도 또다른 커다란 통증이 찾아올 텐데, 의사가 일부러 이를 바로 해결해주지 않고 뒤로 미루는 느낌이다. 이것도 불확실성이다. 이 느낌은 환자들을 미치게 한다. 그래서 "의사가 방치한다"거나 "의사가 아무것도 안 해줬다"라고 표현한다. 그리고 지금 나는 정확히 '방치'당하고 '의사가 아무것도 안 해주'는 느낌이 들었다. 나는 이성적으로 이해할 수 있는 내부자이지만, 이 느낌은 숨길 수가 없다.

하여간 의사의 두뇌에서 이성은 승리한다. 지금 가만히 있어야 한다는 것은 절대적으로 옳은 판단 결과다. 가만히 참고 있자. 이제 실존의 문제다. 나는 내일모레까지 이 집에서 나가지 않을 것이고, 어떻게든 의식주를 해결할 수는 있다. 하지만 집은 돌보는 사람이 없어 엔트로피가 증가하고 있다. 지금은 마구 어질러진 집에서 혼자 앓고 있는 처량한 독거남 꼴이다. 본능이 집을 치우고 싶음을 강력히 어필하지만, 걸을 수도 없다. 친구를 불러 식사와 여러 가지를 부탁할 수도 있지만, 지금 내 꼴이 호들갑스러울 정도로 약한 모습이기에 겁이 난다. 갑자기 보헤미안 랩소디의 가사 한 소절이 생각났다. "마마…… 우우우우……" 나는 어머니에게 전화를 걸었다. 하필 어머니는 계속 통화중이었다.

나는 이제 다리가 불편한 사람으로 살아가는 상상을 시작했다. 당연한 것처럼 누리던 건강한 보행자로서의 권리를 박탈당하고, 이제 모든 계단과 둔덕과 오르막길은 교통약자의 취약성을 증명해주는 장애물이 된다. 심지어 그 장애물에는 평평한 땅도 포함된다. 나는 방금 영상 속에서 싱싱한 다리를 흔들던 사람들을 생각했다. 당연한 듯 걷고 뛰는 사람들에게 속한 세계에서, 살아남는 것이 곧 존재증명이 되는 세계가 오는 것이다. 그

나저나 응급의학과 의사로도 배려받지 않으면 일하기 어려울 텐데……

　　이제 SNS가 떠올랐다. "여러분 날 좀 보소. 나 축구하다가 다쳤소. 지금 걷지도 못하고 매우 힘듦. 나 다리 부은 거 보소." 직접적인 메시지를 올린다면 많은 사람들이 작가님의 쾌유를 빌어줄 것이다. 온라인에서 댓글이 마구 달리고, 동정도 사고, 측은지심도 사고, 그리고 내 방에서 나는 여전히 한 발자국도 못 움직일 것이다. 부끄럽기만 할 것이고, 특별히 도움되지는 않을 것이다. 결정적으로 SNS에 신변잡기를 최대한 올리지 않기로 한 내 인생 신념과 맞지 않는다. 나는 즉시 SNS에 대한 생각을 지웠다.

　　밤늦게 어머니가 전화를 받았다. 역시 어머니는 모든 일을 제치고 달려왔다. 그녀는 마구 어질러진 집에 들어와 커다란 다리를 내놓고 끙끙거리는 30대 후반 독신 아들을 구석진 방에서 발견했다. 저런. 그녀는 내가 늘 하던 버릇대로 아무것도 안 먹고 누워 있음을 확인하고, 밥을 차려 침대까지 들고 온다. 이제 어머니의 가사노동은 시작되었다. 나는 자취를 시작한 이래로 어머니가 일방적인 가사노동을 베푸는 것을 좀처럼 보고 있기 어려웠다. 가사노동에 대한 독립된 자아가 생겼기 때문이다. 하지만 다친 나는 어쩔 수 없이 어머니의 가사노동에 의존하는 입장이 되었다. 어머니는 내가 하던 가사노동을 정확히 두 배의 강도로 치열하게 시작했다. 나는 다리를 부여잡은 채 어머니에게 모든 것을 맡기고 더욱 열심히 치열하게 앓고 있었다.

결국은 어머니밖에 없었다. 어머니는 집을 치우고 밥을 차리면서 틈틈이 나의 불확실성 타령과 무릎의 해부학적 구조와 약자의 층위와 에티카와 파토스 이야기까지 다 들어주셨다. 나는 모든 시간을 신나게 앓는 데 다 썼다. 이제 다시 병원에 출근해야 했다. 내게 병원은 또다시 전장이 되었다.

나는 또다시 다리를 절면서 근무를 시작했다. 다시 출근하자 "축구요, 축구"로 답해야 하는 질문을 다수 들을 수밖에 없었다. 역시 오늘도 응급실 환자들은 깁스를 찬 의사를 보고서도 별로 크게 내색하지 않았다. 하지만 언뜻언뜻 감지되는 환자들의 시선이나 생각까지는 어쩔 수 없었다. 엑스레이 기기 앞에서 대기하고 있던 어머니는 다리를 저는 나를 보고 네댓 살쯤 되어 보이는 딸에게 이렇게 말했다.

"의사 선생님 다리 아야~ 다리 아야~"

충격적이었다. 의사 선생님 다리 아야. 모든 사람의 머릿속에 저 말이 지나가고 있을 것이지만, 겉으로는 내색하지 않는 것이리라. 그리고 인대가 손상되었다면 "의사 선생님 다리 아야"를 3개월이나 더 들어야 한다.

응급실 명단에 나를 환자로 등록했다. 그리고 MRI 처방을 부탁해서 넣었다. 여유 있는 새벽 시간에 잠깐 가서 촬영을 할 생각이었다. 늦은 시간 MRI실에서 호출이 왔다. 나는 CT와 MRI 처방을 만 개쯤 냈었지만, 나를 직접 찍어보는 것은 처음이었다. 게다가 대부분 시간이 지나야 결과를 알 수 있겠지만, 나는 이 방을 나가자마자 영상을 열어 결과를 알 수 있다. 긴장되고 떨렸다. MRI 기계에서는 매우 큰 소리가 났다. 부동자세를 지탱하느라 다리는 매우 저렸고 여전히 아팠고 또 긴장됐다. 이 결과에 너무 많은 것이 달려 있다. 이 긴장은 도대체 얼마 만인가. 이 결과에 얼마나 큰 운명이 달려 있단 말인가.

30분이 넘게 이어진 촬영이 끝났다. 나는 다리를 절면서 바깥으로 나와 결과를 확인했다. 영상이 열리는 그 짧은 시간에도 가슴이 쿵쾅거렸다. 근육이 부어 있고 피가 차 있고 기타 등등의 손상이 보였다. 결정적으로 인대, 인대만큼은 그럭저럭 붙어 있었다. 조금 지저분해 보였지만, 수술은 피할 수 있을 것 같았다. 그건 뭐랄까, 고난도의 시험을 통과한 기분과 비슷했다.

나는 응급실로 돌아와서 그 MRI를 여러 번 보았다. 근육과 다른 동반된 조직이 전부 엄청나게 부어 있었고, 관절액도 많이 차 있었지만, 확실히 무릎을 열지 않아도 될 것 같았다. 온갖 환희와 안도감이 밀려왔다. 이 다리는 이제 낫는 것이다. 나는 걸을 수도 있다.

그래도 일단 무릎에 찬 피를 조금 더 빼내야 했다. 나 스스로 하기는 조금 어려웠고, 정형외과를 호출하기도 미안했다. 나는 응급의학과 치프 레지던트에게 물었다. "무릎천자 해봤니?" "아뇨. 안 해봤는데요." "지금 해보자." "선생님 무릎을요?" "내가 알려줄게."

임상조교수의 무릎에 대고 처음 해보는 술기를 하라 하니, 그는 당황했다. "괜찮아. 주사기 가지고 와. 찌를 곳 알려줄게." 그는 본능적으로 가장 가느다란 주사기를 주섬주섬 뒤져서 가지고 왔다. "아냐. 굵은 걸로 가지고 와." "마취도 안 하는데다가 선생님 무릎인데 괜찮겠어요?" "누구 무릎이건 마취 안 하고 굵은 걸로 하는 거야." 그는 그다음으로 가는 주사기를 들고 왔다. 나는 그냥 그걸로 찌르라는 말이 나오려는 걸 꾹 참았다. "아냐. 가장 굵은 걸로……" 그가 진짜로 가장 굵은 주삿바늘을 가지고 오자 소름이 돋았다. 나는 뇌와 입이 따로 놀았다. "관절액 양이 많고 무릎 피부가 두껍기 때문에 가장 굵은 바늘을 사용해야 빨아내는 시간도 단축하고 대부분의 양을 빼낼 수 있어…… 그래, 거기." 입은 돌아가고 있지만 도저히 쳐다볼 수가 없었다. 그는 내가 지적한 곳에 바늘을 직각으로 꽂았다. 이제 나의 뇌와 입은 완벽히 별개로 놀았다. "조금 더 깊이 넣어야 할 것 같은데." 속으로는 제발 살려달라고 하고 있었다. 그는 진짜로 주사기를 더 깊이 찔러 피가 찬 관절액을 빼냈다. 무릎은 약간 홀쭉해졌다. 치프 레지던트는 난생 처음으로 무릎천자를 해보면서, 자신의 육체를 내주는 참교육이란 무엇인가 숙고했다고 한다.

당직을 마친 아침 나는 거짓말처럼 걸을 수 있게 되었다. 정확히 그때쯤 부기가 걸을 수 있을 만큼 가라앉은 것이었다. 과연 현대 의학의 승리였다. 가끔 우리는 이를 MRI 치료라고 불렀다. 이 용어를 간단히 설명하자면 이렇다. 의학적으로 정밀검사가 필요하지 않은 상황이지만, 환자가 계속 불안해하며 정밀검사를 요구한다. 그러면 상급자는 이렇게 말한다. "그냥 MRI 치료 해줘."

　이 말 뜻은, 환자가 치료 과정을 전부 이해할 수 없고 실제로도 불안할 수 있으며 정말 가끔은 이상이 발견되는 경우도 있으니, 억지로 달래지 말고 그냥 정밀검사를 하라는 뜻이다. 실제로 환자는 안도감에 나아지는 기분을 느끼기도 한다. 과연 MRI 촬영은 내 무릎이 잠시 MRI 통 안에 존재했다는 사실을 더해주는 것 외에 도움되는 면은 없었지만, 기분상 못 걷던 사람이 직립하게 된 느낌이었다. 상쾌했다. 바로 불확실성이 사라졌기 때문일 것이다. 다음날부터 나는 평시의 3분의 1 속도로 보조기 없이 걸을 수 있었다. 이 속도도 빨라질 것이다.

　며칠 뒤 다리가 많이 회복되자 나는 가장 해보고 싶던 일에 나섰다. 바로 혼자 카페에서 커피 한 잔을 놓고 책을 읽는 것이다. 커피가 따스하고도 고소했다. 심지어 활자가 눈에 들어왔으며 이해가 가능했다. 다시 찾은 일상이었다. 나는 별 볼 일 없는 자아실현을 추구하다 굴러떨어진 불확실성의 세계에서 건져올려졌다. 그것이 최종적으로 야외에서 평온한 표정으로 받을 수 있는 커피 한 잔에 담겨 있었다.

발가락은 특별히 더 아프다

나는 좀처럼 아플 일 없이 건강한 청년이었다. 보통 사람들이 살면서 으레 겪는 감기나 몸살 외에는 특별히 다치거나 앓은 적이 없었다. 그러다 의대생 시절 간단한 수술을 받은 적이 한 번 있다. 당시 나는 발톱이 발가락 안쪽으로 파고들어가 염증이 생기는 내성발톱을 상당히 심하게 앓고 있었다. 예나 지금이나 나는 병원에 환자로 가는 일을 싫어했기에, 결국 참고 참다 왼쪽 엄지발가락이 팅팅 붓고 터져 동네 정형외과에서 간단한 수술을 받아야 했다. 일단 엄지발가락을 부분마취한 후 파고들어간 발톱을 절개하고 꿰매는, 지금 생각하면 단순 시술에 가까운 것이었다.

그런데 이 발가락 부분마취의 기억은 유독 강렬했다. 이 과정을 간략하게 설명하자면 이렇다. 모든 발가락은 좌우 아래위로 네 개의 신경이 지나간다. 이 네 개의 신경에 전부 마취제를 주입하면 그 아래는 일시적으로 감각이 없는 상태가 된다. 의사는 주사기를 들어 발가락 뿌리 부분 좌측에 꽂고 마취제를 주입한 다음, 더 깊이 주사기를 꽂고 한번 더 마취제를 주입한다. 이 과정을 우측에도 반복하면 마취가 완료된다. 설명으로도 실제로도 복잡하지 않은 과정이다.

　유난히 큰 손에 털이 복슬복슬하게 나 있던 동네 정형외과 선생님은 마취하기 전 나에게 말했다. "이거 많이 아픕니다." 억지로 버티다 끌려온 나는 조마조마한 긴장감으로 솜털이 곤두선 채 예견된 고통을 기다렸고, 선생님은 아랑곳없이 내 예민한 발가락 신경에 바늘을 꽂고 주사기를 눌러 마취제를 마구 쏘았다. 세상에, 주여. 그건 그냥 '많이 아픈' 게 아니었다. 나는 우주의 분자들이 전부 내 발가락 신경을 꾸짖으며 성을 내고 있다고 느꼈고, 선생님이 내 발가락 하나를 도륙내는 줄 알았다. 아니 사람 발가락에 저렇게 깊이 주사기를 꽂는 법도가 있다니. 저걸 인간이 인간에게 하고 있다니. 지금 생각해도 발끝에 백만 볼트 전류가 흐르는 것같이 모골이 송연한 통증이었다. 또한 그것은 좀처럼 아플 일 없던 청년에게 충격적인 것이었다.

　그 청년은 훗날 응급실에서 근무하는 의사가 되었다. 사람들은 아랑곳없이 다양한 방법으로 넘어지고 구르고 깨져서 그 청년을 찾아왔다. 그것들은 인류 보편적으로 매우 아파 보였다. 그리고 그 청년은 치료를 목적으로 사람들을 더 미치도록 아프게 만드는 아주 지독하고도 다양한 술기가 세상에 있다는 것을 알았고, 그걸 실제로 모두 배웠다. 그중에는 내가 받았던 발가락 신경 차단술과 내성발톱 절개 및 봉합술도 있었다.

　나는 하루에도 몇 번씩 환자를 인류 보편적으로 아프게 만드는 술기를 행하기 전에 늘 이렇게 말한다. "이거 많이 아픕니다." 하지만 발가락을 마취할 때는 이렇게 말한다. "이거 진짜 완전히 너무 아픈 겁니다. 아휴, 꼭 잘 참아주세요. 이거 정말 진짜 아파요." 그리고 유독 발가락에 주사를 놓을 때면 큰 죄책감이 들고, 마치면 환자의 인내심에 대견하단 생각마저 들어 격려의 말을 꺼내곤 한다. 그러던 어느 날 내가 마취해야 할 발가락 앞에서 이런 생각이 들었다. 과연 이 통증은 다른 통증보다도 훨씬 더 강렬해서 내가 유난히 보듬고 있는 걸까.

당연히 그렇지 않았다. 물론 이 고통은 날카롭다. 하지만 이곳에는 사지가 절단되거나, 관절이 빠지거나, 전신이 깨져 죽어가는 사람까지 온다. 그 고통은 누가 보더라도 지나치게 거대한 것이라서, 우리는 그들 앞에서 굳이 아픔을 이해한다고 과하게 덧붙이지 않는다. 다만, 이 발가락 마취는 유일하게 내가 경험한 것이기에 나는 내 환자들에게 이렇게 생생하게 말하는 것뿐이다. 그러고 보면 처절한 고통을 다루는 사람이, 막상 실존하는 온갖 고통의 너른 세계에서는 걸음마도 떼지 못한 셈이다.

나는 오늘도 출근해 환자 명단과 그들이 가진 질환을 열어본다. 워낙 많이 지켜봐온 질환들이라 나는 그 명단만 보면서도 어느 정도의 불편함과 고통을 느낄 수 있다. 하지만 그것들은 내가 평생 앓기만 해도 도저히 직접 다 겪을 수는 없다. 그래서 타인의 고통을 많이 경험하고 지식을 쌓은 의사도 좋은 의사가 될 수 있겠지만, 더불어 자신의 삶을 오래 경험하고 예민하게 지켜본 의사도 좋은 의사가 될 수 있겠다 싶었다. 유산해서 내원한 환자에게 손을 얹고 조용히 자신의 아내가 작년에 유산한 이야기를 꺼내던 선생님과, 요로결석을 앓은 후 유독 요로결석 환자들의 통증 조절을 챙기던 교수님처럼 생이 길어질수록 이해할 수 있는 고통의 가짓수가 느는 것이다. 보통 사람이 나이 지긋한 의사에게 더욱 신뢰감을 느끼는 것은, 의학은 반복으로 공고해지는 경험의 학문이기 때문이기도 하지만, 의사 개인이 인생 굴곡을 통과할수록 그의 삶도 많은 고통으로 풍성해지기에 의사가 환자의 감정에 이입할 수 있는 확률이 올라가기 때문일 테다.

나는 아직 젊고 특별히 아팠던 적도 없으며 주변 사람들도 건강하다. 그러나 이제 삶이 흘러갈수록 나는 더욱 실재하는 고통에 가까워질 것이다. 그렇다면 점차 내 환자들 전부가 아닌 일부에게라도 더 깊이 공감하며 위로의 말을 건넬 수 있지 않을까. 그들의 고통을 내가 겪은 일처럼 조금 더 이해하게 될 테니 말이다. 그런 생각으로 나는 나이가 들어가며 다양한 고통의 편린을 마주해도 좋겠다는 생각이다.

모른다고 말하기 위하여

사람들은 본능적으로 어디가 아프면 어느 병원에 가야 할지 안다. 아니면 누군가에게 물어봐서라도 맞는 병원에 찾아가려고 고심한다. 자연스럽게 이비인후과에는 목이 아픈 사람, 정형외과에는 무릎이 아픈 사람, 안과에는 눈이 아픈 사람이 모인다. 하지만 응급실은 그 과정이 생략되는 곳이다. 어느 부위가 아프든, 그곳이 어떻게 불편하든, 그냥 응급실로 가면 된다. 일단 응급실에서는 어디가 어떻게 아프더라도 진료가 가능하다는 신뢰가 형성돼 있는 셈이다.

의사 입장에서 그 자리는 꽤 수행해내기 까다롭다. 언제어떤 환자가 어떤 증상을 호소하면서 올지 모른다. 그에 동반되는 각종 질문 세례에도 주저 없이 답해야 한다. 중한 상태의 환자부터 아주 경한 환자까지 있다. 심지어 응급실에 내원한 환자 대부분은 자기 상태가 중하다고 호소하므로, 실제로 어떤 환자가 더욱 중한지 가려내기도 해야 한다. 또 환자들은 세분화된의학 분야 중 하나에 속한 경우가 대부분이지만, 때로는 애매하게 이 분야와 저 분야 사이에 걸터앉아 있기도 한다.

그러니 응급의학과 의사는 의학의 주요 분야를 필수로 숙지해야 한다. 응급의학이라는 학문은 실제로 다른 의학 분야에 많이 빚지고 있다. 응급의학은 내과, 외과, 산부인과, 소아과 등의 주요 의학을 골자로 정형외과, 이비인후과, 안과, 피부과 등의 마이너 파트까지 모두 포함하며 심정지, 중증외상, 중독 등의 고유 분야에까지 걸쳐 있다. 전문 분야가 막막할 정도로 넓다. 점점 다른 분야를 이해하기 힘들어지는 현대 의학에서, 응급의학과 의사는 그 분야의 두세번째 전문가이기도 하다. 흉부외과 의사가 부족해 흉관을 응급의학과 의사가 넣거나, 산부인과 의사가 혈압이 떨어지는 환자에 대해 문의해오기도 한다. 의학적 지식과 경험이 다양할 수밖에 없다.

응급의학이라는 학문을 기반으로 환자를 분류하고, 치료할 수 있는 범위까지는 응급의학과 의사가 책임진다. 이후 수술이나 입원 등 전문적인 치료가 필요한 경우 응급의학과 의사는 다른 과 의사를 호출한다. 꼭 호출하지 않아도 전화를 걸어 환자에 대해 상의할 일도 많다. 필연적으로 누군가의 도움을 받고 끊임없이 물어야 하는 시스템이다. 그렇기에 환자에게 모른다고 말해야 하는 경우도 많다. 전문가로 응급실에 있으면서 환자에게 모른다고 말하는 건 꽤 어려운 일이다. 그래서 처음 응급실에서 근무하면 모른다고 말하는 방법부터 배운다. "여기까지는 내가 알고 있고, 이제부터 나는 이렇게 계획하고 있지만, 안전을 위해 세부 전문가와 상의한 후 결정할 것입니다"라고 설명하는 것이다.

응급의학과 의사가 다른 의사보다 절대적으로 공부를 더 많이 한 의사는 아니다. 어차피 현대 의학은 엄청나게 세분화되어 있어서, 하나만 제대로 공부하려고 해도 평생을 수학해야 한다. 또한 의학은 광대하고, 인간은 그 많은 학문적 지식이나 수치를 현장에서 정확하게 외울 수 없다. 실은 모든 것을 외우고 정확히 알고 있다고 가정하는 것 자체가 위험하다. 내가 당연한 것처럼 기억하는 수치나 사실이 애매하거나 틀린 것일 수도 있다. 인간이라면 그 한계는 분명히 있다. 하지만 그 한계 안에서 고립될 경우, 다루는 것은 인간의 생명이므로 돌이키지 못할 일이 발생할 수도 있다.

알지 못함을 알지 못하는 경우가 최악이다. 그래서 응급의학과 의사의 일에는 알지 못함을 알아야 하는 것이 포함된다. 합리적이고 과학적인 판단을 위해 자신의 한계를 인지하고, 다른 전문가들의 도움을 받아 문제를 해결하는 것이다. 이는 사회에서 한 분야를 수학한 전문가가 갖춰야 할 필수 소양이 아닐까 생각한다. 자기가 아는 한도 내에서는 전문가적으로 합당한 견해를 내며 최선을 다해 문제를 해결하고, 나머지 자신이 가닿지 못하는 부분에 관해서는 선을 그어 다른 전문가에게 일임하는 것이다. 모른다고 말하는 전문가 사이의 이러한 공조가 합리의 다른 이름이라고 나는 생각한다.

의식과 무의식 사이

"간밤에 묻고 싶은 게 생겼어. 잠이 들었다가 나도 모르게 눈을 뜨면 가끔 네가 지그시 나를 바라보고 있을 때가 있어. 어제부터 나는 몇 번이나 그 모습을 봤어. 일부러 내가 자기 전에 먼저 잠들지 않는 거야?"

"응. 나는 네가 잠드는 것을 보고 있었어. 내가 특별히 보고 싶은 장면이 있었거든. 사람이 잠들어갈 때 자신도 모르게 가끔 손이나 발을 탁 하고 움직이거나 쭉 뻗을 때가 있잖아. 아니면 눈꺼풀을 떨거나 손을 움찔거리거나. 나는 그게 보고 싶어서 기다리고 있었어."

"이해가 잘 안 가. 그걸 왜 보고 싶어?"

"음. 조금 진지하게 말하면 네가 가진 모든 모습을 보고 싶어서야. 우리는 초반에 서로 의식적으로 행동했잖아. 앞 사람의 빈 접시를 의식해 음식을 덜어주며 같이 밥을 먹고, 꾸며내지 않은 이야기를 털어놓으며 가까워지려 노력하고, 나는 그런 것들이 너무 사랑스러웠어. 당연한 거지. 처음에는 그런 모습밖에 볼 수가 없잖아. 그러다 점차 감정이 깊어지면서, 너의 무의식적인 습관에도 사랑을 느끼기 시작했어. 꼭 오른쪽부터 향하는 칫솔질이라든지, 담배를 손목을 꺾어 90도로 들다가, 약간 왼쪽으로 물어서 피우는 습관 같은 것들 말이야. 꼭 의도하고 하는 행동이 아니지만, 그것들이 내게 꾸밈없이 보이는 너의 이면이라고 생각하니까, 나는 그것마저도 너무 좋았어.

그렇게 의식과 무의식까지 전부 사랑에 빠지니까, 나는 정말 너를 남김없이 더 사랑하고 싶어졌어. 그래서 의식도 아니고 무의식도 아닌 것이 무엇인지 생각했지. 그러자 네가 잠들기 직전 간혹 하는 행동이 생각났어. 너는 주먹을 갑자기 쥐면서 손을 안쪽으로 당기거나, 턱을 조금씩 움직여. 지금이라도 눈앞에 그릴 수 있을 정도로 특징적이야. 그건 뇌가 수면 신호를 받아 의식에서 무의식으로 넘어갈 때, 잠깐 혼란에 빠져 생기는 것이거든. 그야말로 완벽한 의식과 무의식 사이라고 할까. 나는 그 행동까지 정확히 보고 관찰하고 사랑에 빠지려고, 네가 완전히 잠들 때까지 기다렸던 거야. 그리고 이미 그것마저도 사랑하고 있어."

마지막 술집

　우리는 새로운 연애를 시작했다. 그때 그녀는 이사간 지 얼마 안 된 동네에 살고 있었다. 근처에는 번화하지는 않지만 초라하지도 않은 작은 유흥가가 하나 있었고, 우리는 한창 만나면 술부터 찾았다. 함께라면 우리는 주종과는 상관없이 무조건 행복했다. 그날도 나는 그녀의 동네에 놀러가 술을 마시고 있었다. 한참 취해갈 무렵 갑자기 재미있는 생각이 떠올라 나는 그녀에게 한 가지 제안을 했다. 어차피 우린 미각의 기호도 잘 맞고 음식도 가리는 것이 없으며, 결정적으로 술만 있으면 행복할 테니까, 이 근처의 술집을 모조리 가보면 어떨까 하는 제안이었다. 그것도 골목 첫 집부터 순서대로. 지금 생각하면 막 사랑에 빠진 연인들이나 할 수 있는 종류의 일이었다. 그녀는 취기에 흔쾌히 그러자고 했다.

　우리는 당시 매일 만나고 있었다. 하루라도 그녀를 보지 않으면 견디기 힘들던 때였다. 다음날 우리는 정말로 약간 이른 저녁부터 거리 입구에 있는 첫 집에서 술을 마시기 시작했다. 적당히 취하면 바로 옆집으로 옮겼고, 더 많이 취하면 다시 옆집으로 옮겼다. 그렇게 놀다가 둘 다 얼큰하게 취하거나 지치면 그녀를 바래다주고 집으로 돌아갔다가, 다음날 다시 이른 저녁에 만나서 어제 헤어졌던 옆집부터 순서대로 들어가 술을 마시기 시작했다. 술을 파는 곳은 건너뛰지 않고 무조건 들어가다 보니, 1차로 간 라면집에서 기어코 소주 한 병을 마시거나 배가 부른 3차에 삼겹살을 구워야 할 때도 있었고, 1, 2, 3차로 비슷한 일본식 선술집만 가야 하는 경우도 있었다. "세상에, 꼬치랑 튀김은 이제 못 먹겠어" "괜찮아, 내일 첫 집은 중국집이니까" 같은, 한탄의 형식이지만 무엇인가 즐거운 대화 같은 것. 이런 것들이 전부 좋았다. 그 다른 매일매일이 행복했고 미지의 세계처럼 느껴질 때였다.

당시 매일매일 창밖 거리 풍경이 조금씩 앞으로 나아갔기 때문에, 우리는 매우 천천히 그 거리를 걷고 있는 것 같았다. 그 느릿느릿한 걸음만큼의 이야기가 우리에겐 필요했다. 우리는 그 긴 시간 동안 서로의 길지 않은 인생을 잘게 쪼개서 털어놓았다. 어렸을 적 부모님이 그녀를 어떤 놀이공원에 데리고 갔으며 십대 때 그녀가 어떤 별명으로 불리고 무슨 연예인을 좋아했는지, 스물 몇 살 때의 그녀가 어디로 여행을 가서 어떤 우여곡절을 거쳤고 인턴사원으로는 또 무슨 고초를 겪었는지. 그녀가 인생을 순서대로 정리해서 들려준 것은 아니지만, 그것은 시기별로 정리되어 머릿속으로 들어와 앉았다. 그 골목을 절반 넘게 지나가자, 그녀가 이야기를 시작할 때면 나는 그녀의 인생에서 이번 이야기가 들어갈 빈 공간을 셈하는 사람이 되었다.

나도 그동안 알고 경험했던 인생의 모든 것을 이야기해야 했다. 고등학교 시절 친한 친구들을 순서대로 전부 이야기하거나, 해부학 실습 시간의 분위기를 시간대별로 묘사하거나, 17개국 일주 여행을 국가별로 이야기하면서 가끔 먹었던 끼니까지 덧붙이기도 했다. 자서전을 쓰고 있는 기분이었다. 나는 그녀와의 만남을 계기로 내 인생을 정리하고 있는 것 같았다. 우리는 서로가 서로에 취해, 한창 마시면 마실수록 즐거웠다. 우리는 계속 새로운 디테일을, 이제는 자신도 잊었던 자신의 이야기를 찾아내고 있었다.

머릿속에서 그녀의 인생을 거의 완성해갈 무렵, 우리의 모험도 거의 끝날 때가 되었다. 그 거리의 식당이 마지막에 가까워지고 있었기 때문이다. 그날 하필 마지막 3차로 간 생태탕 집에서 국물을 뜨며, 나는 이제 이 일주도 끝나가고 있다고, 다음 번에는 골목을 세로로 돌아야 할 것 같다고 농담했다. 다시 처음부터, 세로 방면의 첫 집. 우리는 잠시 웃었다. 그리고 우리 사이에는 잠시 침묵이 흘렀다. 그녀와 나는 분명히 처음으로 돌아가는 일을 생각하고 있었다.

그 순간 우리는 왠지 실제로 그럴 수 있을 것 같지 않았다. 우리는 서로에게 지친 것도 아니었고, 사랑하지 않는 것도 아니었다. 우리는 분명히 서로가 좋았다. 다만 그럴 수 있을 것 같지 않았을 뿐이다. 그 침묵 속에서, 순간 둘 다 비슷한 생각을 했던 것 같다. 그 침묵은 분명 그런 종류의 것이었다. 그리고 다음 날쯤이었던가, 우리는 거리 맨 마지막에 있던 프랜차이즈 술집에서 거나하게 취해버렸다. 무슨 이야기를 나누었는지는 기억이 잘 나지 않는다. 서로 손을 맞잡고 나왔을 때, 우리는 서로의 인생에 대해 많은 것을 알아버렸지만, 더이상은 알아낼 수 없을 것 같은 기분이 들었다. 결국 우리는 사소한 이유로 거짓말처럼 헤어져버렸다.

그후로 더이상 그녀를 본 적도 없고, 그 거리에 가보지도 않았다. 내 인생에서 그 거리는 그녀와 함께 사라지는 편이 좋을 것 같다고 생각했기 때문이다. 우리는 그 거리에서만 웃고 떠들고 마셨기 때문에, 나는 그녀를 추억할 다른 것이 전혀 없었다. 그런 추억이 떠오르는 순간도 자주 오지 않았다. 지금은 그녀의 얼굴마저 좀처럼 기억나지 않는다. 그래서 그 거리는 이제 내 기억 속에만 박제되었다. 그곳의 무엇이 남아 있는지, 또 무엇이 사라졌는지 나는 도저히 알 수가 없다. 이제는 그녀가 실제로 존재했는지도 의심스럽다. 하지만 그 골목을 통과하며 듣고 들어 기어코 완성했던 그녀의 인생만은, 나의 또다른 인생처럼 아로새겨져 어쩌다 문득 옛날 생각이 나는 것처럼 떠오를 때가 있다.

감각 호문쿨루스

　지금 눈앞에 낯선 물체가 놓여 있다. 당신은 이를 파악하기로 판단했다. 그렇다면 당신은 즉시 손을 뻗어 그 물체를 만지면서 감각할 것이다. 손의 말단은 인체에서 가장 쉽게 뻗을 수 있는 부분이기도 하지만, 감각을 가장 예민하게 느낄 수 있는 부분이기도 하기 때문이다. 이와 관련된, 과학 시간에 한번쯤 해보았을 실험이 있다. 일정한 거리를 둔 바늘 두 개를 손과 등판에 각각 찔러보는 것이다. 두 개의 위치가 명민하게 파악되는 거리는 당연히 손 쪽이 압도적으로 가깝다. 반면 등은 바늘 두 개를 멀리 벌려야만 두 곳의 감각을 구별할 수 있다.

　이는 손이 직접 감각을 느끼는 것이 아니라, 손과 연결된 뇌가 감각을 느끼고 있기 때문이다. 그렇다면 질문을 하나 할 수 있다. 과연 손과 연결된 뇌의 영역이 등과 연결된 뇌의 영역보다 더 민감하고 예민하기에 둘의 감각이 다른 것일까? 일단 그렇지 않다. 만약 그렇다면 뇌의 단위 영역당 감각 능력이 불균일할 것이고, 나아가 한정된 공간 안에서 뇌의 기능을 효율적으로 발휘하기 어려울 것이다. 그래서 우리는 손과 연결된 뇌의 영역이 다른 부위와 연결된 영역보다 넓기에 더 민감함을 추론할 수 있다. 그럼 여기서 또 질문이 있다. 뇌와 인체의 표면을 서로 전부 대칭시켜 어느 부위에 연결된 뇌 영역이 가장 넓은지, 즉 어디가 가장 민감한지 알아내서 이를 가시적인 지도로 그릴 수 있지 않을까?

지난 세기의 신경외과 의사 펜필드가 이 발상을 처음으로 실험에 옮겼다. 놀랍게도 살아 있는 뇌에 직접 자극을 줘 대칭되는 부위를 수기로 표시하는 방식이었다. 이 작업을 반복한 그는 마침내 뇌에 덧그린 지도를 완성했는데, 이것이 일명 '감각 호문쿨루스'다. 이 지도는 민감한 부위일수록 인체 부위가 넓게 표시되고 둔감한 부위일수록 좁게 표시된다. 그는 이 지도를 바탕으로 인간의 형상도 만들어냈다. 해당 부위가 민감할수록 크게 강조하고, 둔감할수록 작게 축소한 인체모형이다.

두 개의 결과물을 보면 인체의 가장 민감한 부위가 직관적으로 파악된다. 이 인체는 몸통과 팔다리는 형편없이 마른 반면, 손은 커다랗고 입술은 두툼하며 거대한 혀를 가지고 있어 기괴해 보인다. 실제로 인체가 손, 입술, 혀에 배정한 감각신경은 전체 감각신경의 절반이 넘는다. 다른 부위의 면적을 고려하자면, 인간은 해당 부위로 세상을 감각하기 위해 창조된 존재로 보일 정도다.

우리는 여기서 한 장면을 떠올릴 수 있다. 처음으로 연인을 만났던 감격스러운 순간이다. 사랑하는 연인을 앞에 두고,

우리는 그를 더 온전히 느낄 수 있는 방법을 강구한다. 그게 바로 슬며시 그의 손을 잡아보는 일이다. 손과 손이 맞닿는 순간, 우리의 머릿속은 연인에 대한 감각으로 충만해진다. 우리의 손은 조밀한 감각신경으로 가득차 있기 때문이다. 그리고 다음으로 우리가 시도하는 행위는, 그렇다. 서로의 입술을 맞대는 일이다.

그 순간 또한 우리는 똑똑히 기억하고 있을 것이다. 누군가 사랑은 이렇게 하는 것이라고 알려주지 않아도, 본능적으로 우리는 마음이 시켜 연인의 입술에 자신의 입술을 포갠다. 정신이 아찔해지고 아련해지며 구름 위로 떠오른 듯 모든 감각과 감정이 상대방에게 쏠린 것 같다. 뇌의 다른 부분은 검게 막힌 것 같고, 오로지 그 사람을 느끼는 것 외에는 다른 생각이 떠오르지 않는다.

이는 이렇게 설명할 수 있다. 우리 몸의 설계는 실제로 사랑을 나누기에 최적화되어 있다. 뇌는 모든 신경이 집중되어 있는 입술과 손으로, 기대감으로 부풀어 마주 서 있는 연인을 느껴야 한다고 신호를 보낸다. 우리는 본능적으로 우리의 손을 맞잡고 입을 맞춘다. 그리고 그 입술과 입술이 맞닿은 짜릿하고 황홀한 순간에 우리는 과학적으로, 어떠한 잡념도 들지 못할 정도로 뇌를 깡그리 사용하고 있었던 것이다.

통증

너는 정말 악독한 성격의 사람이야. 그냥 나쁘다거나 악하다는 말로는 설명할 수 없어. 그건 그냥 나쁜 다른 사람까지 전부 부를 수 있는 말이잖아. 네가 악독하다는 것을 표현하려면, 이전까지 없던 새로운 개념과 단어를 만들어내야 할 것 같아. 그 정도로 너는 내가 한 번도 보거나, 아니 상상해본 적도 없을 만큼 거대하게 나쁘고 악한 사람이야.

오른쪽 정강이에 큰 상처가 생겼다. 축구를 하다 넘어져서 살점이 쓸려나간 것이다. 상처는 정강이를 전부 덮을 정도로 컸고, 제법 깊었다. 통증은 꽤나 집요하게 나를 파고들었지만, 나는 누구 때문도 아닌 나 때문에 벌어진 일이므로 조용히 낫기를 기다렸다. 하지만, 살점이 떨어진 자리는 생각보다 쉽게 아물지 않았다. 오래 앉아 있다가 서면 상처로 피가 쏠렸고, 견딜 수 없게 저리고 아팠다. 물이 닿거나 가벼운 물체가 스쳐도 상처는 쓰라림으로 존재감을 드러냈다. 딱지가 앉기 전까지 진물이 흘러 옷가지와 이부자리를 적셨다. 결국 위생상의 문제로 거즈와 소독약을 사서 상처에 붙이고 다녀야 했다. 오른 정강이가 멀쩡했을 때, 그것은 당연한 듯 나에게 평온히 속해 있는 것이었다. 하지만 살점이 떨어져나가자, 그것은 쓰라리게 아픈 존재가 되었다. 나는 며칠간 이런 생각을 하며 다리를 절면서 집안에만 기거했다. 그래도 이 상처는 나을 것이다. 나을 것이 확정된 상처는 견딜 수 있는 상처다. 내가 살아 있는 한 이 상처는 아물어 정강이는 원래대로 돌아온다.

성탄절 내내 집밖으로 나가지 않았고, 최소한의 음식만 먹었다. 그것은 굳이 오른다리의 상처 때문만은 아니었다. 북적거리는 인파와 행복한 표정들을 피하고 싶다는 생각, 특별한 날 나마저도 행복하면 안 될 것 같다는 깊은 미신 때문이었다. 흔한 유희를 즐김으로 나마저 주인공이 되고 싶지 않았다. 나는 방에서 쓸쓸한 마음으로 고전소설 몇 편을 연달아 읽었다. 중세 고전과 현대의 크리스마스는 부조화스러웠다. 이브의 밤은 다행히 금방 잠들 수 있었다.

크리스마스 아침에 눈을 뜨고 꺼두었던 핸드폰을 잠시 켰다. 새벽에 문자가 한 통 도착해 있었다. "○○○ 기자 아무개입니다. ○○○○ 차주 되는 분이시죠? 연락 부탁드립니다." 차번호는 집 앞에 세워진 내 차번호와 일치했다. 이 간략하고 단호한 메시지를 도저히 좋은 소식으로 볼 수가 없었다. 사실을 캐내는 직업을 가진 사람이, 내 차와 관련된 사실을 캐내 어딘가에 알리려 하고 있다.

문득 사람들이 나를 두고 입방아를 찧는 장면을 연상했다. 나도 모르게 차로 사람을 치었거나 재물을 훼손해 타인을 분노하게 만드는 장면. 그런 기억은 없다. 나는 갖은 두려운 상상을 해보다가, 결국 용기를 내서 문자에 답했다. "제 차입니다. 무슨 일이시죠?"

곧 전화가 울렸고, 나는 절름거리면서 떨리는 마음으로 전화를 받았다. 한 남자가 말했다.

"크리스마스이브에 황산 테러가 있었습니다. 연인 관계였던 남자가 여자에게 직접 제조한 황산을 뿌리고 도망갔습니다. 그게 선생님 차 바로 앞이었다고 합니다. 혹시, 블랙박스를 확인해볼 수 있을까요?"

나는 순간적으로 안도했다. 곧이어 두려움이 밀려왔다. 내 집 앞, 내가 누워 있던 벽 건너편에서 사람이 사람을 증오해 황산을 뿌렸다. 분명 언젠가는 상대를 사랑했을 연인이, 그가 자신을 떠났다는 이유로, 할 수 있는 가장 악의적인 일을 행했다. 나는 망상 속에서 부글부글 끓으며 녹아내리는 상체와 팔, 황산을 뒤집어쓴 인간의 얼굴을 떠올렸다. 인간이 자신의 것이라고 굳건히 믿는 얼굴 가죽은, 최악의 경우 물리적으로 제거가 가능하다. 얼굴 가죽을 녹이면 인체의 두부는 점점 해골을 닮아간다. 눈꺼풀이 녹아 뻥 뚫린 공간으로 움직이는 눈, 입술이 반도 남지 않아 치아만을 열어 말하는 인간의 입. 그 장면이 내 차에 녹화되어 있다. 전화를 건 사람은 그것을 내가 확인해야 한다고 말하고 있다.

"네, 확인하고 연락드리겠습니다."

전화를 끊고 나는 식탁에 앉아 머리를 싸매고 두려움에 떨었다. 성탄절에도 사람은 증오를 멈추지 않는다. 본디 '사랑Amor'의 라틴어 어원에는 쫓고 쫓기는 사람이라는 뜻이 있다. 고대부터, 쫓김을 당하는 일과 악의적인 행패와 증오를 받는 일도 사랑이었다는 것인가. 그리고 그 빈자리를 견디지 못해 황산을 흩뿌리는 일까지도. 떨고 있는, 살점이 떨어져나간 다리에서 진물이 배어나왔다. 내가 아무리 불행해도 그보다 불행한 사람은 도처에 있다. 나는 집에만 있었으므로 아무 일도 일어나지 않았다. 행복하지 않은 일은, 적어도 불행한 일은 아니었다. 성탄절이었다.

불행한 글을 써내는 사람의 인생까지 불행할 필요는 없어. 네가 불행해야 한다는 강박이야말로 심각한 자기 위선이야. 네가 좋아하는 글, 그거 마음껏 써내란 말이야. 네 인생을 망가뜨리지 말고, 그딴 어두운 자리로 찾아들어가지 말고, 그냥 쓰란 말이야. 그게 네가 쓴 글이야. 너를 수렁에 기어이 욱여넣고 쓴 글은 진짜 네가 쓴 글이 아니라고. 그건 자신을 기만한 사람이 지어낸 현혹스러운 문장에 지나지 않아. 그딴 걸 글이라고 쓰려고 너는 네 수명을 갉아먹고 있을 뿐이라고.

잠시 빈 식탁에 머리를 박고 준비한 황산을 흩뿌리는 장면과, 녹아내리는 얼굴 가죽에 대해 생각했다. 아침 시간이 지나자, 소문을 들은 다른 기자들에게서 연락이 오기 시작했다. 다짜고짜 전화를 하는 사람도 있었고, 문자로 이메일 주소까지 남기는 사람도 있었다. "황산, 혐오 범죄 사실을 알려야 합니다. 협조해주세요." 나는 일단 핸드폰을 꺼버렸다.

나 대신 차가 그 장면을 보고 서 있었다. 그것은 내 소유다. 지워버리면 아무것도 아닌 일이 되겠지만, 적어도 내가 소유한 장면을 나는 봐야 한다. 분명 확인하지 않고 지워버리는 일은 못 할 것이다. 관계의 파괴를 목격하는 일이 나에게 숙명이 되었다. 나는 갑자기 유일한 목격자가 되어 심문을 당하는 상상에 빠졌다.

"깊이 사랑하면 증오하는 것도 가능한 일이라고 보십니까?"

"사랑은 원래 악의적인 겁니다. 타인을 조종하려는 건 이 세상 사람들이 사랑이라고 행하는 것 중 가장 악독한 형태의 일입니다."

나는 다리를 절며 집 아래로 내려갔다. 집 앞에는 검은 코트를 입고 신분증을 목에 건 남녀가 서성대고 있었다. 몇몇은 카메라를 들고 집 근처를 촬영했으며, 한둘은 실제 기사를 내보낼 때처럼 방송 리허설을 하고 있었다. 성탄절에도 불행은 쉬지 않으니, 불행을 쫓는 자들도 쉬지 못하는 것처럼 보였다. 나는 그들의 처지가 약간 안쓰러웠다.

이곳의 거주자가 아니고서는 도저히 그런 몰골을 하고 밖으로 나올 수 없을 것 같았는지 내 모습을 보고 기자들이 몰려들었다. 나는 떨리는 손으로 차문을 열고, 시동을 걸었다. 맹목적으로 서성거리던 기자들은 대놓고 내가 앉아 있는 차 주변을 배회하며 나를 흘깃거렸다. 그들은 특종, 크리스마스이브의 혐오 범죄, 적나라한 영상과 함께 치솟는 조회수를 떠올리는 것 같았다. 불행과 욕망, 소유욕이 불러온 끔찍한 사건, 그뒤에 찾아오는 무작위적 절망, 나는 그 속에서 블랙박스를 조작했다.

네가 내 곁을 떠나면 분명 다른 사람을 만나겠지. 그 말은 지금 나와 하고 있는 이런 연애를 그땐 그 사람과 같이 하게 된다는 거잖아. 나는 그런 상상을 할 때마다 너무 끔찍해. 그래서 나는 차라리 네가 죽어서 나를 떠났으면 좋겠어. 그뒤의 연애 같은 것은 내가 생각할 수 없게 말이야. 만약 그 사실이 확정되어 있고 그걸 미리 알 수 있다면 나는 너를 어디로든 보내주거나 지금 당장이라도 이별할 수 있어. 아주 편하게 말이야.

블랙박스에는 아무것도 없었다. 그 장면을 놓친 것이 아니라, 그 장면은 아예 처음부터 찍히지 않았다. 일주일간 같은 자리에 놓여 있던 내 차의 블랙박스는, 정차 후 이틀까지만 모션을 촬영했다. 나도 그럴 줄 몰랐으므로 몇 번을 다시 뒤져보았다. 며칠 전 영상 이후로는 아무것도 촬영되지 않았음을 다시 한번 확인했다.

"불행히도 아무것도 찍히지 않았네요. 제 블랙박스가 원래 그렇네요. 안타깝게 되었습니다."

"네…… 혹시 나중에라도 사건에 대해 더 아는 것이 생기면 연락 주시겠어요?"

그들은 각자 몇 개의 명함을 내밀었다. 나는 그것들을 받아 그냥 차에 놓고 내렸다. 그리고 그 차림새로 절뚝거리며 계단을 올라 집에 들어왔다. 이제 그것은 나와 전혀 관련없는 일이 되었다. 하지만 어디선가 누군가 사랑했던 사람에게 황산을 뿌렸다. 그건 나의 지척에서 일어난 일이었지만, 나는 보지도 듣지도 느끼지도 못했다. 그딴 짓이 떨어져나간 자신의 일부를 찾기 위한 노력이라고 볼 수 있을까. 아니다. 그는 이제 단순한 범죄자가 된 것이다.

남은 고전소설과 문예잡지 몇 권을 쌓아놓고 읽었다. 난방을 틀지 않은 집이 오싹했다. 점심이 지나 핸드폰을 다시 켜자, 그 블랙박스가 빈털터리였다는 소식을 아직 듣지 못한 기자들의 연락이 쇄도했다. 나는 그것에 군이 답하지 않고, 올라오는 뉴스 기사를 찾아 읽었다.

"크리스마스이브인 24일 밤 40대 남성이 애인에게 '액체 테러'를 저질러 다치게 한 뒤 달아났습니다. 24일 서울 ○○ 경찰서에 따르면, 이날 오후 9시 20분쯤 ○○구 ○○동의 한 주

택가 골목에서 A(42)씨가 여자친구 B(32)씨에게 유해성분의
액체를 뿌린 뒤 도주했습니다."

화면은 어둠 속에 표시된 빨간 원 안에서 무엇인가를 뿌리
고 도망가는 남자와, 그걸 맞고 반대로 도망가는 여자가 찍힌
CCTV 화면을 비추었다. 과연, 화면은 흐릿해서 특종이라 보기
는 어려웠다. 이어서 카메라는 집 앞을 훤히 비추었고, 방금 내
앞에서 리허설하던 기자가 능숙하게 대본을 외워 사건을 보도
했다. 마지막에 카메라는 도망가는 듯한 효과로 바닥을 뒤흔들
며 걸었다. 보도블록에 진득한 액체가 스며드는 장면으로, 뉴스
는 짧게 끝났다.

이것이 그 결과물이었다. 사랑과 증오와 성탄절이 범벅되
어 자신의 휴일을 내놓은 수많은 사람이 만들어낸 기사는, 사랑
도 증오도 아닌 모호함으로 끝났다. 도저히 거기선 어떤 것도
읽어낼 수 없었다.

*같이 있으면 좋고 멀어지면 그리운 사람은 사랑하는 사람
이야. 같이 있으면 끔찍하고 멀어져 있어도 보고 싶지 않은 사
람은 당연히 사랑하지 않는 사람이고.*

*하지만 너와는 함께 있으면 끔찍하지만, 멀어져 있으면 네
가 그리워. 그것도 같은 공간에 있는 것만으로 죽고 싶을 정도
로 잔인하게 끔찍하고, 멀어져 있으면 손끝에서 다른 손이 튀어
나올 정도로 널 잡아채고 싶어져.*

넌 어떤 존재일까?

나는 사랑이라는 단어를 사용해서 널 부르려고 해봤어. 사랑할 수 없는 사람이나 사랑하지 않는 사람?

하지만 너는 그 어떤 것도 아니었어. 그 단어로 너를 부르면 안 되었던 거야. 왜냐하면 너는 내가 세상에서 가장 순수하게 증오하는 사람이더라고.

집 안쪽까지 추위와 증오가 스며드는 느낌이었으므로 나는 외출복으로 갈아입고 집밖에 나섰다. 길거리의 사람들은 황산을 피하기라도 해야 한다는 듯 바쁜 발걸음을 재촉하고 있었다. 갈 곳이 특별히 없었으므로, 나는 남산을 올라 언제나 무덤덤한 표정으로 서 있는 도서관으로 갔다.

도서관은 휴일임에도 밤늦게까지 개방했다. 근처 노숙자와 갈 곳 없는 노인들이 따뜻한 도서관에서, 세면대에 발을 씻거나 구겨진 봉지에서 무엇인가를 꺼내 먹고 있었다. 나는 그들을 지나쳐 열람실에 들어가 하얀 화면을 펼쳐놓고 원고 작업을 시작했다. 며칠간 막혔던 이야기가 간신히 풀려나갔다. 돌이킬 수 없는 질병에 걸려 비참하게 죽어가는 사람의 이야기였다. 글은 어느덧 클라이맥스를 향해 가고 있었다. 화자는 그 장면을 펼쳐놓고 자신의 죽음에 이입하며, 그 장면을 구문과 단어로 세밀하게 쪼개 묘사하고 있었다. 그것은 결코 픽션만이 아님을 스스로 알고 있었으므로, 나는 이 축복받은 날에 죽음에 가까워진다는 생각을 했다.

　문득 주변을 둘러보았다. 남산 자락이 나를 내려다보고 있어 침묵 속의 분위기는 웅장했다. 성탄절에도 도서관에서 무엇인가 해야 하는 사람들이 드문드문 자리를 차지하고, 떠들어대는 화면을 보며 무엇인가를 필기하거나 중얼거리며 머릿속으로 암기하고 있었다. 그냥 처음부터 그렇게 하기로 되어 있던 것처럼, 사람들의 인생은 성탄절에도 달라지지 않았다. 면학이 감도는 분위기에서 침묵하는 하얀 화면을 열어놓고 머리를 감싸쥐는 나 같은 사람은 보이지 않았다. 그런 사람은, 내가 행복해질 확률처럼 나타나지 않을 것 같았다.

　나는 절망적인 기분이 들었다. 그리고 그 서늘한 공간에서 간신히 글에 마침표를 찍어냈다. 또 내게서 새로운 슬픔이 눈을 떴다. 어쩔 수 없이 나는 울먹였고, 옆 사람들은 여전히 영단어나 수학 공식을 웅얼거렸다. 갑자기 오른다리에서 날카로운 통증이 느껴졌다. 지겨운 쓰라림이었지만, 통증은 늘 적응되지 않고 마음까지 후벼파는 것 같았다. 급히 바지를 걷고 거즈를 떼 상처를 확인했다. 속살은 뭉텅이로 떨어져나가고 염증이 범벅되어 정강이가 통째로 엉망이었다. 그 자리는 누군가가 떠나버린 자리처럼, 앞으로도 영원히 아물지 않을 것 같아 보였다.

말벌

　세상이 나를 미워하고 당신마저도 나를 버렸을 때, 나는 언제나처럼 집에 틀어박혔다. 어떤 일도 어떤 생각도 불가능했고, 어쩌면 살아 있는 것도 불가능했다. 나는 살아남기 위해 필사적으로 쓸모없는 일에 매달렸다. 그리고 유튜브에서 동영상 한 편을 찾았다. 곧 나는 그 영상을 반복해서 틀어놓고 모든 시간을 보냈다. 그것은 소리도 나지 않고 앵글의 변화도 없이 무심코 한 장면만을 오래도록 비추는, 일본인이 촬영한 영상이었다. 영상의 주인공은 장수말벌이었다. 장수말벌은 가장 강력한 벌이자 최고로 포악한 곤충 중 하나다. 거대한 꿀벌 집단도 고작 장수말벌 몇 마리에게 멸족당하고 만다. 혈족을 지키려는 꿀벌들의 필사적인 몸부림에 아랑곳하지 않고 그들은 눈앞에서 꿀벌의 애벌레를 먹어치워버린다. 그때의 꿀벌은 흡사, 표정이 있는 존재들 같아 보이는데…… 영상은 바로 그렇게 강한 장수말벌이 사냥당하는 장면이었다.

　촬영자는 장수말벌이 오가는 곳에 치명적인 끈끈이가 묻은 종이를 놓는다. 몸길이가 4센티미터나 되는 무법자 장수말벌은 그 독한 냄새가 나는 종이에 내려앉는다. 그것이 끝이다. 끈끈이가 장수말벌의 어느 부분에라도 닿기만 하면 장수말벌에겐 죽음이 확정된다. 처음 다리가 한 개 붙으면, 장수말벌은 그 억센 날개로 힘차게 날갯짓을 하면서 금방이라도 날아갈 것 같이 요동친다. 하지만 몸은 제자리를 벗어나지 못하고, 결국 그 다리를 빼내려다가 다리 한 개가 더 붙고, 그러다보면 몸통이 끈끈이에 닿고, 그때마다 벌은 몸의 나머지 부분을 이용해서 다른 방법으로 발버둥친다. 마지막으로 주둥이까지 바닥에 닿으면, 목이 구부러진 장수말벌은 머리를 비비며 꿈틀대기만 한다. 그 꿈틀댐조차 멈추고 생기를 잃으면 장수말벌은 죽는다.

눈앞에서는 동시에 죽음을 앞둔 수십 마리의 말벌이 제각기 비슷하면서도 다르게 죽음을 기다리며 꿈지럭거리고 있었다. 어떠한 반전이나 변화의 가능성도 없이 죽음으로 가는 외길에 든 존재의 버둥거림, 나는 그 영상을 하루 종일 보고 있었다. 화면에서는 커다란 턱과, 매서운 날개와, 강인한 다리와, 찬란하고 분명한 노랑과 검정빛을 띤 젊은 몸통이, 함정에 빠졌다는 이유만으로 구제받을 길 없이 규칙적으로 꿈틀대다가, 결국 말라비틀어져 그 단단한 빛깔조차 담뱃재처럼 흐려져버렸다. 그 단순하고도 직관적인 슬픔이, 또다른 싱싱한 불행이 날아와 죽어가는 장면을 다시, 또다시 종일 바라보며, 당신으로 인한 슬픔을 견디는 내가, 모든 것을 하나씩 내어주고 죽음을 기다리고야 마는 그런 처지가……

영원의 달리기

　　나는 유난히 지쳐 있었다. 삶이 나아가는 것 같지 않았다. 무엇이든 헤쳐나가야 할 일들뿐이었다. 넓은 백지를 채우고, 또 많은 사람들 앞에서 어떻게든 이야기를 하고, 그다음 또, 당장 해야 할 일들과 멀리 해야 할 것들. 그것들이 얼마나 남았을지, 내게 어떤 일이 남아 있을지 나는 가늠할 수 없었다. 날이 갈수록 백지는 넓고 버거워졌다. 나는 무엇을 위해 투쟁하는지도 모르고 있었다.

　　나는 달리기를, 육체를 정직하게 학대하는 의미로 사용했다. 나와 몸, 심지어 내 글도 거짓말을 하지만, 달리기만은 거짓말을 하지 않았다. 몸을 특정 지역까지 옮겨놓고 돌아오는 일에서는 어떤 요령이나 속임수를 쓰는 것이 불가능했다. 그 정직함이 답답할 때마다 나를 달리게 했다. 날씨가 좋았던 어느 하루 유독 어떤 일도 손에 잡히지 않았다. 대신 낮부터 책을 덮고 달리면서 생각을 정리하기로 했다. 신발끈을 묶고 늘 가던 한강변에 도달했다.

　　잠수교 가까이 도착하면 탁 트인 경치가 펼쳐지기 시작한다. 사람들은 제각기 그 시간에 필요한 운동이나 놀이나 일을 하러 그 자리에 있다. 운동을 하러 나온 사람들은 쉴 틈 없이 몸을 옮기고, 촬영하러 나온 사람들은 각자 개성 있는 옷차림으로 필요한 장면을 연출한다. 관광객은 무리·지어 기쁜 표정으로 사진을 찍고, 강 너머를 흘깃거리며 걸어서 다리를 건너는 사람들도 있다. 오늘은 날씨가 좋다. 평일 낮 먼지 없는 대기 속으로 볕이 쏟아지고 가끔씩 마주하는 사람들의 분위기가 밝다.

나는 바람을 맞으며 잠수교를 건넜다. 정장을 입은 남녀 한 무리가 보였다. 강변을 등지고 영상 같은 것을 촬영하고 있어 나는 달리던 길을 돌아 그들 뒤로 지나가야 했다. 가까이서 보니 그들의 상의에는 한 대기업 배지가 붙어 있었다. 약간 이질적인 복장이 섞여 있는 걸로 보아 각자 취업한 분야에 맞는 옷을 입은 것 같았다. 그들의 표정이 풍만한 햇살처럼 천진했다. 남녀가 섞인 신입사원 특유의 설렘 가득한 활기, 앞으로 펼쳐질 삶을 향한 기대감, 카메라 앞에 선 쑥스러움과 힘든 과정을 거쳐 도달한 취업의 자랑스러움이 미약하게 교차하고, 햇살이 쏟아졌다. 이 모든 것이 아름다워 보였다. 앞으로 그들을 괴롭힐 거친 사회와 고된 일상에도 불구하고.

그들에게 살짝 나만 아는 미소를 보내고 조금 더 뛰었다. 정적인 분위기의 노부부 한 쌍이 벤치에 앉아 있었다. 부부는 자전거 헬멧과 운동복을 갖춰 쓰고 입은 채 나란히 앉아 무엇인가를 먹고 있었다. 은퇴한 지도 적잖이 오래되어, 소일거리로 자전거를 타는 듯싶었다. 그들은 서로 너무 가깝지도 멀지도 않은 간격을 두고 앉아 강변을 보며 간식을 먹었다. 그 표정은 너무 편안해 흡사 각자 혼자 간식을 먹고 있는 것 같았다. 그들은 대화를 나누지도 않았고 그럴 생각도 없어 보였으며, 서로가 편한 느낌으로 그냥 쉬고 있었다. 너른 풀밭을 배경으로 두 사람은, 그 정지된 풍광에 너무 잘 어울렸다. 그들은 서로를 굳이 의식하지 않고서도 평화로워 보였기에 남은 시간도 그렇게 오래오래 보낼 것 같았다.

나는 그들마저 지나쳐 조금 더 뛰었다. 그리고 남아 있는, 당신에 대해 생각했다. 언젠가 어떤 연인이었으면 좋겠냐는 물음에 답했던 말들. 남아 있는 사람. 바라는 것은 없고 다만 서로의 곁에 남아 있는 사람. 형체 없는 거대한 세상과 싸움을 시작해 오해와 반목에 맞서 풍랑도 겪고 모진 일도 겪으며 길고 긴 외로움의 터널을 통과해 험하고 긴 전쟁과 미지의 방랑을 마치고 한 점으로 돌아왔을 때, 늙고 지쳐 모두가 나를 떠나버렸어도 "너를 기다리고 있었어"라고 말하며 맞아줄 사람. 마치 신입사원이 풍파를 통과해 늙은 노부부가 되어갈 기나긴 시간 서로에게 등을 기대어 버티고 있었다는 듯. 그러면 나는 이제 세상에서 유일하게 당신을 위해서만 그 모든 것을 이겨내고, 누구도 방해하지 않고 어떤 다툼과 미움도 없고 감정의 소모도 없기에 편안해서 지루할 정도로 영원한 시간을 조용히 둘이서 보낼 텐데. "어제도 밤에 간식을 먹었는데, 오늘도 먹어버렸어" 같

이 너무 사소해서 빛이 나는 시간들을 나누고 또 "그간의 시간
은 참 힘든 것이었지만, 지금은 더할 나위 없이 평화로워" 같은
무한한 말을 나누는, 그 시간과 육체의 종말을 같이 기다려주는
당신이, 당신만이 남아 있는 장면을 떠올리며 나는 이제 막 내
려앉는 봄과 영원히 가닿지 못할 것 같은 햇살을 향해 뛰어나
갔다.

Part 2

응급실에서 당신에게

몸이 부서질 것 같은 밤이 지나고, 죽음과도 같은 잠에 들었다가 깨어난 또다른 밤. 몸을 간신히 추스른 내가 책상에 앉아 가장 먼저 하는 일이자 간밤에 가장 꿈꾸던 일, 그것은 바로 당신에게 편지를 쓰는 일이에요. 내가 간신히 세상에 작은 목소리를 낼 수 있는 방법은 쓰는 것뿐이라서, 그것마저 아니면 나는 어떤 사람도 아니게 될 것 같아서, 이 편지마저 나의 연약함을 드러내고 말지라도, 나는 당신에게 편지를 쓸 수밖에 없어요.

간밤은 지옥 같았어요. 나는 전쟁을 치르고 귀환한 기분이에요. 사람들은 여전히 죽으려 했고, 나는 여전히 죽고 싶었음에도 그들을 살려내야 했어요. 한 남자가 우리 앞에 꺼내놓은 심장병 약. 그는 한 통을 전부 먹었다고 했어요. 심장병이 그를 힘들게 했던 것일까요, 아니면 심장에 깃든 어떤 부분이 그를 위기로 몰고 간 것일까요. 나는 물어볼 수 없었어요. 그는 곧 침대에 누워 의식을 잃어가고 있었거든요. 어느 순간, 맥이 극도로 느려지고 그의 얼굴이 풀어지는, 그 사람의 영혼이 빠져나가고 있는 순간 나는 당신을 생각했어요. 밝게 빛나던 당신의 영혼과 그가 먹은 약품의 복잡다단한 화학식과 해독제가 교차했어요. 나는 그 사람의 영혼을 붙들어 우리를 지켜야 했어요. 사지가 푸르게 변하며 심장을 멈춰 세상을 등지려는 그를 살려야 했어요.

고함과 괴성이 오가는 그 공간, 나는 고요한 머리로 죽음에 맞섰어요. 평소라면 당장 사망을 선언했을 느린 맥이었어요. 다만 그 원인이 심장약 과다 복용이라는 드문 케이스였기에 나는 거기에 희망을 걸어보았어요. 나는 냉장고에 보관해둔 해독제를 한아름 재서 그에게 쏟아붓고 약품실 담당을 윽박질러 갖은 약품을 걸어놓고는, 모니터를 노려보며 당신을 생각했어요. 당신이 부디 이곳의 나와 함께 한 영혼을 도울 수 있기를. 지나친 죄책감으로 쓰러져 사체에 감정을 모두 쏟아붓고 결국 나 자신마저 파괴되었다고 생각하지 않기를.

나는 피투성이 바닥에 쓰러진 그의 연인을 보았어요. 살려달라고 했어요. 그를 사랑해왔지만 지금은 울부짖는 사람. 나는 더이상 아무것도 잃고 싶지 않았어요.

아침이 되어서야 그는 홀로 눈을 떴어요. 그는 실수였다고 했지만, 나는 어차피 모든 죽음이 실수에 기인한 것임을 알고 있었어요. 나는 웃지 않았고, 대신 그를 안았어요. 나는 그를 살리지 않았고 다만 그가 나를 살렸거든요. 그의 연인은 아침에 제 바짓자락을 붙들고 울었어요. 나는 괜찮다고, 한때의 위험이 지나간 거라고 했어요. 나는 사랑하는 관계란 왜 이리 슬픈지 생각하다가, 부서질 것 같은 몸으로 집에 돌아왔어요.

이제 또다른 밤이에요. 나는 이미 죽어 있는 기분이지만, 곧 또다른 죽음에 맞서기 위해 육신을 추슬러야 한다는 것을 알아요. 그리고 다시 전쟁터로 나가 싸워야겠죠. 나는 어두운 밤 너울거리는 불빛을 앞에 두고, 자신이 가진 모든 것을 지키기 위해 싸울 태세를 갖췄을 전쟁 전야의 병사들을 생각해요. 그들도 나와 같은 기분이었을까요. 사랑하는 사람을 등지고 싸운다는 것이, 죽음을 직감할지라도 이토록 안온한 것이었을까요.

나는 소심한 본래의 나로 돌아왔어요. 전쟁에서 돌아온 나는 당신에게 편지를 써요. 나에게는 이제 어떠한 욕심도 없어요. 더 유명한 사람이 되는 일이나, 더 부유한 사람이 되는 일들…… 나는 오히려 두려워요. 내가 얼마나 부족하고 어리석은 사람인지 알기 때문이에요.

나는 완고하게만 살았어요. 자신에게 엄격했고, 때로는 나를 학대하며 살았어요. 그러면서도 나는, 내가 무엇을 이루기 위해 그 시간을 견뎌야 했는지 전혀 알지 못했어요. 나는 의미를 찾지 못하고 방황하는 한 마리 잡어처럼 살았어요. 다만 무엇인가 알아내고, 기록하고 싶었어요. 그것이 소심한 내가 할 수 있는 유일한 일이었어요. 그래서 나는 고독했어요. 하지만, 당신. 나는 당신이라는 거대하고도 광활한 우주를 기록하면서 그것이 내가 살아온 생의 모든 의미였음을 이제야 깨달아요. 나는 비로소 당신이라는 제국의 분주한 사서가 되어 당신을 기록하기 위해 지금까지 없던 한 세계를 기꺼이 창조할 수도 있어요.

나는 나에게 끝없이 절망하던 사람이에요. 이 세상에 태어나 누군가에게 영향을 미칠 수 있다는 사실이 너무 두려웠어요. 하지만 이 세상에서 딱 한 사람, 당신에게만 영향을 미치고 싶어요. 내가 가지지 못한 용기란 것을 전부 쥐어짜내, 꾸미지 않은 말과 행동으로 당신 한 사람에게만 영향을 미치는 사람이 되기를 바라요. 그것이 세상에 태어난 내가 유일하게 부릴 수 있는 욕심이에요. 나는 당신, 당신의 귀한 감정에서 한 부분이 되는 사람이고 싶어요.

그래서 중력 방향 그대로 뻗은 당신의 왼손을 가만히 내게 내밀면, 나는 무릎을 꿇고 그 손을 붙들어 당신의 맑은 영혼을 나누어 받을 거예요. 그러면 나는 간신히, 하지만 용감하게 매일 전쟁터에 나가고, 사람들 앞에 설 수 있는 용기를 얻을 거예요. 나는 솔직히 두려워요. 험한 세상도, 당신이라는 거대한 존재도 두려워요. 하지만 세상에서 내가 버림받는다 해도, 나는 당신을, 당신의 세계를, 당신이 가진 영혼을, 당신이 지닌 한 점의 감정을, 당신의 온기를 나누어 받는 일을 택할 거예요. 그것으로 나는 살아가고 싶어요. 그것만으로 나는 전쟁 같은 삶을 버텨내고 싶어요. 사랑하는 당신, 사랑, 사랑이라는 말이 어울리는 유일한 당신. 나는 당신에게 편지를 썼어요. 손 하나 까딱하기 힘든 몸에도, 나는 이 순간에도 당신을 기록하기 위해 이렇

게 편지를 써요. 아, 세상과 우주에서 유일한 의미이자 내게 참
혹하고도 아름다운 감정을 주는 당신은.

안은 어깨

　새벽녘, 응급실 자동문이 열리고 한 남자가 양손으로 자신의 가슴을 짓누르며 들어왔다. 휘청거렸으나 제 발로 걷고 있었다. 처음에 그는 그리 죽음과 가까워 보이지 않았다. 나는 무심코 고개를 돌려 그가 걷는 모습을 보았다. 정확히 세 발자국을 걸었을 때, 그의 포갠 주먹 틈을 비집고 핏줄기가 튀어나왔다. "지금 저거 뭐야!" 뒤에서 누군가 소리쳤다. "회칼입니다. 회칼에 맞았어요. 상처에서 공기가 빠져나와요."

　이미 응급실은 두개골이 산산조각난 사람과 두 시간 전에 식칼을 맞아 복부가 뚫린 사람이 제정신이 아닌 말을 뱉어내고 있었다. 나는 이딴 병원에서 치료를 못 받겠다며 증오 섞인 욕을 하는 청년의 두 동강 난 종아리 아랫부분을 들어 맞추고 있었다. '아, 오늘은 기적적으로 아무도 죽지 않았는데. 버티지 못하는구나.' 나는 덜렁거리는 종아리를 당겨 바닥에 놓고 그에게 달려갔다. "중환 구역으로." 의료진은 달려가 그를 부축해 중환 구역 자동문 안으로 이끌었다. 그는 마지막까지 제 발로 침대 앞으로 걸어갔다. 나는 사람들과 함께 그를 붙들어 뒤집고 침대에 던지듯이 눕혔다. "숨이 차요, 숨이 차. 숨이 안 쉬어져요. 숨을 쉬게 해주세요." 그는 호흡곤란으로 눕지 못하고 허리로 버티며 직각으로 앉아 있었다. 나는 그의 포개진 두 주먹을 거칠게 잡아 허공으로 들었다.

의료진이 가위로 그의 티셔츠를 허리부터 목까지 단숨에 잘랐다. 피칠갑 아래 선명한 상처 두 개가 보였다. 그중 한 개는 오른쪽 사선으로 길게 나 있었고, 왼쪽에 움푹 팬 구멍도 하나 있었다. 내 눈에는 가해자의 손에 들린 회칼이 그의 왼쪽 흉강을 뚫고서 뽑힌 다음, 다시 그의 가슴뼈에 닿고 미끄러져 갈비뼈 사이를 만나 오른쪽 흉강을 뚫고 들어가는 장면이 보였다. 나는 장갑을 급하게 끼고 그의 흉부를 거칠게 닦았다. 그가 흘린 피가 가슴팍에 죽 발라졌다. "숨이, 숨이. 숨이." 그가 바들거리며 숨을 들이쉬자 갈비뼈 사이의 빨간 구멍 두 개에서 날카롭고 높은 소리가 나며 공기가 빠져나갔다. 무조건 관통상이었다. 심지어 양쪽 폐였다.

나는 긴 상처에 거칠게 손을 넣었다. 칼을 맞아 부러져 우둑거리는 갈비뼈와 그 사이에 찢긴 근육과 인대, 피를 머금어 기분 나쁘게 따끈한 흉강이 손끝에 느껴졌다. 순간 나는 계산했다. '칼이 심장이나 동맥을 뚫었다면 이 사람은 지금부터 5분 안에 죽는다. 심장이 멎으면 나는 갈비뼈를 썰고 바람 빠진 폐를 치워 구멍을 찾아 심장을 손으로 막아야 한다. 다행히 심장을 건드리지 않고 폐만 찢었다면 수술방까지 버틸 수도 있다.

그래도 양쪽 폐가 터져 자가호흡이 불가능한 환자다. 조치가 늦으면 죽는다. 실수하거나 지체하거나 방심하면 죽는다. 안 그래도 죽을 수 있다. 이런, 젠장. 아.' 나는 소리쳤다. "이거 누가 왜 찔렀답니까." 같이 온 사람이 말했다. "길을 걷는데 어떤 사람이 와서 갑자기……" 미친 짓이다. 바깥에서는 늘 미친 일이 일어나고 있다.

나는 상처에 넣은 손을 빼지 않은 채 반대쪽 손으로 다른 구멍에 손을 넣었다. 반대편 상황도 비슷했다. 나는 두 손을 그의 몸안에 더 깊이 욱여넣고 소리질렀다. "이거 당장 막습니다. 나일론 2번입니다. 오투리저브 마스크로 풀로 틀고, 체스트 튜브, 캐스, 폴리, 슈처, 라인, 엑스레이, 피, 웜셀라인, 인투베이션 동시에 준비합니다. 흉부외과에도 지금 전화. 빨리." 의료진은 분주해졌다. 그는 손이 자유롭게 되자 버둥거리면서 발작적으로 허리를 안쪽으로 접었다가 폈다. 양쪽 폐가 뚫린 사람의 전형적인 자세이자 표현이었다. "숨이, 숨이 안 쉬어져. 숨이." 흉강을 틀어막고 있는 손가락 사이로 피가 배어나왔다. 어차피 폐가 터진 풍선처럼 구겨져, 상처를 막고 있는 일은 큰 의미가 없을 것이었다. 하지만 지금은 틀어막는 것 외에 할 수 있는 일도 없었다.

이제 그는 식은땀을 줄줄 흘리며 손으로 목덜미를 잡고 전신을 떨며 있는 힘을 다해 숨을 들이쉬다가, 한 손을 떼서 상처를 막고 있는 나를 마구 끌어안기 시작했다. 어깨에서 뜨거운 액체가 흐르는 것이 느껴졌다. 두 손이 자유롭지 않은 나는 고개만 돌려 바라보았다. 그의 세번째 손가락이 반 이상 잘려 피가 박자를 맞추듯 뿜어져나오고 있었다. '칼을 막았구나. 한 번 칼을 막았는데 재차 찔렸구나.' 그 벌건 자리에서 인대와 신경과 하얀 뼈가 드러나 보였다. "아파. 아파…… 아파." 그가 외칠 때마다 피와 공기가 흉강 바깥으로 튀었고, 그는 그 손으로 더 힘껏 나를 끌어안았다. "환자 분, 들으세요. 환자 분. 저 안아도 돼요. 괜찮아요. 저한테 그래도 돼요. 버틸 수 있는 거라면 다 하세요. 저를 안아요." 그의 손아귀에 더 강한 힘이 들어가는 것이 느껴졌다. 내 옷가지가 피로 물들어갔다. "준비 다 되면 이 손가락도 소독 좀 부탁해요."

도구는 사정없이 날아왔다. 환자는 눈을 부릅뜬 채 버둥거렸지만 맥과 혈압이 그럭저럭 유지되고 있었다. '확실히 심장은 안 뚫었다. 이제 시간 싸움이다. 상처를 빨리 막자.' 바느질 도구가 날아오자 나는 그의 몸에 욱여넣었던 내 손을 뽑았다. 공기와 핏방울이 픽 하고 터져나갔다. 나는 소독약을 거칠게 상처에 문지른 뒤 국소마취제를 뽑아 단면에 찌르곤 둥글고 큰 바늘을 상처 옆에 넣었다. 바늘 끝은 상처를 가로질러 반대편으로 튀어나왔다. 나는 피칠갑한 손으로 그 끝을 뽑아 들고 실을 여미듯 묶었다. 급하게 몇 번 반복하자 상처가 하나 막혔다. 반대편 구멍에서는 호흡에 맞추어 핏방울과 함께 공기가 주기적으로 튀어나오고 있었다. 나는 다른 실을 집어 그 구멍도 막았다.

두 상처는 전부 봉합되었다. 하지만 이것은 결정적으로 환자에게 도움을 주지 못했다. 폐와 흉벽 사이에는 이미 공기가 차 있었고, 환자의 기도를 통해 새로운 공기는 계속 흉강으로 유입되고 있었다. 이 공기는 순환하는 것이 아니라 압력 때문에 폐 바깥으로 나와 갈비뼈 사이를 비집고 조직을 몽땅 들어버릴 것이었다. 그러면 상처 주변부터 이 남자의 흉부는 부풀어오르기 시작하고, 생살이 들리는 통증도 같이 올 것이다. 하지만 상처가 외부로 통하는 것보다는 나을 것이었다.

바삐 생각을 끝내고 나는 다시 국소마취제를 뽑았다. 환자는 이제 진땀을 미끌거리도록 흘리며 온 복부까지 다 뒤흔들고 있었다. 우주에서 호흡하는 것처럼 아무리 숨을 쉬어도 공기가 전혀 안 들어갈 것이다. 마음이 급해 손이 덜덜 떨렸다. 나는 주사기를 그의 왼쪽 아래 갈비뼈 사이에 푹 쑤셔 거칠게 쏘고, 칼을 들어 그 자리를 북 찢었다. 다시 피공기가 터져나왔다. "아아, 아아아, 아파. 아파." 그는 바람 빠지는 목소리로 비명을 질렀다. 충분히 마취할 틈이 없어 어쩔 수 없었다. 나는 큰 겸자에 흉관을 집어 쑤셔넣었다. 선지피가 뭉텅 쏟아졌다. 체스트보틀을 걸자 피와 바람이 부글부글 쏟아졌다. 극심한 호흡곤란에 과다출혈이었다. 눈앞이 캄캄해졌다. 폐가 펴져도 출혈 때문에 죽을 확률이 높았다. 예견된 결과였다. 나는 돌아가 반대편을 마저 찢었다. 그는 또다시 비명을 질렀고, 반대쪽 못지않게 많은 양의 피가 쏟아졌다.

이번에는 수혈용 중심정맥관이 날아왔다. 나는 피 묻은 그의 쇄골 아래를 갈색 소독약으로 훔치고 카테터를 꽂았다. 그는 재차 신음하며 손가락으로 피를 뿌렸다. 손가락이 그 사이에 더 벌어진 것 같았다. 그의 얼굴은 누가 바가지로 물을 부은 것처럼 땀으로 번들거렸고, 호흡은 너무 불안정해서 금방이라도 뚝 하고 멈출 듯했다. 전신마취를 걸고 기계호흡을 시작하지 않으면 당장 죽을 것 같았다. "에토미데이트 정주, 환자 재우고 삽관 준비." 그는 나를 끌어안고 있었고, 나는 마스크를 그의 얼굴에 대고 사정없이 공기를 짰다. 저 멀리서 간호사가 마취제를 주사기에 재고 있었다.

'저 마취제를 맞으면 그의 의식이 사라진다. 그는 이제 무의식의 세계에서 살아간다. 그리고 또 그는 어디까지 갈 것인가. 그가 갈 수 있는 곳은……' 나는 그를 안은 채 그가 다시는 깨어나지 못할 가능성을 생각했다. 이 순간은 그가 마지막으로 기억에 남길 순간일 수 있었다. 그의 청각, 시각, 모든 감각의 마지막 기록을 남길 권리가 내게 주어진 셈이었다. 나는 급하게 버둥거리는 환자의 눈동자를 보며 말했다. 정돈된 말은 아니었다.

"말 못하는 거 알아요. 그러니 들어요. 지금 마지막 순간일 수 있어요. 못 일어날 수 있어요. 그래도 자야 돼요. 안 자면 죽거든요. 그러니까 자요. 일어날 수 있게 할게요. 나를 봐요. 내가 일어나게 할게요. 기억하지 못해도 괜찮아요. 그냥 내가 그 일을 할 거라는 것만 알고 자요. 내가 해볼게요. 다시 눈을 뜨게 해볼게요. 아무것도 안 듣고 자는 것보다 나을 거예요. 이제 자요. 최선을 다할게요." 그는 주사를 맞고 스르륵 늘어졌다. 입에서 거품이 올라왔다. 지금 이 순간이 진짜 마지막이 된다면, 나는 그를 배신하는 셈이었다. 지긋지긋한 배신. 배신의 가능성. 그리고 미친 일들.

나는 거품을 치우고 그의 입을 벌려 그의 앞니 아래에 금속 블레이드를 넣었다. 마지막 생의 의지였는지, 그는 순간 이를 힘껏 앙다물었다. 바삭거리는 소리와 함께 치아가 부서져 조각이 튀었다. 눈이 따가웠다. '젠장.' 나는 고개를 돌리고 마취제를 추가로 투여해달라고 소리쳤다. 눈가를 마구 비비고서 그의 얼굴을 보았다. 치아가 톱니 모양으로 깨져 있었다. 나는 그가 살아나 깨진 치아가 불편하다고 구시렁대면 좋겠다는, 어리석은 생각을 했다. 그 처치는 어쩔 수 없었다고 항변하는 상상까지 하는 동안, 그는 마취제를 추가로 맞고 완전히 늘어졌다. 나는 재차 그의 목구멍을 힘껏 벌려 튜브를 밀어넣었다. 여전히 피를 쏟아내고 있었지만, 그의 표정이나 호흡만은 더이상 불편해 보이지 않았다. 죽어도 그는 이렇게 있을 것이었다. 그러니 그는 죽음과 더 가까워진 상태였다.

그가 병원에 제 발로 걸어온 지 그리 오랜 시간이 지나지 않았지만, 그에게는 이미 너무 많은 관이 들어가 있었다. 그리고 그는 너무 많은 피를 내놓고도 있었다. 허공에 매달린 타인의 피와 신선동결혈장과 수액과 지혈제가 그에게서 흘러내리는 피와 서로 다투고 있었다. 흉부외과에서는 피가 가득찬 통을 보더니 바로 수술을 하겠다고 했다. 나는 내내 피와 피가 서로 사투를 벌이는 현장에 있다 처음으로 바깥으로 나왔다. 같이 왔던 그의 친구가 밖에서 서성이고 있었고, 극도로 불안해 보이는 초로의 여인이 곁에 서 있었다. 나는 그녀가 환자의 어머니임을 깨닫고 그녀에게로 다가갔다. 그녀는 나를 보자마자 하얗게 질린 표정이 되더니, 손쓸 틈도 없이 괴성을 지르며 쓰러져버렸다. 옆에 있던 그의 친구가 그녀를 붙들었다. 왜지, 왜…… 나를 바로 알아본 걸까? 나는 고개를 조금 갸웃거리다가 내가 그의 피를 뒤집어쓰고 있다는 사실을 깨달았다. 내 옷과 살에 어지럽게 핏자국이 널려 있었다. 피는 어떤 피든 붉은색이지만, 그를 낳은 사람은 그 피만 보고도 그게 누구 것인지 알아볼 수 있다. 내가 도살장에서 나온 사내로 보였을 것이었다. 본능적이었다. 모든 일이 본능적으로 일어나고 있었다.

친구는 그녀를 부축해 일으켜 세웠다. 나는 바삐 말했다.

"친구 분은 아시겠지만, 칼을 두 번 맞았습니다. 하나는 왼쪽 폐, 다른 하나는 오른쪽 폐를 뚫었습니다. 폐는 두 개니, 둘 다 구멍나면 숨을 못 쉽니다. 게다가 피가 너무 많이 납니다. 응급처치는 해둔 상태지만, 수술해야 됩니다. 죽을 수 있습니다."

"그런데 선생님, 그 피는, 그 피는 뭔가요?"

"아, 이건 흉부에서 나온 건 아닙니다. 칼을 맞아 손가락이 끊어졌는데, 거기서 나온 피입니다."

어머니가 다시 비틀거렸다.

"선생님, 칼에 두 번 맞았다고 죽습니까? 사람이 그렇게 쉽게 죽냐고요."

"……"

"사람이…… 사람이……"

그녀는 고개를 푹 숙였다.

"수술 설명은 다시 드리겠습니다."

나는 중환자 구역으로 돌아왔다. 혈압은 시간이 지날수록 떨어져갔고, 피도 그만큼 그의 혈관으로 쏟아졌다. 바닥이 점점 피바다가 되어가고 있었다. 나는 수술을 기다리는 동안 축 늘어진 그의 손가락을 꿰맸다. 그 틈바구니에서 인대와 신경을 찾아 정밀히 봉합할 수 없었다. 그의 세번째 손가락이 크게 중요한 것 같아 보이지도 않았다. 살아난 다음 다시 수술해도 늦지 않을 것이었다. 봉합이 끝나자 그의 손가락은 간신히 모양을 갖추고 붙어 있었다. 그 손가락을 두껍게 붕대로 싸놓고 나는 그의 얼굴을 바라보았다. 핏기가 하나도 없는 얼굴이 찡그려져 그저 숨을 몰아쉬는 데 전력을 다하고 있었다. 수술은 준비되고 있었고, 아침해는 드디어 떴고, 더이상 나는 할 수 있는 것이 없었다.

나는 내가 할 수 있는 일과 할 수 없는 일을 생각했다. 불행한 사람이 피를 뒤집어쓰고 불행에 맞서 싸워도 매일 잉태되는 불행은 또다시 그의 목을 조르고, 그는 할 수 있는 일이 없게 되는 것. 길을 걷다 느닷없이 칼에 맞는 것. 배신. 미친 짓. 나는 눈앞이 이글거렸다. 바깥에선 수술 설명을 하고 있었다. "갈비뼈 안쪽으로 들어가서 피를 빨아내고 안쪽의 터진 혈관과 상처를 찾을 겁니다. 찾아서 봉합만 되면 살아요. 하지만 이미 피를 너무 많이 흘려서 사망 확률이 높습니다. 마취하다가도 죽을 수 있고, 수술대 위에서도 죽을 수 있고, 바깥에 나와서도 죽을 수 있고……" 초로의 여인은 다시 흐느꼈다. 그의 흉부는 예견한 대로 한껏 부풀어 있었다. 누르면 살이 온통 들려 빠그락거리는 아찔한 촉감이 전해졌다. 내가 그를 더듬는 동안 수술방 최종 호출이 들어왔다. 피에 젖은 바퀴가 핏자국을 남기고 마구 굴러갔다. 환자와 보호자와 수술과 관련된 의료진은 전부 수술방으로 올라가버렸다.

누군가가 피바다가 된 중환 구역을 치웠다. 우리는 이제 다른 환자를 기다리는 상태로 남겨졌다.

아침에 나는 한 명의 사망자도 보고하지 않았다. 그가 죽는다면, 내일자 사망자로 기록될 것이었다. 나는 그의 생사가 궁금했지만, 당장은 알 수 있는 게 없었다. 나는 머릿속이 혼곤해진 채로 입고 있던 옷가지를 벗어던졌다. 병원을 떠나야 했다. 응급실 문 앞을 나오자 아침 활기를 머금은 사람들이 돌아다니고 있었다. 날아가는 회칼과 움푹 팬 구멍이 자꾸 떠올랐다. 하지만 바깥은 너무 평화로워 그런 미친 짓은 일어나지도 않은 것 같았다.

집은 내가 나왔던 그대로 그 자리에 있었다. 그가 아직 살아 있냐고 묻고 싶었지만, 내가 그의 생사를 아는 것은 그의 생사에 도움되는 일이 아니었다. 나는 병원에 연락하지 않기로 했다. 욕실에서 샤워기를 틀고 거울을 보았다. 어깨가 무겁게 처진, 지치고 발가벗은 사내가 보였다. 아직 팔과 어깨에 희미한 핏자국이 남아 있었다. 눈물이 났다.

그는 나를 마지막까지 안고 있었다. 의지할 것들, 그리고 마지막 말들, 우리가 죽기 전에 해야 할 것들, 불행을 떠안은 사람들, 배신. 그가 죽는다면 나는 또 모든 것을 후회할 것이다. 나는 이제 몸을 씻고 잠들면 일어날 테지만, 그는 일어나지 못할 잠을 자고 있는지도 몰랐다. 내가 그를 재웠고, 그는 마지막으로 나를 보았다. 그는 나를 영원히 기억하게 될까. 원망과 배신을 내 얼굴에서 찾아내고 있지 않을까. 만약 이것이 죄라면, 무슨 수로 갚을 것인가. 샤워기에서 물이 핏줄기처럼 힘차게 뿜어져나왔다. 나는 크게 울고 있었다. 물은 내 머리 위로 떨어져 발끝까지 순식간에 흘러내려갔다. 그의 피가 혼탁하게 물에 섞여 수챗구멍 위에서 반시계 방향으로 빙그르 돌아, 어딘가로 줄기차게 떠나가버리고 있었다.

따뜻한 청진기

어렴풋한 유년기의 기억이 있다. 어린 나는 목이 따끔거리고 열이 나서 이부자리에 누워 있다. 천장이 빙글빙글 돈다. 어머니는 가만히 내 이마를 짚어보고 약 먹어야 빨리 낫는다며 동네 소아과로 나를 이끈다. 어머니 손을 잡고 비틀거리며 벽과 천장이 온통 하얀 소아과로 들어간다. 그곳에선 한결같이 소독약 냄새가 난다. 몽롱하게 대기실에 앉아 기다리면, 두려움과 미지의 공간인 진료실에서 내 이름을 부른다. 들어가면 멀리서 근엄한 선생님이 보인다. 나는 책상 앞 동그란 의자에 앉는다.

선생님은 쇠로 된 압설자를 들어 내 혀를 누른다. 씁쓸한 맛이 난다. 이제 선생님은 청진기를 귀에 꽂고, 어머니는 내 티셔츠를 걷는다. 마른 몸이 오들거리며 떨린다. 앞가슴에 청진기가 닿으면, 금속의 차가운 느낌에 몸이 움츠러든다. 얼른 집에 가고 싶어 숨을 열심히 쉰다. 선생님에게서 소독약의 코를 찌르는 냄새와 어른의 퀴퀴한 냄새가 동시에 난다. 선생님은 앞과 뒤에 열심히 청진기를 대어보더니 내게서 고개를 돌려 무엇인가 적는다. 나는 주사를 안 맞겠다고 애원한다. 선생님은 약 잘 먹고 다음에 보자고 내 머리를 쓰다듬고, 어머니와 나는 쓴 가루약과 달달한 물약을 받아 돌아온다. 소아과에 자주 갔었지만 기억의 잔상은 대체로 비슷하다. 쌉쌀한 맛과 차가운 청진기, 소독약 냄새와 돌아오면 기다리고 있는 쓴 가루약이다.

병치레가 잦던 나는 언제 그랬냐는 듯 건강하게 자라났다. 유년기 병원의 기억도 아스라해질 무렵 나는 의대생이 되었고, 의사 선생님이 되기 위한 발걸음을 내딛고 있었다. 그리고 어느 날, 진료의 기초를 배우는 실습 시간이었다. 이 시간을 위해 우리는 미리 청진기를 공동구매했다. 아무래도 의사의 상징은 청진기 아닌가. 우리는 벌써 병원에서 환자를 보는 의사가 된 것 마냥 저마다 조금씩 들떠 있었다.

교육을 위해 들어온 교수님은 처음부터 청진기를 눈앞에 들었다. 그리고 맨 처음으로 우리에게 물었다. "이게 청진기다. 세부 명칭이나, 질환마다 어떤 소리가 나는지는 수업시간에 배우고 왔겠지." "네에." "그런데 청진기에서 가장 중요한 부분이 어딘지 아나?" 우리는 제각기 답했다. "머리요." "틀렸다." "소리를 전달해 주는 선이요." "틀렸다." "귀요." "틀렸다." 우리는 맞힐 수 없었다. 청진기의 다른 부분이 더 없었던 것이다.

교수님은 말했다. "답은 이 청진기의 귀와 귀 사이다." 그것은 당시로서는 매우 혁신적인 농담처럼 들렸다. 그가 들고 있는 청진기의 귀와 귀 사이에는 허공이 있었는데, 이는 곧 청자의 머리가 들어가야 할 부분이었다. 그러니까, 결국 듣는 사람의 실력이 가장 중요하니, 소리가 잘 안 들린다며 탓하지 말고 공부나 열심히 하라는 뜻이었다.

교수님은 말을 이어갔다. "청진기가 없던 시절에도 의사는 환자의 숨소리나 심장 소리를 들어야 했다. 청진기 없이 어떻게 했을까?" "직접 귀를 대고 들었습니다." "맞다. 젊은 여성이건 나이 많은 노인이건 환부에서 고름이 쏟아지는 사람이건 의사는 직접 자기 귀를 환자의 몸에 밀착시키고 그 소리를 들어야 했다. 그 시절 가슴에 머리를 대고 숨소리를 듣는 의사와 환자의 유대감은 대단했겠지. 하지만 청진기가 발명되었고, 의사는 더 이상 환자와 밀착하지 않아도 되었다. 교감하는 과정이 생략된 셈이다. 그래서 청진기의 발명이 의사와 환자 사이를 멀어지게 한 결정적 원인이라고 하는 사람도 있다." 우리는 중세시대의 끔찍한 환자를 그린 삽화 몇 개를 떠올리며 잠시 숙연해졌다.

"우리는 이제 의사가 될 거다. 그리고 아직도 의사와 환자 사이에는 유대감이 필요하다. 또, 청진기가 있어도 의사는 환자 몸에 직접 손을 대야 한다. 그런데, 시간에 쫓겨 준비 없이 환자를 눕혀놓고 곧바로 배를 누르거나 청진기를 가져다 대는 의사가 많다. 하지만 청진기가 환자와 의사 사이를 처음으로 이어주는 것이라는 생각을 잊으면 안 된다. 그것은 첫인상과도 같은 것이니까. 그 느낌이 깜짝 놀랄 만큼 차가우면 환자가 진료를 두려워하거나 낯설게 느낄 수 있다. 그러니 환자에게 손대기 전에 꼭 자기 손이나 청진기가 너무 차갑지 않은지 확인해야 한다. 겨울이라 손이 차가우면 손을 좀 비비고, 청진기도 손으로 비비거나 입김도 재주껏 불어서 조금 따뜻하게 만들어놓고. 그래야 환자들이 진료를 편안한 것으로 여길 것이다." 우리는 수긍의 의미로 고개를 끄덕였다. 이런 종류의 유대감은 그전까지는 한 번도 생각해본 적이 없는 것이었기에, 아직까지 기억에 인상 깊게 남아 있다.

이제 나는 재주껏 응급실에서 환자를 진료하는 의사가 되었다. 그리고 나는 여전히, 작은 몸에 닿던 청진기의 차갑고도 두려운 감각과, 의대생 시절의 한 실습 시간을 기억한다. 나는 하루에도 수십 번씩 손을 대어 환자의 몸을 눌러보아야 하고, 내 청진기도 그만큼 자주 환자의 몸에 닿아야 한다. 그때마다 신기하게도 두 가지 기억이 동시에 난다. 진료실이 두려웠던 기억과, 환자들에게 그 감각을 주지 않기 위해 노력해야 한다고 다짐했던 기억. 그래서 나는 환자가 오면 습관적으로 말을 몇 마디 나누고 나서 진료를 진행하며, 무엇인가 빌거나 간청하는 동작으로 양손을 비비고 청진기에 입김을 불어넣는다. 마치 안온한 느낌이 내 손끝에서 분출되면 당신의 두려움이 달아나기라도 할 듯이.

그럼에도 가끔은 환자들의 속살에 손이나 청진기가 닿을 때, 환자들이 남아 있는 한기를 느껴 움찔거리거나 놀라는 모습을 보게 된다. 그러면 그 누구도 내게 불평한 적은 없건만 스스로 조금 부족했구나 하는 생각에 다만 미안해진다. 그럼에도 그

동작을 습관적으로 멈추지 않고 있다. 그것이 처음 만난 그들에게 심적인 유대감으로 닿을 것들이기 때문이다. 그렇게 만들어 낸 온기가 가끔은 전달되지 못할지라도, 촉박한 시간에 최선을 다해 준비한 마음을 나누며 다가가는 것이 이 일의 핵심이라 믿는다.

감사하다는 말

감사하다는 말을 들을 일이 많다. 대부분 부지불식간에 흘려듣는다. 한 끼니를 마치고 나오는 길에도, 허드레 물건을 사도, 이발을 마치고 상쾌하게 바깥공기를 마시려는 찰나에도, 우리는 감사하다는 말을 듣는다. 진심에서 나오는 말로 들릴 때도 있지만, 때로는 으레 그런 상황에서 필요에 의해 주고받는 듯한 말. 한때 이 말을 들으면 약간 얹힌 기분이 들었다. 밥을 먹거나 물건을 얻거나 대접을 받은 것은 나인데, 혹여 가게 주인에게는 도움이 되었을지 모르지만 정해진 임금을 받고 일하는 사람들에게 내가 감사하다는 말까지 들어야 한다니. 그래서 혹여 과도한 친절을 강요하는 현대사회의 병폐가 이 말로 전이되었거나, 우리가 무의미한 관용어로 일상의 빈번한 거래를 마무리짓고 있는 것이 아닐까, 잠시 생각했다.

그리고 예전에 아르바이트를 하던 때의 기억을 떠올려보았다. 사람들이 내가 파는 물건을 사거나 길에서 전단지를 받아갈 때, 나는 늘 감사하다는 말을 건넸다. 우러나오지 않는데도 억지로 어쩔 수 없이 감사하다고 말한 건 아니었다. 일당 외에 내게 더 이익이 돌아오는 일은 아니었지만, 나는 진짜 감사했다. 그들은 내게 와서 친절히 물건을 사거나 조용히 전단지를 받아 감으로써 내 일을 도왔고, 일정 부분 내게 주어진 일을 완성해주고 있었다. 가끔 한결같은 음조로 발음하기 어려웠을지라도, 내가 했던 그 말들은 하나같이 진심이었다. 그렇게 입장을 바꾸자, 우리가 습관처럼 나누는 말에도 진심이 스며 있음을 비로소 이해하게 되었다. 그리고 얹힌 듯했던 기분이 나아졌다.

이제 나는 병원에서 월급을 받는 사람이 되었지만, 거꾸로 감사하다는 말도 듣게 되었다. 환자들은 치료가 다 되어 병원 밖을 나설 때, 꼭 감사하다는 말을 남기곤 한다. 반대로 나는 좀처럼 감사하다는 말을 하기 어렵다. (응급실 의사가 환자에게 감사하다고 말하는 상황은 조금 이상하다.) 하나 나는 내 환자들에게 충분히 감사하다. 내가 그 자리에서 가운을 입고 그들을 진료했다는 이유로 나를 믿어주는 사람들이다. 내 일은 아픈 사람을 떼놓고는 존재할 수 없으며, 내게 감사를 표하는 사람은 내 일을 돕고 완성해주는 사람이다. 그럼에도 내가 감사하다는 말까지 들으니 그 말을 들을 때마다 낯선 나를 믿어주는 고마운 환자들에게 마음으로 더 깊이 그 말을 갚고 싶은 기분이 든다.

감사함의 시대를 살고 있는 나, 그리고 우리를 생각했다. 혹자는 그 감사함이 얼마나 진실된 감정인지 파악하려 하지만, 한 가지 중요한 것은 아르바이트생이나 환자처럼 누군가를 응대해야 하거나 낯선 이를 믿어야 하는 사람이 먼저 감사를 표한다는 것이다. 그러므로 중요한 것은 감사하다는 말을 듣는 사람의 태도나 자격이다. 우리는 종종 감사를 표하는 사람에게 폭언을 가하거나 얼굴에 햄버거를 던지는 일을 목격한다. 감사하다는 말을 들었을 때, 실상 도움은 내가 받고 있으며, 그 말을 갚으려면 그들의 일이 조금이라도 순탄할 수 있도록 도와야 한다는 생각 없이, 다만 자신이 순간적으로 관계에서 우위를 점했다고 생각하기 때문이다. 실상 감사하다는 말을 듣는 사람일수록 책임이 더 크다. 흩어지는 수많은 언어 속에서, 감사하다는 말의 의미를 정작 되새겨야 할 쪽은 어느 쪽일까.

솜사탕과 어머니

땡볕이 내리쬐는 넓은 공원에 한 행상이 서 있었다. 누구라도 그녀를 보면 흘깃 스쳐보고 제 갈 길을 재촉할 것 같은 모습의 흔한 행상이었다. 아주머니는 자기 얼굴보다도 더 큰 선캡을 눌러쓰고, 들큼하고 끈적거리는 바람을 내뿜는 솜사탕 기계 앞에서 색색의 설탕을 부어넣고 있었다. 나들이 온 몇 명의 아이들만이 그녀에게 관심을 보이고는 부모를 졸라 솜사탕을 사 갔다. 한낮의 열기가 더해져 행상 주변에는 후끈거리는 기운이 진동했고, 그녀는 몸에 붙는 분홍색 티셔츠와 요란한 흑백 몸뻬 바지 사이로 연신 흘러내리는 땀을 닦아냈다.

그녀는 목이 말라 떠놓은 미적지근한 물을 연신 들이켰다. 높이 걸어놓은 알록달록한 솜사탕 가운데에서 기계는 맹렬히 회전하며 다른 솜사탕을 만들어내고 있었다. 문득, 그녀는 오늘 공원에 나온 뒤 처음으로 요의를 느꼈다. 보통 장사를 마무리할 때까지 한 번은 화장실에 다녀와야 했다. 그녀는 제법 멀리 떨어져 있고, 유난히 후덥지근하며, 위생 상태도 썩 좋지 않은 공중화장실을 떠올렸다. 이것도 그녀에겐 오늘치의 일에 속했으므로 그녀는 솜사탕 기계를 끄고 땀에 전 검은 전대를 찬 채 화장실로 향했다. 거스름돈이 잔뜩 들어 허리춤이 묵직했다.

그녀는 화장실 칸막이 사이로 들어가 변기에 앉았다. 답답하고 퀴퀴한 냄새가 올라왔다. 그녀는 생각했다. 해가 저물면 오늘 장사를 마무리지어야지. 몸을 씻고 밥을 지어 먹고 내일 장사를 준비해야지. 일을 보고 화장실을 나서려는 순간, 갑자기 이상한 느낌이 급습했다. 의식이 가물거리고 몸을 전혀 움직일 수가 없었다. 머릿속이 백지가 된 것 같았다. 곧 그녀는 정신을 잃고 후끈거리는 바닥에 쓰러져 몸을 떨기 시작했다.

그리고 한동안 그녀는 발견되지 않았다. 주인 없이 고요히 멈춘 솜사탕 기계에 사람들은 눈길을 주지 않고 지나쳐 가기만 했다.

아직 볕이 내리쬐고 있는 오후의 응급실이었다. 스테이션 전화기가 울리고, 곧 의식저하 환자가 도착한다는 연락이 왔다. 의료진은 각자 무덤덤하게 장갑을 끼고 환자를 맞을 채비를 했다.

자동문이 열리고 카트에 실린 아주머니가 들어왔다. 가까이 다가가자 독한 땀냄새가 코를 찔렀다. 후줄근한 차림새와 허리춤에 찬 주머니를 보고 아주머니가 길에서 무엇인가 파는 일을 한다는 걸 짐작할 수 있었다. 나는 그녀의 어깨를 툭툭 쳤다.

전혀 반응하지 않았다. 이번에는 허공에 고정되어 있는 그녀의 눈을 바라보며, 흉골 가운데를 약간 힘을 주어 눌렀다. 그녀는 고개를 전혀 돌리지 않은 채 얼굴을 찌푸리며 내 손을 붙들기 위해 바둥거렸다. 확연한 의식저하였다.

그녀는 검사와 생체 징후 확보를 위해 마련된 소생실로 들어갔다. 나는 같이 들어서며 구급대원에게 물었다.

"어떻게 신고됐나요?"

"공중화장실 옆 칸에서 이상하게 툭툭 치는 소리가 났다고 합니다. 나와서 봤더니 칸막이 아래로 부르르 떠는 사람 발이 보이더랍니다. 출동해서 문을 따고 이송했습니다. 줄곧 이 상태 그대로였습니다."

"그 외 목격자는 없나요?"

"네, 근처 행상 분이신 것 같은데, 쓰러지거나 어디 가는 걸 목격한 사람은 없다고 합니다."

결국 이 상태가 우리가 알 수 있는 전부였다. 나는 소생실로 들어가 그녀의 생체 징후를 확인했다. 체온은 정상이었다. 열사병으로 인한 의식저하는 아니었다. 혈당도 정상이었고, 저혈당성 쇼크도 아니었다. 나머지 생체 징후도 정상이었다. 갑자기 발생한 것으로 보아 뇌출혈이나 뇌경색 같았다. 환자는 손발을 떨고 몸부림치면서 숨을 거칠게 몰아쉬고 있었다. 상태도 전형적인 뇌출혈이나 뇌경색으로 보였다. 일단 CT를 찍어 뇌출혈을 확인해야 했다. 나는 CT실에 환자를 밀고 가겠다고 전화했다. 코에 산소줄을 끼운 채 몸부림치는 그녀를 간호사 몇 명이 제압하고 있었다. 나는 CT실까지 안정제를 챙겨달라고 했다. 밖에서 보호자와 연락이 되었고, 지금 보호자가 오고 있다는 소리가 들렸다.

나는 그녀의 생체 징후를 확인하기 위해 CT실까지 따라 들어갔다. 그녀는 CT 기기로 옮겨졌다. 머리를 틀 안에 고정하자 그녀는 발버둥쳤다. 방사선사는 고개를 저었다. 나는 이미 확보된 혈관으로 준비해온 안정제를 투여했다. 환자는 곧 사지에 힘을 풀었다. 우리는 환자가 깰세라 얼른 기계에 그녀의 머리를 밀어넣었다. 생체 징후는 안정적이었고, 촬영은 순조롭게 끝났다.

그녀는 조금 풀린 자세로 소생실로 돌아왔다. 응급실은 잠시 고요했다. 나는 곧 전산으로 CT 결과를 확인했다. 환자의 뇌는 아무 일도 일어나지 않은 것처럼 깨끗했다. 이제 매우 높은 뇌경색의 확률만 남은 것이다. 하지만 의식저하로 나타나는 뇌경색은 굉장히 좋지 않은 징후였다. 마침 비보를 받고 달려온 보호자가 담당 의사를 찾았다. 두 아들이었다. 큰 쪽은 교복을 입은 모습으로 보아 고등학생 같았고, 작은아이는 아직 초등학생으로 보였다. 큰아이가 먼저 물었다.

"엄마한테 무슨 사고가 났나요?"

"사고는 아니고 병으로 보여요. 갑자기 의식이 없는 상태로 발견되셨어요. 아마 머리 쪽 문제 같은데, 뇌경색 같아요. 이제 추가 검사를 할 예정이에요."

"엄마, 엄마를 볼 수 있나요?"

나는 소생실로 그들을 안내했다. 아들들은 아침과는 완전히 다르게 변한 모습을 하고 있는 어머니 옆에 서서 말을 붙였다. "엄마, 호섭이 왔어요. 엄마." 환자는 팔을 휘저을 뿐 고개를 돌려 아들을 쳐다보지도 않았다.

"사람을 전혀 못 알아보시는 건가요?"

"네. 처음부터 이러셨어요. MRI검사 하고 다시 설명드릴게요."

그들은 짧은 순간 큰 충격을 받은 것 같았다. 하지만 그들은 겉으로 크게 내색하지 않았다. 대신 쭉 뻗어 있는 어머니의 손을 잡고 말했다. "엄마, 검사 잘 받고 오세요. 기다릴게요, 엄마."

그들이 나가자 의료진은 MRI검사를 준비했다. 환자는 방금 맞은 안정제 기운이 다했는지 고개를 움직이지 않고 침대에서 요동쳤다. 나는 안정제를 다시 준비해달라고 말했다. 그리고 환자의 몸에 쇠붙이가 있는지 확인하기 시작했다. MRI를 촬영할 때 몸에 금속을 지니면 큰 사고가 나기 때문이다.

나는 땀에 전 그녀의 옷가지를 뒤졌다. 별다른 금속성 재질은 보이지 않았지만, 허리에 둘러 있는 검은 복대가 눈에 띄었다. 복대의 불룩한 주머니 부분을 움켜쥐어보았다. 바스락거리는 느낌과 묵직한 느낌, 짤랑이는 금속음이 났다. 구겨진 지폐 다발과 동전. 전대임이 분명했다. 귀중품이니 그대로 풀어 보호자에게 건네주면 되었다. 나는 그녀의 허리춤을 더듬거리며 버클을 찾았다. 별안간 그녀가 몸을 획 돌리고 손을 크게 뻗곤 내 손목을 쥐어 뿌리쳤다. 나는 그녀의 얼굴을 보았다. 그녀의 얼굴은 내가 아니라 여전히 천장을 보고 있었다. 무의식 중에도 전대를 보호하려는 것 같았다.

"보호자 다시 불러요." 큰아들은 전대를 풀기 위해 어머니의 허리춤을 뒤지기 시작했다. 환자는 재차 반응했다. "엄마. 호섭이에요. 제가 맡아놓을게요. 엄마, 저라니까요." 환자는 그가 아들인 걸 아는지 모르는지 전대를 풀려는 손을 뿌리쳤다. 나는 환자의 팔을 꼭 잡아 붙들었다. 아들은 거칠게 더듬거렸지만, 전대를 한 번도 풀어본 적이 없어서인지 좀처럼 진전이 없었다. 환자는 시선을 여전히 천장에 고정한 채 여러 사람의 힘에 저항하며 전대를 붙들고 버텼다. 의식이 저하된 환자의 완력이 강력해, 여러 개의 팔이 엉켜 한동안 거칠게 버둥거렸다. "어서요. 어서."

결국 버클이 풀렸다. 허리춤에서 풀려나온 전대는 양쪽에서 어머니와 아들이 서로 붙들어 공중에 잠시 떠 있었다. 그 상태에서 갑자기 지퍼가 툭 터지더니, 구겨진 지폐와 묵직한 동전이 사방으로 튀었다. 전대를 뺏긴 환자는 허공을 보고 팔만 뻗고 있었다. 우리는 같이 흩어진 돈을 주워 아들에게 건넸다. 크지 않은 돈이었다. 환자는 맨몸으로 MRI실에 빨려들어갔다.

MRI 결과에서는 뇌경색이 확연했다. 보통 뇌경색이 사람의 의식에 영향을 미치려면 범위가 워낙 크거나, 뇌간을 침범해야 한다. 환자의 뇌경색은 뇌간에 걸쳐 명징하게 찍혀 있었다. 좋지 않은 예후를 암시했다. 나는 그 흑백 화면을 가만히 보고 있었다. 회색빛으로 우둘투둘한 뇌 사이에서, 반쪽만 하얗게 표시된 뇌간의 뇌경색 부위가 빛을 발했다. 저곳은 생명의 중추와도 같아서 기능을 못할 경우 그 증상은 매우 다양하게 나타난다. 안면과 사지의 마비, 구음장애, 운동실조, 반맹, 의식저하, 호흡부전, 심하면 사망까지. 확실한 것은 저 조그맣고 물렁한 곳이 마비되는 순간 그전까지의 사람은 사라져버린다는 것이다. 누군가 인체를 조절하는 능력을 임의로 뽑아버려, 환자를 뒤죽박죽으로 만든다고 생각하면 된다.

나는 갑자기 전대를 생각했다. 어떻게 저 상태로 끝까지 전대를 지키려고 했을까. 본능이 너무도 강력한 나머지 뇌경색마저 이긴 것일까. 나는 생각을 접고 보호자를 불렀다. 큰아이는 작은아이의 손을 붙들고 있었다.

"뇌경색입니다. 뇌간을 침범했고, 증상으로 봐서 위험합니다. 중환자실에 입원해야 합니다."

"치료가 가능한가요? 회복될 수 있나요?"

"발병 시기가 분명치 않아 급성기 치료는 불가능합니다. 회복은 말씀드리기 어렵지만, 좋지는 않을 겁니다."

"엄마가 저희를 못 알아보는 것도 뇌경색 때문이었던 거지요?"

"네, 단순히 못 알아보는 것을 넘어서 숨도 못 쉬게 될 수 있습니다. 저희가 나머지는 잘 치료하도록 하겠습니다."

"저, 선생님."

"네?"

"그런데 엄마는 전대를 붙들었잖아요. 그렇다면 의식이 있었던 것 아니에요?"

나는 잠시 당황했다.

"그건 설명할 수 없습니다. 실은, 잘 모르겠습니다. 의식이 흐려질 정도로 심한 뇌경색이긴 한데, 이 뇌라는 것이 단순히 의학으로 설명되지 않는 경우가 있습니다."

교복을 입은 아들은 갑자기 울먹였다.

"엄마, 엄마는 아버지가 돌아가시고 행상으로 저희를 키웠어요. 어떤 때는 떡볶이였고, 어떤 때는 번데기였어요. 남은 음식을 저희가 나누어 먹어서 알아요. 요즘은 솜사탕이었어요. 종류는 자주 바뀌었지만, 파는 게 뭐가 됐건 엄마는 악착같이 돈을 모아서 저희를 키웠어요. 우리를 학교에 보내고 나면 수레를 밀고 나가 해가 지고도 한참 뒤에 들어왔어요. 제가 작년에 고등학생이 되어 알바를 해서 돈을 보탰지만, 사정은 전혀 나아지지 않았어요.

그래도 엄마는 헌신적이었어요. 우리 둘을 위해. 평생 일만 하셨어요. 전대를 몸에서 놓고 사신 적이 없을 정도예요. 한 푼도 자기를 위해 쓰시지 않았어요. 그리고 입버릇처럼 너희 둘 다 대학에 가면 가까운 데 여행이라도 가자고 하셨는데, 그런데 여태껏 일만 해오신 엄마는 어떻게 되는 건가요? 앞으로 평생 저희도 못 알아보시나요? 이게 끝인가요?"

내가 아니라 누군가 이 간절한 호소를 들어줄 만한 다른 사람에게 하는 말 같았다.

"확답할 수 없습니다. 의식은 깨어나도 마비가 오거나 말 더듬이가 올 수 있고, 안 깨어날 수도 있어요. 일상생활은 아마 힘들 겁니다."

"엄마는 병을 참고 계셨던 건가요? 우리가 도와드릴 방법이 있었나요?"

"아닙니다. 이것은 예고 없이 일순간 오는 병입니다."

"그러면 그 순간이 멀쩡한 엄마의 마지막인가요? 일하다 화장실에서 쓰러진 게? 이제 엄마는 다시 안 돌아오나요?"

맞는 말이었다. 그 순간은 실질적으로 마지막과 같았다. 하지만 나는 그렇게 대답하지 못하고 있었다. 근근이 버텨오던 생활을 위해 마지막 한 푼까지 버둥거리며 안고 있던 인생이, 이제는 살아나기 위해 버둥거려야 하는 삶으로 변모하는 순간. 나로서는 섣불리 입 밖으로 꺼낼 수 없는 인생이었다. 이제 이 가족은 어떻게 될 것인가. 눈덩이처럼 불어날 병원비, 생사를 오갈 어머니, 아직 아무것도 감당하기 어려울 아이들. 나는 대답을 미룬 채 다시 고개를 돌려 켜놓은 흑백 컴퓨터 화면을 보

았다. 누군가 장난삼아 찍고 간 듯한 하얗고 큰 점이 뇌간 부위
에 터무니없이 선명하게 잘 보였다.

희망

신경외과 인턴일 때다. 의사 면허를 취득하고 막 병원에서 일을 시작한 참이었다. 당시 나에게는 몇 가지 꿈과 희망이 있었는데, 그것은 처음 의사가 되면 누구나 한동안 품는 것들이었다. 사소한 일에도 최선을 다해 환자의 생명을 지키겠다는 결의, 상급자가 지시하는 일이라면 무슨 일이든 할 수 있다는 태세, 마지막으로는 앞으로 의사로 일하는 내내 모든 환자에게 인간적으로 다가가는 참의사가 될 것이라는 다짐을 품었다. 모두 곧 현실의 벽을 만나 좌절의 벽에 부닥칠 원대한 희망이었다. 그리고 나에게는 한 가지 특별한 습관이 따로 더 있었다. 그것은 선천적으로 우울한 성정답게 환자나 보호자를 슬픔에 찬 존재로 바라보는 습관이었다. 막 의사 생활을 시작한 철없는 새내기 의사의 눈에 아프고 죽어가는 환자와 그를 지켜봐야 하는 가족이 얼마나 슬퍼 보였는지 모른다.

신경외과는 그런 의미에서 내가 품은 모든 결심을 부추기는 치열하고 대단한 분야였다. 나의 담당 환자는 늘 80명이 넘었다. 사소하지만 환자에게 영향을 미칠 수 있는 술기가 하루에도 50개는 되었다. 갑자기 사고로 머리를 다친 사람은 하루에도 부지기수였고, 그들은 즉시 내 환자로 들어왔다. 나는 처음의 각오대로 열과 성을 다해, 고작 환자 침대를 밀거나 피검사를 하거나 환부에 소독약을 바르는 일일지라도 하나하나 꼼꼼하게 하려고 애썼고, 마주치는 사람들에게 늘 따뜻한 마음을 건네려 노력했다. 그리고 남는 시간엔 그들의 처지나 감정에 마음을 이입하고 슬픔에 차 있었다. 물리적으로 잠잘 시간도 없었는데, 마음까지 늘 무엇인가 하고 있어야 했으니 상당히 바빴던 셈이다.

그 지친 나날 중에서도 유난히 힘든 밤이 있었다. 새벽에 뇌출혈 환자 서너 명이 들이닥쳐 모두 밤새 한숨도 잘 수 없던 날이었다. 그중 자다가 갑자기 뇌혈관의 꽈리가 터져 지주막하출혈로 내원한 50대 남성이 있었다. 기골이 장대한 그는, 고통에 몸부림치는 것 외에는 의사 표현이 전혀 없이 누워 있었다. 뇌출혈의 종류가 나쁘고 크기도 커서 수술을 받아도 대부분 예후가 나쁜 경우였다. 듬직한 몸집으로 세상을 버티던 그는 영원히 이전의 그를 잃어버릴 터였다.

쓰러진 남편을 곁에서 발견했고, 이제는 남편이 다시 일어나지 못할 것이라는 말을 들은 아주머니는 오열했다. 아직 어린 학생으로 보이는 아들과 딸도 침통한 표정으로 한마디 못하고 서 있었다. 수술이 끝난 그는 한동안 의식불명으로 중환자실에 있다가 병실로 옮겨졌다. 나는 매일 그에게 가 피검사와 소독을 해야 했다.

아주머니는 의식이 없는 그의 옆을 지키며 간호하고 있었다. 교복 입은 아들과 딸은 학교가 끝나자마자 찾아와 조용히 자리를 지켰다. 나는 누구에게나 나름대로 인간적인 말 한마디를 건네야겠다 다짐하던 때였으므로, 아주머니는 물론 아들딸에게까지 알은체하며 하루에도 몇 차례씩 환자를 만났다. 아주머니는 누가 봐도 신입 의사로 보이는 나를 특별하게 대해주었다. 게다가 그들과 나 모두 병원에서 살아야 하던 시절이었다. 복도에서 멀리 마주쳐도 나는 아주머니에게 반가운 인사를 건넸고, 그녀도 준비해두었던 음료를 꺼내주며 서로의 일상을 주고받았다. 그 가족과 나 사이에 일종의 동지애가 생겨났다.

그럼에도 나는 평생 휠체어에 앉아야 하는 남편을 돌봐야 하는 아주머니와, 학교 수업이 끝나고 곧장 병원으로 향하는 자녀들이 슬픔과 불행으로 점철된 삶을 살아갈 것이라는 생각을 멈추지는 못했다. 몸집이 크던 환자가 살이 빠져 점점 야위어가고, 아주머니가 휠체어를 밀며 "이제 이 양반이 혼자 다룰 만한 체격이 되어 편해요"라고 웃음을 지을 때도 그랬다. 어느덧 신경외과 인턴이 끝나 그 가족을 가끔씩만 마주치게 되었다. 여전히 반가웠고 우리는 안부를 물으며 지냈지만, 응급실에 근무하자 그들을 볼 기회가 없어졌고, 점점 그들을 잊어가고 있었다.

그리고 응급실에서 몇 년을 보냈다. 이제 나는 인턴 시절 내가 행했던 처치들의 영향력이란 너무 미약해 그것이 환자의 생명에는 거의 영향을 미칠 수 없었다는 사실과, 상급자가 시키는 일은 근본적으로 완벽히 해내기 어렵다는 사실과, 모든 면에서 완벽한 참의사란 어쩌면 소설이나 드라마에서나 성립 가능한 존재라는 사실을 모조리 깨달았다. 하지만 너무 많은 사건과 사고를 직접 목격하고 받아내며 풍파와 감정에 휘말려, 여전히 사람들의 불행을 재단하는 일만은 멈추지 않고 있었다. 결정적으로 응급의학과 의사는 사람들이 절규하고 비명을 지르며 호통치고 슬퍼하는 모습밖에 볼 수 없었다. 응급실에 머물러야 하는 시간이 지나고 나면 그들은 더 안온한 쪽이든 슬픈 쪽이든 각자 자기 인생으로 되돌아갔기 때문이다.

그렇게 지내던 어느 날 문득 휠체어에 앉은 아저씨가 나타났다. 신경외과 인턴 때 보았던 그 아저씨였다. 여전히 따뜻한 인상의 아주머니와 함께였다. 나는 진심으로 그들이 반가웠다. 그들 역시 놀라며 반가운 표정으로 나를 알아보았다. "어머, 선생님이잖아요. 아주 멋있는 레지던트가 되었네요." 그는 여전히 걷거나 말할 수 없었으나, 확연히 안정된 생활을 하는 듯해 보였다. 휠체어에 앉아 떠주는 밥을 먹고 산책을 할 수 있었으며, 신체의 기능도 유지하며 일부 감정 표현도 할 수 있었다. 아주머니가 몇 년간 내내 간호한 덕분인 것 같았다. 그녀의 말에선 밝은 기운을 그대로 느낄 수 있었다.

"이 양반이 요즘 안정적이었는데 오늘 열이 있길래 왔어요."

"네. 봐드릴게요. 제가 막 의사가 되었을 때 뵀는데, 시간이 제법 지났네요. 그래도 그간 건강해지셔서 밝은 모습으로 뵙게 되니 너무나 반가워요."

"우리 애도 곧 올 거예요. 입버릇처럼 선생님이 보고 싶다고 했어요. 마침 잘됐네요."

그에게 필요한 조치를 마치자, 훌쩍 커버린 아들이 왔다. 그와도 오랜만에 재회하는 것이었다. 아직 앳된 티가 완전히 걷히지 않았지만, 정장을 갖춰 입고 늠름하게 아버지 옆에 서서 내게 인사를 건넸다.

"처음에 돌봐주신 선생님 생각이 많이 났어요. 이후로 뵙고 싶었어요. 이제 취직해 회사 다니면서, 부모님 모시면서 잘 지내요."

"와, 벌써 취직했어요? 시간이 정말 많이 지났나봐요."

"아이참, 저도 나이가 얼만데요."

묵묵하게 슬픔에 차 있던 모습으로 기억해온 고등학생이 이젠 한 명의 사회인이 되어 내게 당당하게 말을 건네는 모습이었다. 그의 성장은 내가 미처 생각하지 못했던 모습이기에 더 반가웠다.

"멋있네요, 정말."

"아, 동생은 이제 수능 준비하고 있어요. 공부를 잘해요. 간호사가 될 거래요."

"잘돼서 이쪽으로 왔으면 좋겠네요. 저도 그동안 인턴에서 주치의가 되었으니 아버지를 극진히 모시겠어요. 다시 만난 가족처럼."

"감사합니다, 선생님."

정장을 입고 옆에 같이 선 아들을 바라보는 아주머니의 눈빛이 서글서글해 보였다. 몸이 아픈 남편을 돌보며 아들을 한 명의 사회인으로 키워낸 것이 그에겐 무엇보다도 자랑스러운 일이리라. 기억에서 잊혀가던 가족과의 예기치 못한 재회, 그들이 서로를 의지하고 사랑하는 모습. 문득 가슴이 청량해졌다. 그리고 나는 시간을 거슬러 무엇인가 느꼈다.

그때 그 자리의 사람들은, 전부 성장해 있었다.

가족이 돌이키지 못할 불행을 겪거나 가장이 쓰러져 휠체어에 앉아 있을지라도, 사람들은 현실을 비관하며 그 자리에 주저앉지 않는다. 오히려 곁에 있는 사람들은 그를 끌어안고 돌보며 각자 저마다의 위치에서 앞길을 찾고 희로애락을 느끼며 성장한다. 내가 세상만사를 슬픔에 찬 눈으로만 바라보고 있는 동안, 휠체어에 앉은 그는 나름대로 자리를 잡고 세상을 견디고 있었으며, 가족들은 그를 돌보며 자기 자리를 찾아가는 일을 했다. 환자는 어느 날 다시 밥을 씹고 어느 날은 감정을 표현했을 것이고, 가족들은 그때마다 기쁨에 의지하고 사랑하며 살아왔던 것이다.

그 시절 나는, 가족들이 전부 건강하고 이렇다 할 좌절도 없었다. 그럼에도 응급실에서 절규하는 사람을 본다는 이유로 불행을 재단하는 습관을 이어왔다. 그러나 싹은 어디에서든 피어난다. 그리고 척박한 곳에서 움튼 싹은, 오히려 더 화려하고 아름다운 꽃을 피우기도 한다. 우리는 주저앉는 존재가 아니다. 모든 사람이 각자의 슬픔을 안고 당당하게, 당연하게 살아가고 있다. 병원을 나간 사람들은 시련을 극복하고 때로는 미소를 지으며 살아갈 것이다. 한참 고된 생활에 취한 나는 그 사실을 간과하고 있었다. 사람은 일방적으로 불행하지 않다. 서글한 한 가족이 그날 그 당연한 사실을 새삼스레 내게 알려주었다.

진단명

여느 날처럼 지루한 강의 시간이었다. 나이 지긋한 교수님은 국제질병분류표 개정판에 대해 설명하고 계셨다. 왠지 책에 그대로 나와 있을 것 같은, 건조하고 형식적인 내용이었다.

"ICD-10은 질병 및 관련 건강 문제의 국제통계분류 10차 개정판입니다. 세계보건기구에서는 국제적으로 일원화된 질병 및 증상으로 환자를 분류하기 위해 매번 개정판을 발표합니다. 전 세계의 모든 의사가 같은 진단 체계를 공유해야 하므로, ICD-10은 일어날 수 있는 모든 상황에 대처할 수 있는 스물두 개의 다양한 카테고리로 되어 있습니다. 여러분은 환자를 진료할 때마다 이 체계에 맞는 진단명을 찾아 기입하면 됩니다."

학생들은 지루한 표정으로 교수님의 설명을 듣고 있었다. 교수님은 비슷한 말투로 수업을 이어갔다.

"ICD-10에는 모든 상황이 담겨 있어야 합니다. 그래서 ICD-10에는 '감기'나 '복통' 같은 흔한 진단명을 세분화해놓은 것도 있지만, '핵폭발' '아르마딜로에게 물림' '이성에게 버림받은 상태' 같은 다소 의외의 흥미로운 진단명까지 있습니다."

갑자기 교수님에게서 '전쟁'과 '이성에게 버림받음' 같은 단어가 나오자 학생들은 교단을 바라보았다. 강의실이 느슨한 분위기에서 조금 긴장된 분위기로 바뀌었다. 자신에게로 시선이 모이는 기색을 눈치챈 교수님은 약간 힘을 주어 그다음 말을 이었다.

"여러분, 여기서 저는 여러분께 질문할 것이 있습니다. 전 세계의 모든 의사가 ICD-10을 기준으로 자신이 진료한 모든 환자에게 진단명을 붙입니다. 그렇다면, 이 기준으로 통계를 냈을 때, 전 세계에서 가장 많은 환자를 죽음으로 이끄는 진단명 하나가 분명 있을 것입니다. 이 진단명은 과연 무엇일까요. 참고로, 이 질문의 답을 맞힌 여러분의 선배는 아직까지 한 명도 없었습니다. 이 진단명을 맞히는 학생에게는 특별히 가산점을 주겠습니다."

교실이 웅성거렸다. 가산점이라는 말 때문인지, 한 학생이 손을 들어 분명 틀려 보이는 답을 외쳤다.

"암입니다."

"아닙니다."

다른 학생이 손을 들고 외쳤다.

"고혈압입니다."

"아닙니다."

"교통사고입니다."

"당뇨입니다."

"전부 아닙니다."

우리는 그럴듯한 진단명이 더이상 생각나지 않았다. 아마 의학적으로는 맞힐 수 없을 것 같았다. 우리는 질문을 낸 교수님이 답을 먼저 제시해주기를 침묵으로 기다렸다. 교수님은 약간 떨리는 목소리로 말문을 열었다.

"그것은 바로 Extreme poverty, 즉 극도의 빈곤입니다. 한마디로 가난입니다."

우리는 순간 한 대 얻어맞은 기분이 들었다.

"우리는 전 세계의 사람들이 고통받는 일을 이해해야 합니다. 암, 고혈압, 당뇨. 맞아요. 전부 사람들을 고통스럽게 합니다. 하지만 세계에는 그런 질환을 앓을 나이까지 살지 못하고 죽는 사람이 훨씬 많습니다. 그 사실을 모르는 사람은 없을 겁니다. 그렇다면, 그런 사람의 진단명은 뭐라고 붙여야 할까요? 이 사람들에게 전부 우리가 의학에서 언급하는 잘난 진단명을 붙여 그것 때문에 죽었다고 분류할 건가요? 아니죠. 이 사람들은 가난 때문에 죽은 것입니다."

우리는 이어지는 교수님의 말을 침도 못 삼키고 듣고 있었다. 교수님은 격양되어 말을 이어갔다.

"여러분은 이제 의사가 될 것입니다. 그러면 암도 치료하고 싶고, 혈압도, 당뇨도 치료하고 싶겠지요. 그렇게 사람들의 생명을 연장하는, 그게 멋있는 의사라고 생각할 겁니다. 하지만 여러분은 기억해야 합니다. 전 인류의 최대 다수에게 고통을 주고 이들이 죽음으로 이르게 하는 건 그런 병이나 질환이 아닙니다. 당장 먹을 것이 없어서, 입을 것이 없어서, 살 곳이 없어서 인간들은 죽어갑니다. 그런 병이 있는지도 모르고 죽는단 말입니다. 의사는 생명을 연장하기에 앞서 인간을 돌보는 존재입니다. 여러분이 이 진단명을 일생 쓸 일이 없더라도, 이 세계에서 벌어지는 다수의 고통을 절대로 잊으면 안 됩니다. 저는, 여러분이 이 엄존하는 하나의 진단명을 마음속에 새기고 기억하는 일이, 복잡한 학문을 떠나 인간을 이해하는 한 명의 인간이 되기 위한 마음가짐이라고 믿습니다."

가난

고요한 밤, 깡마른 중년 남자가 진료실로 들어왔다. 그는 느린 동작으로 내 앞에 있는 동그란 의자에 앉았다. 가까이서 보자 병적으로 더욱 마른 인상이었다. 낡은 셔츠 소매로 가느다란 팔이 길고 곧게 나와 있었다. 몸에 비해 옷가지가 심하게 헐렁해 마치 옷감을 덮어쓴 것 같았다.

"어떻게 오셨나요?"

"기운이 없습니다."

"그것뿐인가요?"

"그것뿐입니다."

나는 담담하게 말하는 그의 얼굴을 보았다. 눈빛이 혼탁했고 몸은 비정상적으로 말라 뼈대가 앙상했다. 첫눈에 봐도 만성 질환으로 오래 투병한 사람으로 보였다. 나는 그의 병원 기록부터 조회했지만, 아무 기록도 조회되지 않았다. 그는 이 병원에 처음 오는 환자였다. 이 밤중에 그는 단순히 기운이 없어서 처음부터 응급실로 온 것이다. 물으니 다른 병원에 다닌 적도 없다고 했다. 그냥 한 달 정도 기운이 없었을 뿐이라고. 나는 그에게 침대에 누울 것을 권유했다.

그는 아주 천천히 침대로 몸을 옮겼다. 바짓단 사이로 가느다랗고 마른 발목이 보였다. 기력이 없는 듯 천장을 보는 눈의 초점이 거의 움직이지 않았고, 마른 사지는 누워서 가만히 있음에도 떨리고 있었다. 헐렁한 체크 셔츠 위로 유난히 부푼 복부가 눈에 띄었다. 그의 셔츠를 몸 위쪽으로 걷었다. 배는 마른 몸과 부조화스럽게 구형으로 불러 있었다. 배를 손가락 끝으로 타진하자 둔탁한 소리가 났다.

"배는 언제부터 이랬습니까?"

"그것도 한 달 됐습니다."

"복수가 찬 듯합니다. 이건 간질환일 겁니다. 간과 관련된 병을 앓은 적이 없나요?"

"간염이 있었습니다. 종류는 기억나지 않습니다."

"치료는 안 받았나요?"

"몸이 괜찮아서 병원에 안 갔습니다. 언제부터 안 받았는지도 모르겠습니다."

그 말에 그가 병원에 오게 된 경과를 그려볼 수 있었다. 그는 자신의 건강에 무심했고, 아파도 특별히 병원을 찾는 일 없이 버텨왔다. 그러다 어느 날 간질환이 급격히 악화된 것이다. 종종 있는 일이었다. 이제라도 병원에 왔으니 입원해 진단하고 치료를 시작하면 될 일이다. 적어도 간경화 말기, 나쁘면 간암으로 보였다. 하지만 나는 그의 병세가 너무 빨라 간경화보다는 간암일 거라는 생각을 지울 수가 없었다.

"일단 침대로 안내해드리죠. 검사를 해봅시다. 피검사부터 확인하고, 차근차근 설명하며 추가로 검사를 진행하도록 하겠습니다."

그의 혈액검사 결과는 정상이 아닐 것이 분명했다. 아직 그조차도 모르고 있는 병이 그의 뱃속에 있었다. 느낌은 분명 좋지 않았다. 하지만 그는 이 소란스러운 응급실에서 조용히 자신의 병명을 받아들일 환자임은 확실했다.

그 사이에 다른 환자 몇 명을 보고 나서 그의 검사 결과를 보고받았다. 생각보다 더 좋지 않았다. 간 수치는 말할 것도 없고 백혈구 등 전반적인 수치까지 비정상이었으며, 신장 수치까지 올라 있었다. 매우 나쁜 징후였다. 현재 여러 문제가 복합돼 급성으로 악화된 상태이거나, 만성질환으로 죽기 직전 상태였다. 어떠한 진단도 받지 않고 살아온 사람에게 갑자기 이토록 본격적인 내과적 질환이 발견되는 경우는 드물다. 기본적으로 의학의 도움을 전혀 받지 않은 채 병을 꾸준히 참고 키워야 이 상태로 병원에 올 수 있다.

여하간 신장 수치가 높아 조영제를 사용하는 CT를 촬영할 수 없었다. 진단이 시급하지 않았으니 찬찬히 수치를 교정하며 필요한 검사를 진행해도 되었다. 하지만 나는 당장 그에게 직접 초음파를 대서 그의 병을 확인하기로 했다. 정밀한 진단은 어려웠지만, 왠지 초음파가 닿기만 해도 그의 병을 발견할 수 있을 것 같은 불길한 생각이 들었기 때문이다.

그는 마른 팔을 뻗은 채로 천천히 떨어지는 수액을 맞고 있었다. 내가 큰 초음파 기계를 밀며 다가가자 그는 고개만 약간 돌려 나를 보았다. 피골이 상접해 얼굴뼈가 드러나는 인상이었다.

"저, 초음파검사를 하겠습니다. 윗옷을 걷어주시겠어요?"

그는 천천히 셔츠를 걷어 부른 배를 다시 드러냈다. 나는 그의 오른쪽 윗배를 왼손바닥으로 감싸고 오른손을 주먹으로 만들어 가볍게 울렸다. 그의 배와 허리가 움찔거렸다.

"아픕니까?"

"네."

그는 태연함을 가장하면서도 고통을 숨기지 못했다. 어쩐지 나는 그의 앞에 펼쳐질 불행의 예감 때문에 조마조마했다. 이 기계와 내 눈이 곧 그것을 확인할 것이었다. 나는 젤리를 초음파에 잔뜩 묻혀 방금 울렸던 그의 복부로 가져갔다. 곧 내 손에 들린 초음파는 그의 간이 있어야 할 오른쪽 윗배에 닿았다. 그 화면에서 나는 간조직을 간신히 찾아냈다. 엄밀히 말하면, 그의 정상적인 간조직은 커다란 종괴 사이에 껴서 거의 남아 있지 않았다. 명백한 간암이었다. 간이 통째로 암조직으로 대체된 느낌이었다.

이 순간 그의 여생은 정해졌다. 이제부터 병원에서 갖가지 검사를 받고 독한 치료를 견디며 병마와 싸우는 삶이 바로 그의

앞에 놓였다. 그리고 나는 그의 운명을 알게 된 첫번째 사람이
되었다. 나는 연민을 느껴, 초음파 기계를 든 채 그에게 물었다.

"한 달 동안 아무것도 못 먹지 않았나요?"

"먹어도 다 토했습니다."

"술은 마셨나요?"

"그건 그나마 먹을 만했습니다."

"간염 치료는 왜 안 받았나요?"

"아프지 않으니까 치료를 안 받았습니다."

"그러면 나중에 아프기 시작했을 때는 왜 병원에 안 왔습
니까?"

"살 만했습니다."

"……"

그가 일찍 왔다면 조금 더 일찍 암을 발견할 수 있었을 것
이다. 하지만 나는 추궁하거나 비난할 생각은 아니었고, 그럴
권리도 없었다. 또한 그의 대답을 듣자 그를 나무랄 어떤 논리
도 없다는 사실을 알았다. 나는 아직 허공에 초음파 기계를 든
채로 그를 다시 조금 오래 바라보았다.

"무슨 일을 하셨나요?"

"버스를 운전했습니다."

"일하기 힘들지는 않으셨나요?"

"앉아서 핸들을 돌리면 되는 일이라서, 할 만했습니다."

"가족은요?"

"아내와 별거중입니다. 오래됐습니다. 자식은 없습니다. 대신 사촌 누님이 있습니다. 친누님처럼 따랐던 분입니다."

"주변에 병원에 가보라고 하는 사람은 없었나요?"

"혼자 살았습니다."

그의 상황을 대략이라도 파악하고, 투병할 때 얼마나 주변에서 도움받을 수 있을지 가늠해야 내가 해야만 하는 나쁜 말을 꺼낼 수 있을 것 같았다. 나는 잠시 질문을 멈추고 그의 얼굴을 바라보며 그의 삶에 대해 생각했다. 그는 흔들리지 않는 눈동자로 나를 보고 있었다. 자신에 대한 진실을 알고 있는 사람을 보는 눈빛이었다. 게다가 전쟁터 같은 응급실에서 의사가, 뜸을 들이며 자신의 가족과 일에 관해 묻고 있다. 자신의 몸을 타인에게 맡긴 인간이 그것이 무엇을 의미하는지 눈치채지 못할 수 있을까. 문득 그가 잠시간의 침묵을 깨고 먼저 말문을 열었다.

"선생님, 저는 각오하고 왔습니다. 선생님은 의사라서 아시겠지만 저는 제 몸이라서 압니다. 손 하나 까딱하기 힘들었습니다. 그러니 안 좋을 겁니다. 분명 나쁜 결과일 겁니다. 저는 미리 알고 있는 셈입니다. 그러니까 편하게 말씀하셔도 됩니다."

"……"

"……"

"간암 같습니다. 모든 징후가 일치합니다. 지금은 막 검사를 시작한 단계라 자세히 말씀드리기 어렵습니다. 일단 입원해서 얼른 검사하고 치료 방법을 찾아봅시다."

"아……"

그의 눈빛이 찰나 흔들렸다가 제자리로 돌아왔다. 이윽고 이어지는 그의 목소리는 조금도 떨리지 않았다. 너무 빨리 평정을 찾아 대화가 잠시도 끊어지지 않았다는 느낌이었다.

"알겠습니다."

그는 너무 순순히 자신의 선고를 받아들여, 이미 모든 것을 알고 온 사람 같았다. 나는 오늘 말할 수 있는 불행을 전부 뱉어놓고 그에게서 돌아섰다. 그리고 문득 의문스러워졌다. 자신의 운명을 뒤틀어놓는 선고였음에도 그의 체념은 지나치게 빨랐다. 아무리 최악을 직감했다 하더라도, 자신의 몸이 건강하다는 희망적인 말을 듣기를 조금이라도 기대하지는 않았을까. 또, 그는 그토록 자신의 병세를 완연히 깨달았음에도 왜 집에만 있었던 것일까.

하지만 자신의 병을 애써 무시해 불행해지는 사람은 여기에선 흔했다. 조금이라도 빨리 왔다면 그의 삶은 분명히 달라졌을 테지만, 지금 와서 그런 가정을 해보는 것조차 왠지 허망한 생각이 들었다.

한 시간 후, 나에게 노티가 들어왔다. 간암 추정 환자가 집에 가겠다고 한다는 것이었다. 놀랍게도 경제적인 이유 때문이라고 했다. 그는 분명 집에 가서는 안 되는 환자다. 신장 수치가 나빠진 채로 병원 치료를 받지 않으면 급사할 가능성이 높았다.

터무니없는 말에 바로 그가 누워 있는 침대로 다가가서 조금 격한 어조로 말을 시작했다.

"방금 간암이라고 분명 말씀드렸지 않습니까."

"사정이 있습니다."

"지금 신장 수치 때문에 검사도 제대로 진행이 안 될 정도입니다. 그 탓에 우리도 암이 얼마나 크고 어디까지 퍼져 있는지 모릅니다. 더 큰 문제는 왜 신장 수치가 안 좋은지 지금 잘 모른다는 겁니다. 이건 당장 급사하는 거예요. 장담합니다. 집에 가면 죽습니다. 죽는다고요."

"돈이 없습니다. 쓸 수 있는 돈이 하나도 없습니다."

"죽는다는데, 그게 환자 분 사정입니까?"

"네, 선생님. 각오하고 왔다고 말씀드리지 않았습니까. 저는 이제 간암이라는 걸 알았습니다. 그러니 됐습니다. 신변을 정리하고, 지금처럼 집에 있겠습니다."

"다시 한번 말씀드립니다. 당신은 죽을 가능성이 높습니다."

"들었습니다."

그에게 더이상 무슨 말도 할 수 없었다. 실제로 의식이 있는 환자가 치료를 거부하면, 타인인 의사는 아무것도 할 수 없다. 그의 논리를 설득하기는 불가능해 보였다.

"알겠습니다. 퇴원하신다고 하니 말씀드리는데, 환자 분은 간암 말기일 겁니다. 얼마 안 남았을 겁니다. 알면서 가신다니,

저도 어쩔 수 없습니다. 도움이 필요하면 언제든 찾아오시죠."

"감사합니다."

그는 형식적인 자의퇴원서를 쓰고 그새 한층 더 유약해진 것 같은 몸을 일으켜 바깥으로 나갔다. 그가 지금까지 삶과 질병을 버티던 곳에서 여생을 더 버티기 위해.

나는 그를 곧 다시 만날 수 있었다. 그를 떠나보낸 지 두 시간도 되지 않은 때였다. 그는 응급실을 나와 집으로 가고 있었다. 문득 그가 여태 참고 있던, 세상을 온통 위아래로 뒤섞는 것 같은 어지러움이 그의 머릿속을 강타했다. 그는 밤거리에 쓰러져 구토하기 시작했다. 한 달 내내 먹은 것이 없어, 그는 엎어진 채로 진득거리는 거무튀튀한 초록빛 액체를 길가에 쏟아내다가 행인의 신고로 실려왔다. 그는 구급 카트에 누워서도 비닐을 붙들고 마른 몸으로 기운을 짜내 구토하고 있었고, 그 모습은 이제 영락없이 죽음을 기다리는 간암 말기 환자로 보였다.

"다시 뵙게 되는군요."

"어지러워서 그냥 누워 있기도 어렵습니다. 너무 어지럽습니다. 이것만 해결되면 정말 집에 가겠습니다."

그는 안정제를 맞으러 그가 방금 전까지 누워 있던 침대로 돌아갔다. 나는 그가 자신의 병을 직감했음에도 자의로 치료를 거부한 환자라는 데 생각이 미쳤다. 그렇게 굳건한 사람이 이 밤중에 응급실로 찾아왔을 정도라면, 이미 죽음의 문지방에 걸터앉았던 것과 다름없다. 그 정도까지 참을 수 있었을 것이고, 또 그 정도까지 진행되었으니 이제는 못 참았을 것이다. 처음부터 그는 다시 집으로 갈 수 있는 사람이 아니었다. 그는 어디론가 전화하는 듯했고, 그의 마른 팔로 다시 수액이 들어가기 시작했다.

재차 시행한 그의 피검사 결과가 나왔다. 신장 수치가 더 높아져 있었다. 진행이 너무 빨라 당장 치료가 불가능한 다발성 장기부전으로 보였다. 그즈음, 그의 보호자를 자청하는 중년의 여성이 나를 찾아왔다. 수수한 인상이었고, 침울하거나 급박해 보이지 않았다.

"환자 상태가 어떤가요?"

"간암으로 보입니다. 생명이 위독합니다. 가까운 친척 분이라고 들었습니다."

"그러던가요. 그랬었죠. 연락이 끊긴 지 오래였습니다. 이혼한 후에는 뭘 하고 살았는지도 몰랐습니다. 저도 살기 힘들었으니까요. 어디서 죽지는 않았을까, 생각했습니다. 오랜만에 응급실에서 다시 보게 되네요."

예상할 수 있는 말이었다. 그래도 아무도 안 오는 것보다는 나을 거라 생각했다.

"네, 환자 분이 검사를 진행하지 않겠다고 했는데, 보호자 분이 오셨으니 진행하겠습니다. 적어도 암인지는 확인해야겠습니다."

그녀는 놀라는 기색이 아니었다. 오랜만에 만났다는 두 사람은 별다른 이야기를 나누지 않았다. 환자는 아직 어지러움에 머리를 싸매고 간헐적으로 구토하고 있었고, 보호자는 그의 어깨에 손을 댄 채로 옆에 조용히 앉아 있었다. 나는 조영제가 들어가지 않은 CT 촬영을 지시했다. 그는 잠시 약을 맞고 어지럼증이 나아졌는지, 조용히 촬영을 마치고 나왔다.

그의 복부 CT를 열어보자, 그곳에는 내가 잠깐 보았던 종괴를 포함해, 엄청난 수의 다른 종괴와 복수가 가득차 있었다. 간암이 복부에 씨를 뿌리듯 전이된 것으로 보였다. 이어서 극심한 어지럼증을 호소했던 그의 머리를 촬영한 CT를 열자, 역시 예상했던 결과가 펼쳐졌다. 그의 뇌 안에 전이된 모양의 동그란 암 덩어리가 골고루 퍼져 있었다. 마치 만개한 하얀 꽃밭을 보는 것 같았다. 이 암덩이가 무서운 속도로 커가면서 두개골 안을 온통 누르고 조여 극심한 두통과 어지럼증을 일으켰을 것이다. 나는 그와 보호자에게 암 말기를 선언했다. 둘 다 이미 알던 사실을 들은 것처럼 반응했다. 그는 잠시 고통에 몸부림치느라 어떤 결정도, 대답도 하지 못했다. 나는 그가 잠시 안정을 찾을 수 있게 놔두었다. 고통이 잠시 잦아들면 그는 자기 생에 대해 무엇이든 의사 표현을 할 것이었다.

고농도의 마약성 진통제를 맞자 그는 약간 회복세를 보였다. 표정이 조금 나아졌고, 구토도 잦아들어 보였다. 얼마 지나지 않아 나는 또다시 환자와 관련된 노티를 받았다. 또 집에 가겠다는 것이었다. 나는 당장 그를 설득하러 나섰다. 적극적인 치료를 해야 했다. 죽음이 그를 위협하고 있으니, 더욱 납득시키기 쉬울 것이었다.

"환자 분, 솔직히 환자 분은 집에 갈 수도 없잖아요. 사지가 움직이지 않는 것을 다 압니다. 우리가 무엇이든 하겠습니다. 그리고 이제는 확실히 말할 수 있습니다. 솔직히 간암 말기에 뇌종양, 치료할 방법은 많지 않습니다. 아마 없을 겁니다. 그렇다고 집에서 그 고통을 고스란히 다 받아내며 죽을 수는 없습니다. 일단 입원하고, 병원비는 어떻게든 해결해보시죠. 지금 돈이 중요합니까?"

"저는 가진 돈도, 모아둔 돈도 하나 없습니다. 몸이 안 좋아지면서 일을 하지 못했습니다. 조금 일을 쉬자 한 푼도 남지 않았습니다. 방에서 매일 술만 마시다보니 문득, 저는 죽을 운명인 줄 알게 되었습니다. 그렇다면 아무것도 남기지 않고, 어떤 폐도 끼치지 않고 죽어야 하는 겁니다.

사람들에게 신세를 져봤자, 저는 죽을 겁니다. 돈 몇 푼을 빌려봤자, 저는 죽을 겁니다. 빚 같은 것은 낼 도리도 없습니다. 저는 최대한 조용히 죽어야 합니다. 어차피 세상 떠나려고 보니, 연락할 사람이 지긋지긋하게 밉던 전처와 사촌 누님밖에 없군요. 이 사람들에게라도 죽기 전에 신세 지고 싶지 않습니다. 세상에 신세 지지 않고 죽겠습니다."

그는 조용히, 어떤 도움도 받지 않고 죽으려던 사람이었다. 하지만 그는 분명히 죽음이 두려웠고, 고통은 무시무시했다. 그래서 그는 내 앞에 와 있는 것이다. 그리고, 그가 뇌를 쥐어짜는 고통과 죽음보다도 더 두려워했던 것은 바로 따로 있었다. 하루종일 버스 핸들을 돌려 줄 수 있는 얼마 안 되는 돈. 그 돈으로는 자신의 앞가림도 제대로 하지 못할 정도였지만 그마저 그에게는 한 푼도 남지 않았다.

죽기 위해 인간은 돈이 필요하지 않다. 죽음의 순간 하늘은 세금 따위를 부과하지 않는다. 하지만 죽을 때까지, 죽기 직전까지 인간은 돈이 필요하다. 그게 없으면, 이 사회에서 인간은 인간 같지도 못한 죽음을 겪어야 한다. 죽음에 가격이 있다면, 그 죽음은 마치 무료에 가까운 금액으로 제공되는 가장 저렴한 죽음이 아닐까. 나는 다급해졌다. 그를 그렇게 보내고 싶지 않았다. 나는 스테이션으로 돌아와 그를 보낼 수 있는, 그가 적어도 인간다운 죽음을 맞이할 수 있는 곳을 찾았다. 결국 나는 그를 받겠다는, 행려환자나 노숙자가 가는 병원 한 군데를 간신히 찾을 수 있었다. 나는 다시 그에게로 다가갔다.

"제가 병원을 알아봤습니다. 이곳 같은 대학병원이 아닌, 작은 병원입니다. 이 병원은 환자 분처럼 보험만 있으면 지급 보증이 없어도 입원이 가능합니다. 치료비를 도중에 요구하지도 않습니다."

"정말입니까?"

"환자 분, 아무리 상태가 안 좋더라도 기본적인 처치는 있습니다. 인간을 나름대로 편안하게 만드는 약들이 있습니다. 환자 분이 그런 것까지 포기할 이유가 없습니다. 경제적으로 힘든 분들이 가는 병원이 따로 있습니다. 가겠다고 약속하시죠."

"아……"

그는 심각한 고통과 생각지도 못한 제안에 결심이 흔들리는 듯했다.

"제가 할 수 있는 최선입니다. 가겠다고만 하시면, 환자 분 말씀대로 세상에 폐 끼치는 일은 없을 겁니다."

"알겠습니다. 저, 선생님……"

"네?"

"감사합니다. 죽기 전에 뵈어서, 죽기 직전에 만나게 되어, 감사합니다."

"누구든 그렇게 했을 겁니다. 치료를 잘 받으시죠. 부디, 잘."

그는 마지막까지 머리를 싸매고 조용히 누워 있었다. 결국 그는 우리 병원에서 발생한 치료비 몇 푼조차 내지 못했다. 그가 친누나처럼 따랐다던 보호자도, 그 치료비는 내지 않았다. 그가 내지 말라고 당부한 것인지, 정말로 내지 못할 형편이었는지, 그것도 아니라면 유일한 혈육의 매정한 결정이었는지, 나는 알고 싶지 않았다.

곧 그는 구급 카트에 실려 응급실 복도를 가로질러 밖으로 나갔다. 피부가 마르고 갈라진, 피골이 상접한 얼굴이 굴러가며 나를 잠시 보고 있었다. 그의 눈빛이 흔들렸다. 나는 가볍게 목례를 하고 고개를 들었다. 이 공간에 가난한 마음들이 가득차 여기저기서 신음소리를 내뱉고 있었다. 곧 그의 궁핍한 마음은 응급실을 완전히 나가버렸다.

그는 그곳에 죽음을 기다리러 갔다. 그리고 조만간 그는 더이상 가난에 시달리지 않게 될 것이다. 돈이라는 개념도 없고, 병원도 사회도 아닌 어딘가로 가게 될 것이다. 그렇다면 우리는 그 순간을 누구에게나 오는 평등한 죽음으로 불러야 하는 것일까. 인간의 생명은 유한하기에 평등한 것 아니었던가. 하지만 그가 감내하던 고통, 세상 어떤 인간만이 견뎌야 하는 외롭고 고독한 고통, 또, 죽음을 앞둔 지나치게 겸허한 마음. 왜 세상 어떤 존재는 죽음마저도 두려워하지 않게 되는 것일까. 나는 더이상 그에 대해 생각할 수 없었다. 내가 지금까지 배운 지식으로는 곧 다가올 그의 죽음만이 확실할 뿐이었다. 그리고 누군가는 지금도 이렇게 이 세상에서 말라가며 죽어가고 있었다. 사람들이, 인간들이, 오늘도 나를 스쳐가고 있다.

음독

나는 무수한 죽음을 목격했다. 목격한 죽음의 수만큼 죽음을 앞둔 눈빛도 무수하게 보았다. 대체로 그것들은 초점 없이 풀려 있다. 어떤 감정도 전하지 못하는 눈빛을 남기고 사람들은 그리 허무하게 죽는다. 하지만 분명히, 무엇인가를 도려내는 듯한 눈빛을 남기고 가는 사람이 있다. 날카롭고 서늘한 느낌을 남기는 그 검은 동자는 목격한 사람에게 잊을 수 없는 화인으로 각인된다. 그가 혼신의 힘을 다해 마지막으로 남긴 것이기 때문이다.

자살을 시도한 사람은 일단 응급실에 온다. 흐린 날은 많고, 맑은 날은 적다. 그 흔한 충수돌기염보다는 확실히 많다. 시내에 안개가 자욱이 내려앉은 날, 그녀는, 그날 일곱번째 자살 시도자였다. 아무렇게나 뜯긴 약봉지와, 도저히 사람이 먹어서는 안 될 것 같은 독극물과, 정성스럽게 쓰인 유서와 함께 그녀는 왔다.

의식이 미약했다. 90세의 노환으로 쪼그라든 육신이 간신히 숨을 쉬고 있었다. 처음 나는 그녀가 노인성 질환이나 패혈

215

증 환자인 줄 알았다. 구순을 넘긴 사람들은 그런 것들로 쉽게 죽거나 의식을 잃어버리니까. 하지만 그녀와 같이 온 것은 한눈에 보기에도 수북한 약봉지였다. 그것들은 아무렇게나 찢겨 한 알도 남지 않았다. 보호자는 그녀가 늘 잠을 이루지 못했다고 했다. 거동이 불편해 약을 많이 받아두었다고 했다. 그리고 방금 그녀의 방에 들어가니, 약이 전부 빈 봉지가 되어 있었다고 했다.

"할머니, 할머니, 이걸 다 드셨나요?"

그녀는 가물거리는 의식으로 고개를 끄덕였다.

"이거 너무 많아요. 목숨을 끊으려 하셨나요?"

그녀는 이번에도 고개를 끄덕였다. 여생이 얼마 남지 않았으니 숨길 이유도 없다고 여기는 것 같았다. 나는 머릿속이 복잡해졌다. 이 정도 양이면 곧 의식이 완전히 사라지고 생사의 심판대에 오를 것이었다. 고령을 감안하면 사망 쪽의 무게가 더 무거웠다. 나는 중환 구역에 할머니를 눕혀달라고 소리치곤, 같이 온 처방전을 노려보았다. 수면제 중에서도 나쁜 경과를 보이는 종류였다. 즉시 보호자를 불렀다.

"이 정도면 생을 장담하지 못합니다. 곧 상태가 악화되면서 바로 고비가 올 겁니다. 평소에 우울증이 있으셨나요?"

"너무 많이 살았으니 죽겠다고 늘 말씀하셨어요. 마치 그게 소원이신 것처럼요. 하지만 노인이 흔히 입버릇처럼 하는 말인 줄 알았어요. 그런데 진짜로 약을 드실 줄은…… 거동도 못하는 몸으로 우울증 치료를 받을 수도 없었고요."

흔하게 듣는, 어쩔 도리가 없는 상황이었다. 그러나 이처럼 굳은 결심으로 많은 양을 먹은 사례는 드물었다. 누군가의 마지막 기력은 가끔 이런 방식으로 발현된다. 나는 중환자실을 예약하고 중심정맥관과 투석관을 포함한 모든 의학적 처치를 한 번에 준비하도록 지시했다. 실은 죽음이 예정되어 있다고 느꼈기 때문이다. 이렇게 하지 않았을 때 뒤늦게 찾아올 죄책감이 두려웠기 때문이다.

그녀는 집중치료실에 혼자 누워 있었다. 그 앞으로 수액 더미와 각종 관이 날아왔다. 동맥혈 분석 결과는 심각한 산증이었다. 약기운이 벌써 전신에 영향을 미치고 있었다. 그녀는 괴로운 표정으로 호흡을 몰아쉬었다. 나는 굵은 관을 집어들어 그녀의 신체에 마구 꽂았다. 그녀는 전신을 죄어드는 약기운과 급박한 처치에 고통스러워했다. 그러던 그녀는 갑자기 전신을 떨며 경기를 하기 시작했다.

"항경련제, 아티반 2밀리 슈팅."

그녀는 마른 전신을 비틀고 있었다. 수면제 음독으로 인한 최악의 경과였다. 전신의 전기 신호가 어긋나 경기를 시작하고, 심장까지 그 영향이 닿으면 환자는 불응성 부정맥으로 죽는다. 그녀는 노쇠한 사지를 계속 격렬히 떨었다. 어떻게 저런 기력이 남아 있었을까 의심스러울 정도였다. 약이 효과가 있었던지, 그녀의 경련은 점차 멈추기 시작했다. 추가로 항경련제를 투여하고 투석을 준비했다. 그녀는 의식을 되찾곤 고통스러운 표정으로 숨을 몰아쉬고 있었다.

"할머니, 또 경기할 수 있어요. 힘들 거예요. 솔직히 이번에는 못 돌아올 수도 있어요. 마지막일 수 있어요. 최선을 다할게요."

"나, 나는 언제 죽나요."

"안 돼요. 조금이라도 더, 살아야 해요. 살 수 있어요."

"아파. 아파. 몸이 부서지는 것 같아……"

"할머니, 기운을 내요."

"나는 죽고 싶었어요. 살 만큼 다 살았으니 이제 죽고 싶었어요. 사는 게 지겨웠어요. 그런데 너무 안 죽길래. 내가 직접, 그런데…… 너무 아파."

그녀는 이를 다시 악물었다. 눈알이 뒤틀리는 것 같았다.

"아파. 후회스러워. 이렇게 아플 줄 알았다면 안 먹을걸, 얼마 안 남았을 텐데. 제 명까지 살걸…… 나는 후회해요. 선생님, 미안……"

그렇게 고통스러운 눈동자를 본 적이 없다. 노쇠한 안구가 죽음의 고통으로 날카롭게 덜덜 떨었다. 이윽고 그 눈동자는 한쪽으로 확 기울었다. 동시에 그녀는 혀를 빼물고 입가에 피를 뿌리며 사지를 떨었다. 두번째 경기였다. 대사성 산증, 생체 신호가 어긋나는 인체의 비정상적인 움직임, 이것이 얼마나 고통스러운지 나는 짐작하기 어렵다. 하지만 내가 목격하는 것이 죽음에 비견되는 고통이라는 것을 안다. 마치 몸이 부서지는 것 같았다. 나는 그녀의 떨리는 고개를 왼쪽으로 잡아 돌리고 피를 뿜는 혀를 원래 위치로 집어넣었다. 항경련제가 다시 들어갔다. 경기는 지속되다가 멈춰갔고, 대신 그녀의 심전도도 같이 떨리기 시작했다. 맥이 없는 심실빈맥, 심정지였다. 심장이 멈춰 경기가 같이 멈춘 것이었다.

의료진은 그녀에게 올라타 가슴을 누르기 시작했다. 강력한 전류가 그녀의 몸을 2분마다 관통했다. 그때마다 축 늘어진 몸은 벌떡거리며 요동쳤다. 가차없는 손길을 받아내는 축 처진 육신을 보고, 나는 방금 들었던 후회라는 단어를 떠올렸다. 의식이 없는 육신이지만 끔찍하게 고통스러워 보였다. 조금만 더 안락하게 살았다면, 기적처럼 우울해하지 않았다면, 별안간 지금까지 잊지 못한 한 눈빛이 떠올랐다. 기억 먼 곳에 치워두었던 두려움이 엄습했다.

몇 년 전 본 젊은 사내였다. 그는 빙초산 한 병을 다 마시고 몸부림치다가 발견되어 실려왔다. 받아든 병의 내용물은 거의 남아 있지 않았다. 그것만으로도 냄새는 역겨울 정도로 시큼했다. 죽고자 하는 열망이 아니라면 입도 대기 힘들었을 것이다. 나는 그를 흔들어 대화를 시도했지만, 불가능했다. 식도와 위와 창자가 불타는 극도의 고통 탓이었으리라. 그 통증은 직접 겪어보지 않은 나도 아직까지 기억한다. 우리가 흔히 속이 쓰리다고 말하는 느낌이 실제 목숨을 잃을 정도라면, 그 고통은 설명이 가능할까. 누군가가 당신의 장을 불로 녹이고 있다면 설명이 가능할까.

　　그는 집중치료실에 혼자 누워 어떤 자극에도 반응하지 않았다. 소리조차 내지 않았다. 대신 기괴한 표정으로 손을 허우적거리다가, 자신의 가슴팍을 마구 긁고 두들기기 시작했다. 타고 있는 식도는 너무 깊어 만질 수 없었으나, 대신 무엇이라도 뜯어내 고통을 줄이려는 것 같았다. 손톱이 가슴의 살을 실제로 파내자, 우리는 그의 손아귀를 붙들었다. 대신 몸통이 들썩거렸고, 할퀸 자리에선 피가 줄줄 흘러내렸다. 이것도 창자가 타는 고통에 비하면 보잘것없을 것이었다. 나는 마지막 선물처럼, 혈관으로 전신마취제를 투여했다. "잠들어요. 고통이 끝날 겁니다." 그는 거의 즉시 의식을 잃었고, 빙초산의 독성으로 곧 죽었다. 그러나 나는 그 미쳐버린 듯한 눈동자를 아직 기억하고 있었다. 그리고 마지막이 된 주사와, 죽음과, 악착같은 손아귀와, 손으로 잡을 수 없는 내장이 녹아 없어지는 고통과, 사방으로 움직이는 눈동자를.

　　나는 그때의 기억을 불러놓으며 마지막까지 그녀를 살려내기 위한 처치를 했다. 그것은 곧 육신을 부수는 것과 다르지 않았고, 쇠약한 몸으로 약을 삼킨 노구는 다시 돌아오지 않았다. 나는 그녀가 더이상 아무것도 보지 못하게 부릅뜬 동자를 눈꺼풀로 덮었다. 이제 끝내 시체 한 구가 남았다. 움푹 꺼진 가슴이 남았다. 급하게 찔러댄 주사기의 구멍이 커다랗게 남았다. 이것이 그녀가 바란 결과였던가? 터무니없는 소원은 이제서야 이루어진 것일까?

적어도 이 육체를 축복할 수 없었다. 내 소명 때문이 아니라, 끔찍한 눈빛과 인간을 말살하는 고통, 그녀의 마지막 후회 때문이었다. 누군가는 죽음을 편안한 결과로 여긴다. 하지만 그 과정을 목격하고 온전히 받아내고 있자면 누구든 스스로 목숨을 끊는 일이란 인간의 육신과 정신을 파괴하는 살육에 가깝다고 느낄 것이다. 이것들이 여기 만연해 있다. 사람들은 기어코 이 과정을 지나가려 한다. 과연 죽고자 하는 열망은 이러한 것을 지불할 정도의 가치가 있는가.

나는 이제 막 끝나버린 고통을 두고 고개를 돌렸다. 치료실을 나오자 무엇인가를 도려낼 것 같은 동자가 어른거렸다. 당분간 또 편히 잠들 수 없을 것이었다. 또 그 눈빛, 눈빛과 같이 잠들어야 했다. 그리고 그날 세 명의 자살자가 더 왔다.

세균

세균은 병을 옮긴다. 세균의 종류는 다양하고, 그만큼 다양한 병이 있다. 특정한 질환을 유발하는 세균은 인체로 잠입해 환자를 감염시켜 증세를 일으킨다. 감염된 사람의 체액이나 비말, 분변 등에서 그 특정균이 분비되고, 그것이 다른 사람 몸에 들어가면 병이 옮는다. 그중 감염되었어도 면역이 되어 있어 특정한 증상이 없는 사람이 있다. '무증상 보균자'다. 메르스 사태 때 언론에 자주 언급돼 친숙해진 단어다. 체액이 감염되어 있지만 보균자가 겉으로는 건강해 보여 많은 사람에게 감염원이 될 수 있다.

이 세균학의 기초는 현대인에게 상식이다. 하지만 인류 역사에서 이 이론이 받아들여지게 된 것은 생각보다 길지 않다. 특히 무증상 보균자에 대한 이론이 세워진 것은 100년 남짓밖에 되지 않았다. 이 이론이 잉태되고 받아들여지는 과정에서 언급할 한 사람이 있다. 인류 방역 역사에서 가장 유명한 사람, 일명 '장티푸스 메리'다.

그녀의 본명은 메리 맬런이다. 1869년 아일랜드에서 태어났고 생면부지인 곳 뉴욕에서 혼자 살았다. 그녀는 상류층 가정에 고용되어 요리사로 일했다. 1907년 어느 날, 그녀가 일하던 집에 장티푸스가 창궐한다. 당시 사건을 조사하던 의사 조지 소퍼는 이 집의 깨끗한 환경을 보고, 도저히 이전의 이론으로는 장티푸스가 발병한 까닭을 설명할 수 없었다. 그래서 얼마 전 고용된 요리사 메리를 의심하며, 역사상 처음으로 그녀가 무증상 보균자일 것이라고 추측한다. 그녀가 이전에 일했던 집들에서도 하나같이 장티푸스가 여러 건 발병했다는 사실을 확인하자, 이 추측은 확신이 된다.

실제 메리는 장티푸스의 무증상 보균자였고, 분변에서 다량의 균을 배출하고 있었다. 조지 소퍼는 어서 추측을 확인하고 메리를 격리해 더이상의 피해를 막아야 했으며, 학계에 이를 보고해서 자신의 업적을 알려야 했다. 그래서 메리를 찾아가지만, 그녀는 당시 상식으로 소퍼의 주장을 도저히 받아들이기 어려웠다. 그녀는 건강했고 열심히 일했을 뿐인데, 왜 격리당해 검사를 받아야 하는지 납득할 수 없었다. 결국 문전박대를 당한 소퍼는 공권력을 동원해 메리를 '체포'한다.

이제부터 메리의 불행이 시작된다. 그녀는 섬에 있는 병원에 갇혀 3년을 살았다. 체포 과정이 낱낱이 신문에 보도되고, 판매 부수 올리기에 급급한 황색언론으로부터 메리는 '미국에서 가장 위험한 여자' '인간 장티푸스균' 등의 별명을 얻는다. 그녀의 본명과 사진이 공개되고, 그녀가 프라이팬에 해골을 넣는 삽화가 그려지며 그녀는 희화화된다. 모든 사람이 그녀를 구경거리로 여긴다. 메리는 요리사 일을 그만둘 것을 서약하고 3년 만에 섬에서 풀려나지만 도와줄 사람은 없고 생계는 막막했다. 결국 가명으로 다시 요리사를 하다가 그 집에서 장티푸스가 발병해 5년 만에 또 체포된다. 그리고 23년 간 섬에 갇혀 나오지 못했다.

그녀는 마지막 순간까지 자신이 보균자라는 사실을 인정하지 않았다. 당시의 상식과, 자신이 처한 상황이 그러했다. 하지만 분변에서 장티푸스균이 나온다고 사람을 평생 섬에 가둬야 할 이유는 전혀 없었다. 그뒤에 발견된 무증상 보균자들은 섬으로 가지 않았다. 오로지 메리만 섬에서 평생을 외롭게 살다가 죽었다.

무증상 보균자는 인류 역사에서 존재하지 않은 적이 없다. 하지만 처음으로 발견된 무증상 보균자의 인생이 완벽히 망가진 사건은 시사하는 바가 적잖다. 막연한 공포감을 이겨내려고 꼭 특정한 대상에게 손가락질해야 하는 사람들, 심지어 여성에게 악녀라는 프레임을 씌우는 사회적 분위기도 있었다. 현대 의학이 완벽해 보이지만, 실은 1900년대에도 의학은 '현대 의학'이었다. 지금의 우리도 완벽하지 않을 것이다. 그러니 여전히 비합리적 공포감과 손가락질과 편견의 프레임이 남아 있고 누군가를 지탄하는 일이 더욱 손쉬워진 세계에서, 악의 없이 불행했던 장티푸스 메리의 비극을 우리는 기억해야 한다.

헌혈합시다

　병원에 수혈할 피가 부족하다. 가끔 있던 상황이지만 올
들어 심하다. 전반적으로 혈액 보유량이 계속 줄어드는 추세라,
다른 병원도 사정은 비슷하다. 전국 혈액의 적정 보유량은 5일
분량이지만, 상반기 적정량이 유지된 날은 20퍼센트 정도에 불
과했다. 여분이 이틀 아래로 떨어진 날도 많았다. 전국적으로
혈액 보충이 이틀만 끊기면 아무도 수혈받지 못한다는 뜻이다.
　수혈 가능과 불가능은 현격한 차이다. 특히 당사자에게 수
혈 불가능이란 직접적인 위협이다. 보유량이 조금이라도 있으
면 치료가 진행되지만, 혈액이 동나는 순간 환자는 죽음의 불안
과 공포로 향한다. 하지만 혈액은 근래 수시로 바닥을 드러낸
다. 얼마 전 병원에 A형 혈액이 없었다. 우리는 제발 수혈 가능
성 있는 A형 환자가 오지 않기를 빌었다. 그때 가슴에 칼을 맞
은 환자가 왔다. 그는 손으로 피가 흐르는 가슴을 움켜잡고 중
환 구역에 누웠다.
　치명상으로 보이지 않았지만 어느 정도 깊은지는 정확히
알 수 없었다. 검사를 진행할 동안 상태가 악화될 수 있었다. 그

에게 가장 먼저 물은 질문은 어떻게 찔렸냐는 것이 아니라, 혈액형이었다. 그는 A형이라고 답했다. 수혈 가능성이 있어 처음부터 이 병원에서 치료를 받으면 안 되는 환자였다. 상황을 설명하고 즉시 다른 병원에 가도록 권유했다. 방금 칼을 맞고 누운 그는 어이가 없을 것이었다. 하지만 그와 나 모두 어찌할 도리가 없었다. 그는 가슴에 손을 얹은 채 다른 병원으로 향했다.

이 과정만 해도 환자에게 위해가 된 셈이다. 그에게는 생존의 문제였다. 환자에게는 혈액의 유무가 삶과 죽음의 차이다. 혈액이 부족하면 갑자기 쏟아지는 위장관 출혈, 불시에 발생하는 사고로 인한 외상, 각종 혈액질환 등을 겪는 환자에게 모두 대처가 불가능하다. 큰 범위의 응급 수술도 하기 어렵다. 평소 이 문제에 대해 좀처럼 생각해보기 어려웠을 환자에게 상황을 설명하면, 본인에게 닥친 불운을 생각하며 모두 망연자실해 한다. 사실 누구에게나 닥칠 수 있는 일이다.

혈액 보유량은 매년 줄어들고 있다. 헌혈에 대한 인식이 나빠졌거나 관심이 줄어들었기 때문은 아니다. 사실 우리나라의 인구 대비 헌혈자 수는 세계적으로 상위권이다. 근본적인 문제는 유례없이 빠른 고령화다. 인구 중 노인 비율이 늘어날수록 각종 질환도 늘어난다. 의학의 발달로 공격적인 치료와 수술도 늘었다. 하지만 헌혈이 가능한 인구는 갈수록 줄어들고 있다. 받는 사람과 주는 사람의 비율에 있어 단순 부족 사태가 온 것이다. 이는 앞으로도 해결하기 어려운 문제다. 인구 구성 변화

추이와 필요한 혈액 보유량을 생각했을 때, 건강한 사람이 더 많은 헌혈을 해야 의학적 요구량을 감당할 수 있는 때가 왔다는 의미다.

하지만 헌혈에는 많은 대중적 의구심이 따라다닌다. 고등학교 때, 헌혈이 신진대사를 돕는다며 헌혈을 독려하는 말을 들었던 기억도 있다. 의사의 입장에서 솔직히, 인체 혈액의 10퍼센트를 빼내는 일의 좋은 점을 꼽기는 어렵다. 헌혈은 남을 돕는 방법이지, 건강에 도움이 되는 방법은 아니다. 그러나 혈액의 15퍼센트는 여분이기에 헌혈을 하고서도 인체는 어떤 증상이나 후유증 없이 회복한다. 우리나라의 혈액 및 감염 관리 또한 세계적인 수준이라 헌혈 과정에서의 감염은 걱정하지 않아도 될 수준이다. 분명한 점은, 헌혈 그 자체는 인체에 해가 되지 않는다는 것이다. 헌혈이 장기적으로 인간에게 부정적 영향을 미쳤다는 결과는 어디에도 보고된 바가 없다.

많은 과학자들이 인간의 피를 다른 무엇인가로 대체하려고 노력했지만 실패했다. 모든 인간이 끊임없이 생산하고 있는 혈액이라는 자원은 비용 없이 생산되는 가장 안전한 수혈 제제이기에, 계속 널리 이용될 것이다. 또한 인간은 불가해할 정도로 이타적이며, 자신에게 직접적으로 득이 되지 않는 헌혈을 지금까지 해온 종이다. 당신도 누군가를 돕고 싶은 마음이 있을 것이다.

가끔 봉사활동을 다녀와서, 내가 오늘 한 일이 타인에게 어떤 도움이 되었을까 고민해본 적이 있을 것이다. 이 활동은 무형의 것인지라 고민할 여지가 있지만, 헌혈은 너무 직관적이라 고민할 필요조차 없다. 당신이 헌혈한 자리에는 다른 인간의 생존에 필요한 물질이 남는다. 그것은 반드시 생명이 위태로워 수혈이 필요한 누군가에게만 쓰인다. 세상에서 타인을 돕는 방법은 무궁무진하지만, 그중 헌혈은 오로지 인간만이 할 수 있으면서도 분명하게 물질이 남는 봉사다. 이 단순한 교환은 다른 어떠한 존재도 대체할 수 없는, 인간과 인간이 나누는 분명한 인류애다. 인간을 돕고자 고민하는 사람에게 헌혈을 권한다. 이 타적인 당신의 혈액만이 다른 인간을 살릴 것이다.

아침의 퇴근길

응급실 근무를 마치면 아침에 퇴근한다. 근 몇 년간 아침이 아닌 시간에 퇴근해본 적이 없다. 남들이 막 활기차게 출근하는 시간은, 내겐 늘 혼곤하게 근무를 마친 시간이다.

그 길은 극도로 피로하다. 나처럼 응급실 근무를 마치고 아침에 퇴근하는 동료 의료인의 에피소드는 가끔 영웅담 같다. "좌회전 신호 기다리다가 깜빡 잠이 들었는데 일어나니 뒤차 운전자가 창문을 두드리고 있었어" "아침 열시에 대리운전을 불렀는데 자다가 못 받았어" "어제 처음으로 당고개역 보고 들어갔잖아" 같은 것이다. 나도 한번은 안산에 있는 병원에서 서울 집으로 가는 버스를 탔는데, 일어나니 그대로 병원 앞이었다. 잠든 동안 버스가 서울을 한 바퀴 순회하고 돌아온 것이다.

요즘은 상황이 조금 나아져 운전해 출퇴근한다. 하지만 피로감은 여전하고, 퇴근길 차 안에서는 몽롱하고 공허하다. 정신이 가물거려 곧 잠들 것 같고, 조그만 일에도 짜증이 샘솟고, 간밤에 있었던 사건들이 어른거린다. 어서 집에 들어가고 싶은 마음만이 굴뚝같다. 정신이나 육체가 모두 흘러내릴 것 같은, 하루키적인 피로라고 할까. 이때 수면 외에는 백약이 무효다. 어떤 작업도 불가능하고, 웬만한 각성제로도 정신이 들지 않는다.

그래서 전화를 걸기 시작했다. 동생에게도 걸고 친구에게도 걸고 애인에게도 걸었다. 잡담을 하거나 간밤의 이야기를 털어놓으면 정신을 붙들고 웅어리를 조금 해소하며 갈 수 있을 것 같았다. 하지만 대부분 사람들은 일하는 중이거나 활기차게 하루를 시작했거나 늦은 아침잠에 빠져 있다. 해가 중천에 떠 있는데 혼자 심야에 있는 듯한 사람이 털어놓는, '고통에 울부짖는 사람'이나 '유가족의 통곡'이나 '근육과 뼈가 흩어지'는 넋두리를 정기적으로 들어주기에는 무리가 있는 시간이다. 이 전화가 타인에게는 매우 곤란한 전화임을 곧 깨달았다. 세상 어떤 애인이라도 이 통화는 인내하기 어려울 것이다.

본능적으로 어머니에게 전화하기 시작했다. 몇 번쯤 전화하자, 어머니는 자신에게 주어진 새로운 책무를 파악하셨다. 까딱하면 잠들어버릴 아들과 수다를 떨어 아들을 안전하게 집까지 보내는 일이다. 언제 근무라고 알려드리는 것도 아니지만, 늘 어머니는 아침에 즉시 전화를 받아 "어젯밤 당직이었네, 얼른 가서 쉬어야지"라는 말로 통화를 시작하신다. 그리고 우리는 이런저런 이야기를 나누며 아침 시간을 보낸다. 어머니는 외삼촌댁에서 밥 먹고 온 이야기를 하고, 나는 한강에서 건져온 시체 이야기를 하는 식이지만, 통화는 그럭저럭 즐겁다. 어머니는 10년 넘게 들어서 지긋지긋할 사건 사고 이야기도 처음처럼 들으신다.

하나 그 시간에 졸린 건 나뿐만이 아니다. 어머니도 하루를 시작해야 하고, 내 전화로 잠에서 깰 때도 있다. 그럴 때 통화는 각기 중구난방이다. 나는 기본적으로 정신이 오락가락하지만, 어머니도 갑자기 어제 뭐 했느냐고 묻기도 하시고(당연히 당직을 섰다), 한 이야기를 또 하시거나, "어디쯤 왔냐"는 질문을 서너 번 하기도 하신다. 가끔은 피곤하거나 귀찮은 기색이셔도, 어머니는 내 차에서 주차음이 울리고서야 전화를 끊으신다. 당직 다음날 라디오 생방송을 지각한 이후로, 어머니는 내 일정을 물으시곤 받을 때까지 울리는 알람 전화도 해주신다.

어머니의 목소리를 들으며 퇴근하는 차 안은 매일 평화롭다. 나는 그 차에서 어떤 이야기를 해도 좋다. 개인적인 일, 가족의 일, 과거의 추억, 시사 현안 같은, 어떤 주제를 어떤 식으로 털어놓아도 괜찮다. 상대는 세상에서 가장 나를 배려해서 이야기를 듣는 사람이기 때문이다. 어머니는 조용히 대답을 하시곤, 자신의 이야기를 덧붙인다.

나는 방금 전까지 응급실에서 있었던 일까지도 쏟아낸다. 어머니는 그 이야기를 가장 생생하게 전달받는 사람이 된다. 가끔은 간밤에 배우자를 잃은 남편의 통곡을 설명하다가 같이 울기도 한다. 그럴 때 어머니는 조용히, "사랑하는 사람이 떠나면, 원래 더이상 살아가기 어려운 법이란다" 같은, 나로서는 생각할 수 없는 답변을 해주신다. 그런 순간에는 바깥의 날씨까지도 생

231

생한 것이 된다. 그렇게 그 통화는 어쩌면 세상에서 가장 처연한 종류의 통화일지 모른다. 의식이 가물거리는 아들과 그 의식을 붙잡기 위한 어머니의 통화이기 때문이다. 자식은 아침마다 위험에 처하고, 어머니가 항상 자식을 구해서 건져내기 때문이다.

시간이 흘러 늙어버린 나는 어떤 순간을 추억하며 살아갈까. 처음 의사 면허를 받은 순간이나, 서점에서 내가 쓴 책을 집어든 순간이나, 티브이 속 나를 보았던 순간일까. 그 순간들은 강렬했지만 당연해져 점점 희미해질 것이다. 하지만 힘든 밤을 보내고 맞은 아침 공기를 들이켜며 혼곤한 정신을 붙들고 거는 전화, 나를 지키려는 어머니의 음성과 곧 잊어버릴 잡담들, 매일매일 바뀌어 하루도 같지 않던 날씨, 달리던 길 강변과 담벼락과 수많은 차와 부슬거리는 빗줄기와 밥은 먹었냐고 묻고 웃던 장면…… 그 선명한 순간들을 잊을 수 있을까. 나는 지금도 그 순간을 경험하고 있지만, 이것이 영영 기억에 남아 그리워하며 살 것임을 안다.

내시경

나는 내시경을 받아본 적이 없다. 위나 대장, 그 어느 소화기관에도 일절 내시경의 틈입을 허락한 적이 없었다. 또한 그흔한 전신마취 한번 안 받았고, 수면마취제를 맞아본 일도 없다. 중환자실 치료를 받아본 적도 없고, 치료 목적으로 응급실을 이용해본 적조차 없다. 내 직장에서 이것들이 이뤄지는 횟수를 감안하면, 몸에 페인트 한 방울 안 묻히고 사방 벽에 페인트를 바르는 페인트공과 비슷한 수준이다. 써놓고 보니 비유가 조금 이상하지만, 하여간 그랬다.

내시경을 받아보지 않은 이유는 무서워서다. 입이나 항문에 그 굵은 것이 들어와 한동안 나가지 않는다는 사실이 두려웠다. 수면마취는 말할 것도 없다. 세상에 주사를 맞으면 의식을잃고, 이후에는 의지로 통제할 수 없이 육신이 늘어지거나 마음대로 움직이게 된다니. 그리고 누군가 내 장기 안쪽 점막을 막물리적으로 관찰하고, 내가 혹시나 가졌을 미지의 질환을 갑자기 발견하면서, '엇 저건 뭐지?' 하며 조직을 떼 슬라이드로 만들어 검사를 하고, "암입니다" 내지는 "아직은 뭔지 모릅니다.

더 지켜봐야……"라고 설명하고…… 아아, 아무리 생각해도 무서운 점이 한두 가지가 아니다. 여기까지 말하면 내시경을 매년 받은 지 오래인 동생은 '저런 한심한 자가 내 형이라니'라는 표정을 짓는다. 실상 나를 대하는 평소 반응과 크게 다르지 않지만, 내 직업 탓인지 조금 더 격하게 반응한다.

이전까지 내가 고수해온 판단의 결정적인 근거는 아직 내 나이가 정부와 학회에서 정한 권고안의 연안에 못 미친다는 것이다. 위암 검진 대상자는 40세 이후로 되어 있다. 직장에서 실시하는 의료진 검진에도 35세 이상 대상자에게만 내시경이 포함된다. 올해도 건강검진을 받으라는 통보는 어김없이 날아왔다. 정말 귀찮은 통보다. 하지만 이걸 안 받으면, 내가 아니라 우리 병원에서 벌금을 내야 한다. 그건 내가 벌금을 내는 것만큼 불편하다. 그리하여 나는 올해도 빼먹지 않고 건강검진을 받으러 갔다.

나는 보통 당직을 마친 아침에 건강검진을 받으러 간다. 워낙 저혈압이 있는데, 당직을 마치면 거의 어제 내가 본 환자 수준으로 혈압이 떨어진다. 머리가 어지러워 얼른 집에 가고픈 마음뿐이다. 체중과 허리둘레를 재고 소변검사, 엑스레이검사, 이런저런 피검사 등을 후다닥 받고 얼른 귀가하려 했다. 문득 내 나이가 이미 만 35세가 넘었다는 사실이 떠올랐다. 담당 직원에게 위내시경을 받을 수 있냐고 물었고, 오늘 지금이라도 바로 받을 수 있다고 들었다. 이 말을 듣고 집에 가서 잘 요량으로 검진실을 나왔다. 귀찮았기 때문이다. 순간 내 검진을 담당하게 될 선생님의 이름을 보았다. 위암으로 유명을 달리한 학교 선배 외과의사의 이름과, 비슷한 것도 아니고, 같았다.

나는 검진실로 돌아가 내시경을 받겠다고 했다. 무엇인가 계시를 받은 것 같았다. 직원은 바로 접수해주었다. 내시경실에서는 예약된 검사를 마치고 한 시간 이내로 전화를 주겠다고 했다. 나는 응급실로 돌아와 당직 침대에 누웠다. 드디어 나도 내시경의 세계로 진입하는 것이다. 카메라가 달린, 뱀처럼 움직이는 긴 관이 담당 의사의 조종에 따라 자유자재로 돌고 굽어져 내가 평생 사용한 위장 안에서 구석구석 마구 활개치며 씹고 뜯고 맛보고 즐기고…… 하지만 나는 위암으로 작고한 형을 생각했다. 그래도 내시경을 받는 게 나을 것이다. 물론 형은 내시경을 받고 그 자리에서 바로 위암 말기 진단을 받기는 했지만.

내시경 담당 선생님은 응급의학과 근무복을 그대로 입고 온 나를 보고 조금 당황해했다. 하지만 곧 나를 자리로 안내했다. 침대는 누가 봐도 내시경을 받지 않고서는 이곳을 떠날 수 없을 것 같이 세팅이 잘되어 있었다. 키가 큰 모니터와 내시경 걸이가 서 있고, 단출한 검은 침대에 몇 가지 도구가 놓여 있고, 입이 있을 곳 부근에는 키친타월과 입마개와 고무줄이 깔려 있었다.

저 입마개는 인간이 최대한의 힘을 사용해도 절대 상악과 하악이 맞닿아 무엇인가를 씹을 수 없게 만드는 매우 굴욕적인 발명품이었다. 이를 사용하면 입에 넣은 것은 절대 물리적으로 상하지 않는다. 매우 시술자 중심의 존재였다. 색깔조차 눈에 띄기 좋으라고 야한 초록색이었다. 내시경 받는 사람, 위세척 받는 사람, 삽관 환자까지 모두가 당하는 입마개였다. 나는 그것을 한 번도 물어본 적이 없음을 깨달았다. 장난삼아 입에 넣어본 적도 없었다. 대신 타인에게 천 번쯤 물려봤을 것이다. 이제 때가 왔다. 나도 저 입마개를 차고 침을 한 바가지 흘릴 때가.

일단 간호사가 내 입에 마취제를 분무했다. 매우 직접적이고 적나라해서 폭력적인 느낌까지 드는 바나나 맛이 났다. 누구든 과일을 이런 식으로 소비하고 싶지 않을 것이다. 맛을 쩝쩝대고 있으니 입마개가 매우 완벽하게 내 입에 안착했다. 이제부터 내 침은 모조리 바깥으로 흐른다. 문명사회에서는 낯선 사람 앞에서 침 한 방울만 튀겨도 실례이고 부끄러운 일이 아니던가. 벌써부터 입안의 침이 고여 마음대로 탈출하려는 느낌이 들었다.

내시경 담당 선생님은 매우 친절했고, 자세히 설명해주었다. "매우 토 나올 겁니다." 정답이었다. 그 굵은 관이 입안에 들어왔는데, 딱 그 순간부터 나는 그 관을 견디는 것 이외에는 어떠한 것도 할 수 없었다. 목구멍이 타버리는 것 같았다. 눈을 뜨기만 해도 모종의 구역 행위를 할 것 같아서, 눈을 질끈 감고 어서 이 시간이 끝나기만을 바라며 버티기 시작했다. 몸은 어서 입에서 내시경을 뽑아 들고 "안 해. 안 한단 말이야"라고 외치라고 촉구하고 있었다. 내시경은 일단 십이지장까지 진입한다.

그뒤 의사가 내시경을 빼면서 사진을 한 장씩 찍고 확인하며 내시경은 나온다. 선생님은 내시경이 '십이지장'으로 들어갈 것임을 경고했고, 가뜩이나 불편한 속이 한층 더 복합적으로 불쾌해졌다. 토할 것 같은 와중에 순간적으로 머릿속에 들어 있는 십이지장의 3D 모형이 어둠 속에서 그려졌으나, 하등의 도움은 되지 않았다. 배 안에서 기계 뱀이 역동적으로 꿈틀대고 있는 것 같았다. 실제로 구역감을 참을 수 없어 나는 계속 헛구역질하며 침을 질질 흘렸다. 괴로웠다. 하지만 입안을 내시경이 틀어막고 있어, 아무리 구역질을 해도 전혀 편해지지 않았다. 내시경을 빼며 한 장 한 장 사진을 찍던 선생님은 외쳤다.

"어?"

드디어 올 것이 왔구나. 아, 오래전부터 속이 쓰렸지. 왜 하필 담당 교수님은 그 형의 이름과 같았던 것일까. 하여간 그동안 참 열심히 살았다. 이제는 투병기를 쓸 차례구나. 그런 생각을 하는데 내시경이 마무리되었다. 길었다 하기에는 부끄러울 정도로 금방 끝났다. 내시경이 몸밖으로 나간 뒤, 입안의 침을 앞에 놓인 티슈에 뱉으라고 해서 뱉었다. 그 양은 대략, 조그만 캔에 담긴 음료수 양쯤 되는 듯했다. 마치 음료수 캔을 따서 하나도 안 마시고 입에 넣어 가글을 하고 다시 도로 쏟아붓는 느낌이었다. 침은 대단히 끈적거렸다. 수치스러웠다.

선생님은 보여줄 것이 있다며 나를 불렀다. 드디어 그 장면인가. 가슴이 쿵쾅거렸다. 하지만 나는 많은 이들의 불행을 선고했으므로, 나도 그만큼을 들어야 할 것이었다. 이것이 인과응보인가. 선생님은 전산에서 뜸을 들이며 사진을 뒤적거려 찾았다. 그리고 보여주었다. "역류성 식도염이 심합니다."

그 말은 내게 "정상입니다"보다도 더 정상으로 들렸다. 보통 우리나라 사람 50퍼센트는 역류성 식도염이라고 나온다. 폭식하고 술 많이 먹고 카페인 섭취하고 스트레스 많이 받고 밤을 새거나 먹고 바로 자는 사람에게 많이 생긴다. 내게 역류성 식도염조차 없다면 그건 대자연의 섭리를 거스르는 일이다. 나는 물었다. "다른 건 없나요?" "없는데요." 나는 내시경 중에 왜 "어?"라고 했는지 묻고 싶었지만 묻지 않았다. 나도 응급실에서 시술하거나 설명하거나 사진을 보거나 기타 무엇을 할 때 사소하더라도 돌발 상황이 생기면 "어?" 한 다음 나중에 "괜찮습니다"라고 한다. 습관이다.

한 달치 식도염 약을 처방받아 들고 집에 왔다. 이러하여 나는 내시경의 세계로 입문을 마쳤다. 퇴근길에 자랑하려고 동생에게 전화를 걸었지만 바쁜지 받지 않았다. 나는 카톡을 남겼고, 동생은 한참 뒤 "참…… 잘했네……"라고 답을 보내왔다. 말투가 건조해 보였지만, 내용은 엄연히 칭찬을 담고 있었다. 역시 동생에게 인정을 받을 때가 가장 기분이 좋다. 동생아, 너는 내시경도 넉넉히 받을 수 있는 용감하고 슬기로운 형을 두었다. 자랑스러워할지어다.

의료진의 실수

한국에서 열린 세계 응급의학회 기간이었다. 주 강연장에서 '의료진의 실수와 정확성 향상'을 주제로 강연이 진행중이었다. 의료 현장에서는 수많은 선택의 기로가 발생하지만, 그 선택을 내리는 주체가 모두 사람이기에 실수는 필연적으로 발생한다. 대부분의 실수는 다행히 사소한 위해에 그치지만, 아주 가끔 돌이킬 수 없는 결과를 초래한다.

돌이키면 그런 실수들은 불가항력적인 면이 있어, 인간이 어찌할 수 없는 신의 영역 같아 보이기도 한다. 최선을 다하는 의료진은 안간힘을 써서 그 사태를 수습한다. 그럼에도 행위를 직접 한 사람이라면 반대의 '만약'에서 진행되었을 일을 예측해볼 수 있다. 그것은 삶이 죽음으로 바뀌는 단순한 비가역반응일 수도 있다. 수많은 인간이 부대끼는 응급실에서는 지금도 그런 일이 일어나고 있을지 모른다.

그래서 응급의학회에는 유독 인간의 실수에 대한 강연이 많다. 이는 의료진 보수교육에서 가장 흔하게 다루는 내용이기도 하다. 나는 전날에도 비슷한 주제의 강연을 들었고, 오늘은 영국에서 온 의사가 연단에 섰다. 솔직히 큰 기대감은 없었다.

하지만 이 강연의 시작은 학회를 통틀어 가장 충격적인 것이었다. 나는 그녀의 지척에 앉아, 그녀가 보통의 연사처럼 긴장하거나 딱딱한 표정을 짓지 않고 슬픈 표정으로 연단에 오르는 모습을 보았다. 그런 감정을 가지고 학회 발표를 시작하는 연사는 참 드물다. 그녀는 '인간의 실수'라고 적힌 하얀 화면을 띄워놓고 갑자기 사람들에게 첫마디를 건넸다.

"지금 제 강연을 듣는 분들은 전부 일어나주시기 바랍니다."

청중은 약간 의아해하는 기색으로 의자 끄는 소리를 내며 자리에서 일어났다.

"이제부터 저는 의료진의 실수에 대해 이야기하겠습니다. 먼저 묻겠습니다. 지금까지 자신이 응급실에서 한 번도 실수를 하지 않았다고 생각하는 분은 자리에 앉아주세요."

그들은 세계 각지에서 온 응급실 의사였다. 실수가 없는 사람 따위는 없었다. 모두 그대로 서 있었고, 강연장은 고요했다. 그녀는 서 있는 우리를 가만히 보고 있었다.

"없겠지요. 그러면, 이제 그 실수가 환자에게 결정적인 해를 끼치지 않았다고 생각하는 사람은 다시 앉아주세요."

우리는 적어도 꼭 한 번은 그 실수의 당사자일 수밖에 없었다. 그곳에 모인 의사들은 많은 경험을 거쳤고, 몇몇은 해외 학회장까지 지냈다. 이들 대부분이 아직도 서 있었다. 그들은 그실수에 대해 가장 잘 아는 사람들이었고, 그로 인해 결정적인 해가 있었음을 모를 리 만무했다.

"앉아 계신 분이 거의 없네요. 마지막으로 묻겠습니다. 결정적인 해악을 끼친 그 사건을 여러분은 기억하고 있을 것입니다. 어떤 해악인지도 알고 있을 것입니다. 그 사건을 다 잊은 분, 그래서 지금 죄책감 없이 자유롭다고 생각하시는 분은 앉아주세요."

나는 앉을 생각이 없었다. 그 사건을 잊고 살아간다는 것은 내게 있을 수 없는 일이었다. 오히려 구체적인 한 장면을 꼽을 수 없을 정도로 사건은 너무 많았다. 하지만 주변 몇 명은 그 말을 듣고 주춤주춤 자리에 앉았다. 그들은 자유롭다기보다는, 앞으로 만날 환자를 위해 그 기억을 떨쳐낸 것으로 보였다. 그런 기억을 매번 되새기며 평범하게 살아가는 일은 불가능하니까.

그녀는 청중의 상당수가 착석하는 것을 물끄러미 보고 있었다.

"제법 많은 분이 앉으셨네요."

그녀는 마지막으로 가장 슬픈 표정이 되어 말했다.

"하지만 나는 아직 서 있습니다. 나는 이렇게, 내 강의가 끝날 때까지 서서 여러분께 말할 것입니다. 이제 모두 앉아주세요."

그 뒤의 내용은 정확하게 기억나지 않는다. 다만 그녀의 강의가 내내 무엇인가 호소하는 느낌이었다는 것, 그리고 그녀가 먼 곳에서 그토록 생생한 슬픔을 지니고 와 동료들에게 그 호소를 이어갈 수밖에 없었다는 분명한 사실 외에는.

청소년과 사후피임약

　한산한 응급실이었다. 불안해 보이는 여자 환자가 접수했다. 가장 낮은 중증도, 즉 비응급 환자로 등록되어 있었다. 대부분 비응급 환자는 가벼운 두드러기 처치나 간단한 약 처방을 받으려고 내원한 환자다. 사실 바삐 돌아가는 응급실에서 비응급 환자의 내원은 응급실 의사의 투정을 유발할 수 있다. 아프지도 다치지도 않았으며, 늦어진다고 당장 상태가 악화되거나 통증이 심해지거나 생명의 위협을 받지 않는 환자이기 때문이다. 나는 얼른 진료하러 나섰고, 그녀는 사후피임약 처방을 원한다고 했다. 보호자로는 그녀의 남자친구로 보이는 사람이 왔다.

　사후피임약 처방을 받으러 온 환자는 의사에겐 매우 간단한 환자다. 가벼운 문진을 한 다음 투약 기록과 이전에 보인 약물 부작용을 확인하고 처방을 낸 뒤 간단한 주의사항을 일러주면 된다. 비록 비응급 환자이지만, 이들이 휴일이나 야간에 응급실을 방문해야 하는 이유는 너무 절실하다. 의사는 그들의 응급실 방문을 절대적으로 이해한다. 만약 필요한 경우라면 언제든 편하게 가까운 응급실을 방문해도 하등의 문제가 없다.

나는 평소처럼 처방을 내리려고 했다. 그리고 전산에서 한 가지 사실을 더 확인했다. 그녀는 아직 법적으로 미성년자였다. 나름대로 성인 보호자를 동반한다고 남자친구와 같이 온 것이다. 환자는 고등학교 고학년이었으며, 남자친구는 이제 막 성인이 된 나이로 보였다. 당연히 법적 혼인관계는 아니었다. 둘은 초조하고 불안한 기색이었지만 요구 사항을 정확히 전달했다.

응급실의 미성년자는 대체로 부모와 함께 방문한다. 하지만 가끔 미성년자가 혈연관계가 아닌 보호자와 오거나 혼자 오는 경우가 있다. 이럴 때는 부모에게 연락해 자녀의 상태를 알리고, 검사와 치료에 관해 동의를 구한 뒤 처치를 시작한다. 당연한 원칙이다. 하지만 환자는 당연히, 부모에게 알리고 싶어하지 않았다. 절차를 말하자 당황하는 기색이 역력했다.

그냥 약을 처방해야 할까, 아니면 안 된다고 환자를 돌려보내야 할까. 의사들 사이에서도 의견은 엇갈린다. 현실적으로 부모에게 알리지 않으면 처방을 주지 않는 편이 일반적이다. 법정대리인에게 통지하는 것이 늘 해오던 원칙이고, 그러지 않았는데 간혹 부작용이라도 발생한다면 곤란해지기 때문이다. 무엇보다 지금 눈앞에서 환자를 돌려보내는 것보다, 나중에 사실을 알게 된 부모가 찾아와 왜 마음대로 아이를 진료하고 처방을 해주었냐고 따져 물을 경우가 더 두렵다. 솔직히 의사로서 마음이 편하려면 부모님의 동의가 있어야 한다고 말하고 환자를 그냥 돌려보내면 된다.

하지만 사정을 헤아리고 처방을 내주는 쪽도 있다. 환자에게 상황을 간략히 털어놓고, 약의 부작용과 복용 방법만을 설명하고 처방해주는 것이다. 이 방법이 모든 상황에서 옳지는 않을 것이다. 다만 환자는 부모가 아니라 청소년 본인이다. 그들은 죄를 지은 것도 아니고, 생명이 위태로운 병에 걸린 것도 아니다. 청소년에게도 성적 결정권이 있고, 자기 판단하에 이루어진 관계는 처벌받을 일도 부끄러워해야 할 일도 아니다. 오히려 부모에게 사실대로 알리는 것이 환자의 사생활을 침해하는 결정일 수 있다. 결정적으로, 그들은 어차피 불안에 떨면서 또다른 병원을 찾아야 한다. 처방받을 때까지.

의사는 위기에 직면한 그들 앞에, 무엇인가 결정하는 어른으로 그 자리에 있다. 사회는 그들을 억압할 뿐, 피임 방법조차 제대로 교육하지 않는다. 오히려 대학병원까지 용기 내 찾아올 정도라면, 자신의 행위가 어떤 결과를 야기할지 파악하고 있는 청소년일 것이다. 그러나 모든 어른이 외면하면 과연 그들은 어디로 가야 할까.

청소년기의 나도 불완전했다. 일탈하고 싶고 반항하고 싶었다. 반면 나의 행동에 큰 처벌이 떨어지거나, 이 때문에 사회에서 인정받지 못할 것이라는 두려움도 있었다. 그때마다 나를 둘러싼 세상과 어른들은 때로 놀라울 정도로 관대했다. 그 몇 번의 관대함으로 나는 위기를 넘겨 성인이 되었다. 종종 그 관대함이 없었더라면 지금의 내 인생은 영영 틀어지지 않았을까 생각한다. 불완전한 시기에 몇 번의 이해를 받고 결국은 위기를 극복하며 성장하는 일. 나를 이해해준 그 어른들이 누구였는지 지금은 기억나지 않지만, 나는 다행히 그 우여곡절을 통과해 이 사회의 성인이 되었다. 기억에 남지 않는, 관대한 어른이 되는 것도 생각해볼 일이다.

알맹이가 없는 것이 알맹이

한국에서 세계 응급의학회가 열렸다. 나는 당직 시간을 제외하곤 나흘 내내 학회장에서 잡일을 해가며 각국 응급의학과 의사들의 강연을 들었다. 세상에, 하나같이 끔찍하게 재미있었다. 모든 강연이 제 나름대로의 의미가 있어 버릴 것이 하나도 없었다. 역시 직접 하지 않고 남이 해놓은 연구나 발표를 듣기만 하면 이렇게 재미있다.

그중 기대했던 강연이 있었다. 방대한 일정표에서 일찌감치 점찍어둔 것이기도 했다. 주제는 '온열질환'이라는 평범한 것이었는데, 발표자의 근무지는 무려 아랍에미리트의 아부다비였다. 아랍에미리트와 열사병이라. 나는 2018년 한국에서 폭증한 열사병의 실태를 마주하고 알렸다가, '열사병의 열사' 같은 예기치 못한 별칭까지 얻었다. 생각하면 좀 민망스럽기도 하지만 하여간 여기에는 공익적 의미가 있으니, 올해에도 혹시 또 재난 수준의 폭염이 닥칠 경우를 대비해 이런저런 언론 기고도 하던 참이었다. 그러던 중 마침 정말 '열사의 땅' 아부다비에서 직접 열사병을 진료하는 의사에게 관련 주제에 관해 들을 일이 생긴 것이다.

그 강연은 폐회식 직전 맨 마지막 세션에 있었다. 강연장
은 꽉 차도 마흔 명 넘게 앉을 수 없는 규모로 자그마했다. 나는
기대감으로 같은 세션의 앞선 강연을 들으며 기다렸다. 어떤 강
연에서는 캐나다 의사가 "우리나라는 날씨가 추워서 강물에 빠
져 익사한 사람도 꽁꽁 얼어 있어요. 바로 우리 병원 앞에 있는
이 강입니다. (꽁꽁 언 강의 사진을 보여준다.) 이렇게 유발된 저
체온은 간혹 신경계 손상의 보호로 이어지는데……"라고 했고,
그다음 강연에서는 미국 의사가 "쓰나미, 지진, 허리케인, 가뭄
등의 글로벌 자연재해로 강제 이주하는 인구가 약 6천 530만
명이며 이로 인해 약 10조 달러의 경제적 손실과 세계 의학 시
장의 재창조가……"라고 했다. 그리고 드디어 내가 고대하던
'열사의 땅에서 온 열사병의 열사'가 세계 응급의학회의 마지
막 강연자로 연단에 섰다.

나는 유사 이래 극도로 더운 기후가 지속되는 나라에서,
일정 수준 이상의 경제적, 의학적 발전을 이룩했을 때 열사병에
어떻게 대처하는지 궁금했다. 그 역사와 기록, 열사병 발생 통
계와 사례, 현재 일선에서 열사병과 맞서 싸우는 의사들의 최신
지견 및 재난 대비 방안을 듣고 전문적인 치료 시설을 눈으로
보고 싶었다. 우리나라 일선에서도 적용 가능한 것과 언론에 알
릴 것이 있을 수도 있겠다고 생각했다. 아부다비에서 날아와 열
사병 강연을 맡은 사람이면 그 정도는 준비해 왔을 법했다. 절

대 놓칠 수 없었다.

그런데 연단에 선 그는 내 기대와 약간 다른 모습이었다. 처음 나는 그가 아랍계일 것이라고 예상했지만, 전형적인 코카시아인이었다. '아랍에서 일하는 의사가 꼭 아랍계일 필요는 없지'라고 나는 생각했다. 그 코카시아인은 자신을 소개했다. 너무 전형적인 미국식 영어여서 말하는 것만 들으면 그냥 미국인 같았다. 나는 다시 생각했다. 중동에서 열사병과 맞서 싸우는 열사가 미국에서 날아왔어도 상관없지. 환자 열심히 보고 그 실태를 구조적으로 이해해 강의만 잘한다면 그게 다 상관은 없지.

20분 남짓한 강의가 시작되었다. 그는 열사병의 정의와 진단과 치료 방법 등을 하나하나 설명해갔다. 아이와 노인과 음주자가 고위험군이니 이들의 열사병 예방에 각별히 주의하고, 열사병 발생 시 환자의 체온을 즉시 낮추어야 하며, 뒤늦게 의식이 소실될 수 있으니 환자를 주의깊게 살펴야 하고, 과한 냉각으로 인한 저체온은 피해야 한다는 등등을 나열했다. 원론적인 이야기들이었다. 그러고 문득 강연이 끝나버렸다. 끝. 그가 강연한 내용은 내가 이미 다 아는 것이었고, 대체로 교과서에 쓰여 있어 누구든 알 수 있는 것이었다. 사실 그가 마흔 명을 모아놓고, 학계에 새로운 열사병 패러다임을 제시할 것이라고는 생각지 않았고, 그걸 기대하지도 않았다. 하지만 빠진 것이 있었다. 열사병으로 고통받는 아부다비의 현실과 치료 노하우와 보건의료적 관점에서의 접근이었다. 그 전쟁터를 기술하지 않고 강연이 끝나버렸다. 심지어 해외 학회에 들고 올 법한 흔한 사진이나 케이스 하나 없었다.

정적이 흘렀다. 너무 무난한 강연이었던 것이다. 도대체 아부다비 이야기는 어디 있는가. 나는 참다못해 발언대로 나가 아부다비의 열사병 실태에 대해 질문하려고 했다. 순간 좌장이 마이크를 잡고 내가 하고 싶던 말을 대신 물었다. "그런데 아부다비에서 진료하고 계신 것 맞지요? 그 동네 열사병 상황은 어떤가요?" 그 미국계 연사는 매우 솔직하게 답했다. "솔직히 제 담당 환자들은 전부 에어컨 있는 집에 살아서요. 가끔 애들이 약간의 탈수 증세를 보이는 정도입니다."

그렇다. 그는 '열사병의 열사'가 아니었다. 생각해보면 아랍에미리트에서 미국 응급의학과 의사를 고용했는데, 인도네시아나 필리핀 노동자를 진료하게 했겠는가. 아랍에미리트는 신분과 계층이 어느 나라보다 명확하다. 그는 바깥에 나갈 일 없는 사회계층이 높은 환자만 진료하고, 결국 강연에서는 역설적으로 원론적인 이야기밖에 할 수 없었던 것이다. 진짜 열사병의 열사는 아마 그 순간에도 아부다비에서 고군분투하는 중일 것이다.

나는 폐회식장으로 향하며 생각했다. 결국은 역설도 시사하는 바가 있다. 아부다비의 미국인 의사는 열사병은 사회경제적인 측면이 매우 크게 작용하는 질환임을 자신의 존재로 보였다. 그것은 그가 평소 기온이 40도가 우습게 넘어가는 아부다비 응급실에 근무하고 있지만, 막상 현지의 극심한 열사병 케이스를 직접 보지 못함으로 증명한 것이다. 내가 본 것은 수면 위의 오리였다. 안전한 자들은 달의 앞면처럼 보이는 곳에서 영원히 안전하고, 고통은 달의 뒷면처럼 내가 듣지 못한 곳에서 행해지고 있을 것이다. 그러니 이는 역설의 참증명이라고 해야 할까. 하지만 내 머릿속에선 '참, 묘한 강의였어. 뭐랄까, 알맹이가 없는 것이 알맹이라니, 참 묘한 시간을 보냈군'이라는 생각이 폐회식 때까지 떠나지 않았던 것이다.

응급실의 초월적 존재

응급실에는 초월적 존재가 한 분 계신다. 세상만사의 윤리적 규범이나 지탄이 알아서 제 걸음을 피해가는 성자 같은 분이다. 바로 우리 청소 여사님이다. 맡은 일로 치자면, 환자들의 피와 고름과 구토와 분변과 오물이 병원 어디에 묻더라도 소독까지 해서 깔끔하게 치워주시는, 매우 고마운 분이다. 응급실은 시시각각으로 사방에 오물이 튀고 수술 도구가 버려지므로, 정해진 시간마다 우아하게 빗자루질을 하는 것이 아니라 새벽에도 시시때때로 우악스럽게 걸레질을 해야만 한다. 그 내용물만 하더라도 보통의 청소 현장에서 나온 것과는 차원이 다를 것임을 나는 보증한다. 병원 누구라도 각자가 하는 역할은 소중하지만, 여사님이 없으면 병원은 바로 엉망진창이 될 것이다. 나는 오래도록 이 일을 해온 여사님을 존경한다.

여사님께는 이 병원 체계와는 별도의 높은 지위가 있다. 일단 이 업계에서 잔뼈가 굵은 분은 대부분 중년에서 노년으로 향해 가는 여성 분이다. 사회적으로 노년에 가까운 여성이 획득하는 지위는, 노년에 가까운 남성이 획득하는 지위와는 조금 다르다. 후자가 큰소리를 내고 누군가를 타박한다면 이는 대체로 눈살이 찌푸려지거나 조금 음흉한 것으로 보이기 십상인데, 전자의 동일한 행위는 종종 오지랖으로 느껴질 수는 있지만 대체로 호의적인 시선을 받으며 따뜻한 마음씨에서 우러나온 행동으로 여겨진다. 그리고 그는 병원의 내부자이니 당연히 우리 편이지만 그렇다고 의료진은 아니다. 그가 손대는 것이 의료용품이라는 것 외에 그는 의학과는 하등의 관련이 없다. 이 말은 의료진이 지켜야 할 딱딱한 규범이 그에게는 예외가 된다는 뜻이다. 이는 묘한 위치이며, 어쩌면 초월적인 위치이기도 하다.

그렇다고 여사님이 어긋난 일탈을 한다는 것은 아니다. 가령 응급실에 한 취객이 왔다. 이 취객은 벌써부터 눈알이 핑글핑글 돈다. 급기야 주정을 부리고 반말을 섞어 말하며 의료진을 하대한다. 의료진도 사람인지라 그에게 신경이 쓰이고 상처를 받기 시작한다. 하지만 한번 상처를 주기로 작정한 사람은 점점 행동거지가 격해지며, 미움 살 만한 일을 일부러 반복한다. 내내 주정을 부리고 소리를 지르던 이 취객은 급기야 많은 환자들이 지나다니는 복도 앞에서 구토를 하고 만다. 방금 전까지 육체 안에서 그의 정신줄과 인격을 휘어잡았던 토사물은 이제 응급실 복도 앞에 방사선으로 뻗어나간다. 엑스레이검사를 대기하던 아이는 코를 감싸쥐고, 부모의 죽음에 절망하던 아들이 무릎을 꿇고 그 토사물을 지켜본다. 술 마신 사람도 엄연히 환자고 이 토사물은 그 환자의 증상인 셈이지만, 그럼에도 토사물에서 모둠 안주가 반나절쯤 급성 발효된 냄새가 안 나는 것은 아니며, 이를 민폐라고 안 부를 수도 없다. 이때 보무당당한 여사님이 등장한다. 그는 커다란 대걸레를 들고 와 바닥을 문대며 모두가 듣게 소리 지른다.

"술을 처먹었으면 방구석에서 얌전하게 처자빠져 잘 것이지, 애들 있고 아픈 사람 있는 병원에서 남들 다 보게 토질이야 토질은! 하이구, 이거 처먹은 것 좀 봐…… 다채롭게도 처먹었네! 주워 가서 술집을 차려라, 차려."

모두가 그에게 하고 싶던 말이다. 그러나 역설적으로 우리는 절대로 하지 못하는 말이기도 하다. 하나 여사님에게 적용되는 것은 의료진의 윤리가 아니라 청소 노동자의 윤리다. 마구 흩뿌려진 토사물을 눈앞에서 직접 치우는 사람이 "이렇게 풍성한 일거리를 제공해주셔서 감사합니다"라고 인사하는 모습은 우리 사회의 직업적 상식과는 어긋난다. 적어도 여사님은 당당하게 항변할 권리를 획득하고 들어가는 셈이다. 그럼에도 이에 맞서겠다고 생각한다면 취객은 다른 차원의 벽을 마주하게 되는데, 이는 통념상 '어머님'께 반항할 때 생겨나는 윤리적 거부감이다. 매우 빌어먹을 후레자식이 아니고서는 자신보다 나이가 지긋한 노년의 여사님께 진정으로 맞서기란 어렵다. 그래서 여사님의 일갈은 대리로 실현되는 카타르시스로, 뭇 응급실 의료진에게서 선망을 살 법하다. 그는 우리네 마음속 심상의 독심술사이자 대변자다. 이제 그를 은근히 우러러보는 시선이 생긴다.

그런 분위기가 형성되다 보면 이제 여사님은 모두의 대변인으로 등극했음을 직접 피부로 체감한다. 실은 여사님이 그 초월적 위치를 즐기고 있는 듯 보인다. 누군가 한마디해주고 싶은 사람이 오면 우리는 슬금슬금 눈치를 본다. 여사님이 통쾌하게 한마디해주시지 않을까. 어서 저 사람을 꾸짖어주세요. 하지만 여사님도 환자들 있는 곳에서 오래도록 근무하신 분이라, 절대로 아무에게나 덮어놓고 일갈하시지는 않는다. 다만 그날 악담이란 악담은 모조리 다 들은 듯 우리 임계치가 정점에 달해 다들 상처를 받았을 때, 여사님이 한 번쯤 이렇게 터뜨려주시는 것이다.

"하이고, 비싼 술을 처먹었으면 입구멍에서 좋은 소리나 지껄일 것이지 시부럴놈이 여기 와서 욕질이야! 아주 욕질하러 왔구먼, 욕질하러 왔어. 같은 욕 또 하고 같은 욕 또 하고…… 하이고야, 귀청이 먹겠네. 여기 우리 착한 선생님들한테 허튼소리 하지 말고 발 닦고 집에 가서 잠이나 처자!"

급습을 당한 취객은 순간 당황한다. 여기까지 와서 화를 내는 사람들은 자신에게 반항하지 못하는 가운 입은 돌팔이나 만만한 간호사에게 윽박지르러 온 것이지, 청소 도구를 든 노년의 어머님을 붙들고 실랑이하러 온 것은 아니다. 우리네가 어딘가에 화풀이할 때가 다 그렇다. 누울 자리를 보고 발을 뻗는 것이다. 취객은 우락부락한 보호요원이나 정장을 입은 직원들에게는 거침없이 화를 내지만, 눈이 핑글핑글 도는 진상도 여사님의 일성을 한번 들으면 영락없이 꼬리를 내리고 만다. 그러니 여사님을 아주 유일한 초월적 존재라고 부르지 아니할 수 없다. 그는 우리의 대변인이자 슈퍼히어로다. 아, 그는 힘이 세다. 유난하고도 특별하게 그는 여기에서 매우 힘이 세다.

살갗으로 지켜낸 아이

자정이 넘은 주말밤이었다. 응급실은 사람들로 북적대고 있었고, 나는 노곤한 근무를 이어가고 있었다. 문득 경광등이 요란하게 빛나는 구급차에서 한 가족이 내렸다. 아내로 보이는 여자는 카트에 누운 채 미끄러져 내려왔고, 남편으로 보이는 남자는 작은 아이를 안고 따라 내렸다. 그들은 나와 눈이 마주쳤다. 고개를 돌린 아내는 그을음을 약간 뒤집어쓴 모습이었고, 속옷 차림의 남편은 아예 전신이 시커멓게 그을려 있었다. 그들은 곧 응급센터 한복판으로 옮겨졌다. 화재 현장을 옮겨놓은 듯 탄내가 따라 들어왔다.

나는 그들을 진료하러 나섰다. "화재 현장에 있었나요?" 아내가 대답했다. "우리집이었어요. 우리집에 불이 났어요." 그들을 구출한 대원이 덧붙였다. "현장에 출동하니 집이 거의 다 불탄 상태였습니다. 급하게 문을 부수고 들어가 불을 반쯤 끄고 보니, 아직 타지 않은 조그만 구석에 온 가족이 웅크리고 있었습니다. 다행히 직접 불에 닿지 않은 듯합니다."

일단 다행이었다. 이제 나는 환자들을 직접 파악하기 시작했다. 아내의 머리칼이 조금 그을려 있었지만, 직접 화상은 없어 보였다. 남편도, 훤히 드러난 상체와 급히 두른 듯한 담요 아래로 보이는 하체가 검댕으로 온통 뒤덮여 있는 것이 눈에 띄었지만, 역시 직접 화상은 없어 보였다. 하나 그는 얼굴까지 먹칠을 한 것처럼 검게 그을렸고, 안광이 유난히 하얗게 빛나 흡사 흑인 같았다. 그는 누가 아이를 빼앗아가기라도 할 것처럼 나신인 채로 아이를 꼭 안고 있었다. 대신 한 살쯤 됨직한 아이는 옷에 그을음 하나 묻지 않은 채 불편한 곳 없이 건강한 모습이었다. 나는 재차 물었다. "아픈 데 없어요? 불편한 데 없어요?" 아내가 대답했다. "없어요. 지금은 괜찮아요." 청진기를 대자 숨소리도 나쁘지 않았고, 입안도 전부 깨끗했다. 일단 큰 손상이 아니라는 안도감이 들었다. 그들은 이윽고 고농도 산소가 뿜어져나오는 마스크를 뒤집어쓰고 치료를 위해 응급실 구석에 누웠다.

현장에서 직접 화상을 입지 않았다면, 치료는 일산화탄소가 빠져나가는 것을 고농도의 산소로 돕고 혹시 모를 호흡기 손상을 대비하는 것에서 끝난다. 일가족의 의식 상태가 또렷하니 일단 중독은 심하지 않다. 혈중 일산화탄소와 엑스레이를 확인하고 안정을 취하면 된다. 내 역할은 두 시간 남짓 걸리는 치료를 해주는 것으로 충분할 것이었다. 나는 처방을 냈고, 곧 의료진의 노티를 받았다. "주사를 찌르려고 하니, 아이에 대한 검사나 치료는 일절 안 받으시겠대요." 나는 다시 그들에게 가보았다. 아직까지 탄내가 그들 주위에 진동했고, 금전적인 문제가 있는지 원무과 직원이 옆에 와 있었다. "보험이 말소되었다고요?" "아니요. 애초에 보험은 없었고, 지갑이나 돈도 다 타서 없답니다."

나는 아직도 아이를 지키듯이 안고 있는 남편에게 물었다. "확실히 아프고 불편한 곳이 없나요?" 그는 대답 대신에 나를 노려보고 있었다. "아픈 곳이 없냐니까요." 뒤에서 아내가 대답했다. "그 사람 한국말 못해요." 나는 다시 남편의 검고 단호한 얼굴을 보았다. 그의 표정엔 흔들림이 없었다. 나는 이번에는 중국어로 물었다. "어디 아픈 곳이 없나요?" 그는 중국어로 대답했다. "일없어요." "아이가 나빠 보이지는 않지만, 왜 검사나 치료를 안 받으려고 하나요?" "안 해요. 필요 없어요. 일없어요." 그는 손사래를 치며 답했다. 아이는 실제로 괜찮아 보였다. 그가 검사를 거부하는 이유가 경제적인 문제 때문일 수도 있고, 아이에게 주삿바늘을 찌르는 것이 싫어서였을 수도 있었다. 일단 이해하기로 했다. 아이를 안은 남자와 그을린 여자는 산소마스크를 뒤집어쓰고 구석에서 한동안 그렇게 누워 있었다.

검사 결과는 대부분 정상이었다. 남편의 일산화탄소 수치가 조금 높았지만, 그리 심한 정도는 아니었다. 별다른 후유증은 없을 것이었다. 여기까지 확인하자 그들이 누운 침대 쪽에서 무엇인가 묻고 답하는 소리가 들려왔다. 나는 검사 수치와 향후 치료 방향을 알려주려고 환자 가까이 갔다. 사복 차림의 남자세 명이 아내와 이야기를 나누고 있었다.

　"콘센트에서 불이 났어요." "무엇이 꽂혀 있었습니까?" "핸드폰 충전기랑 냉장고가 꽂혀 있었는데, 그쪽에서 불길이 나는 듯했어요." 나는 사내들에게 누구냐고 물었다. 그들은 사건을 조사하러 나온 경찰이라고 답했다. 하긴 이 새벽에 일어난 화재 사건도 객관적으로 사실관계를 기록할 필요가 있을 것이다. 나는 아내에게 결과를 설명했다. "검사 결과가 나쁘지 않아요. 산소 치료만 조금 유지하고 안정을 취하면 퇴원하실 수 있을 것 같습니다." "그러면 당장 퇴원하겠어요. 우리는 여기 오래 있기 싫어요." "천천히 가셔도 괜찮아요. 그런데 갈 곳은 있습니까?" 옆에서 경찰이 말했다. "오늘은 집에 못 들어갑니다. 저희가 확인하고 오는 길인데, 피해자 분들 구출되고 집은 마저 다 타버렸습니다. 정리하려면 시간이 필요합니다." "그런가요…… 그래도 우리는 여기 오래 못 있어요. 가야 해요." "어디로 가려고 하시는데요?" "어디라도 가야겠죠. 가야 해요, 우린."

　그들은 경찰 조사가 끝나자마자 퇴원을 요구했다. 충분한 안정이 필요하다는 말도 듣지 않았다. 남편은 진작에 산소 마스크를 벗어버린 채였다. 큰 문제는 없을 것 같았으므로, 나는 하는 수 없이 퇴원을 지시했다. 그리고 이제 돌아서려는데, 갑자기 남편이 중국어로 내게 말을 걸었다. 그는 그때까지도 아이와 떨어지지 않고 꼭 붙어 있던 자신의 벌거벗은 상체를 가리키며 말했다. "입고 나갈 옷 좀 주세요."

그는 황급히 여기까지 나신으로 왔지만, 그 모습 그대로 바깥세상엔 나갈 수 없었던 것이다. 게다가 집에도 온전한 옷은 한 벌도 남아 있지 않을 것이며, 수중에는 한 푼도 없었다. 나는 갑자기 딱한 마음이 들었다. "괜찮으시면 저희 환자복을 드릴게요. 입고 나가시죠." 나는 그에게 옷을 가져다주었다. 그는 급하게 환자복을 입기 시작했다. 나는 그 모습을 보고 문득 의아한 마음이 들었다.

오늘 응급실에 다급한 사람들이 수없이 왔지만, 속옷만 걸치고 온 사람은 없었다. 봄 새벽은 나름대로 쌀쌀하다. 또한, 화재 현장에 있던 사람이라고 나신으로 올 필요는 없다. 그렇다면 그는 처음부터 자기 집에서 이 차림으로 있었던 것일까. 나는 궁금해져 중국어로 그에게 물었다. "옷을 입을 겨를이 없었습니까?"

그는 대답하지 않았다. 대신 빛나는 눈길로 자신이 안은 아이를 보고 있었다. 그가 잠시 옷을 갈아입으면서까지 아이를 떼놓지 않는 모습, 그 검은 얼굴과 이글이글 빛나는 눈빛. 나는 그 침묵 속에서 문득 한 장면을 상상하곤 겁이 더럭 났다.

좁은 집안, 충전기와 핸드폰으로부터 솟아오른 불길이 거세지고 있다. 신고는 불가능했고, 도움의 손길이 언제 닿을지도 알 수 없다. 그렇게 온 가족은 간신히 불길이 닿지 않는 구석에 웅크린 채 다가오는 화마를 보고 있다. 그리고 그는 하나밖에 없는 아이를 보호하고 있다. 그렇다면 그는 생각했을 것이다. 지금 입은 옷, 여기 불길이 닿으면 곧 내 몸을 둘러 옮겨붙을 것이다. 그러면 내가 지금 안아 보호하고 있는 아이에게 닿게 된다. 안 돼. 내 살이 직접 타는 한이 있더라도, 그것은 안 돼…… 망할. 그는 아이를 지키려고 불길이 집의 유일한 출입구를 삼키는 순간 자신의 옷부터 벗어던졌던 것이다. 이윽고 구석에서 죽음을 기다리며 가까스로 자신이 지켜낸 아이. 검사를 거부한 것은 금전적인 문제나 주삿바늘이 두려워서라기보다는, 자신이 아이를 온전하게 지켜냈음을 똑똑히 알고 있었으므로, 더이상 누군가 아이에게 손대는 모습을 용납할 수 없었던 것 아닐까. 순간 유난히 검은 그의 등과 그을음 하나 묻지 않고 방실거리는 아이가 대비되어 보였다. 그는 자신의 살갗으로 가족을 지켜내고 온 사람이었다.

　　나는 잠시 얼어붙어 있었다. 그 사이에 온 가족은 벌써 응급실 바깥으로 나갈 채비를 마치고 천천히 걸어나가고 있었다. 병원 이름이 정자로 쓰인 유난히 하얀 환자복 밖으로 나온 그의 검은 얼굴과 사지가 아이를 안고 있었다. 온 가족의 모습은 들어올 때와 전혀 달라지지 않았다. 다만 달라진 점이 있다면 사내의 몸 위에 걸쳐진 옷 한 벌뿐이었다. 그러니 나는 그들의 무사함을 확인하고 고작 옷을 한 벌 건넨 것으로 치료를 다한 걸까. 그것으로 나는 안도해도 되는 걸까.

　　그들이 이제 어디로 돌아갈지 나는 알 수 없다. 다만 그들에게 금전적으로 남은 것이 전혀 없으리란 것만큼은 알 수 있었다. 이제 그들은 길거리를 지나는 수많은 인생과 맨몸으로 섞일 것이다. 하지만 온전하고 건강한 아이, 그을음 하나 묻지 않은 채 웃는 아이가 그들의 품에 안겨 있었다. 그것으로 이 가족은 여태껏 살아왔던 것 같았다. 그들은 들어올 때처럼 당당하고 일없어 보였다. 그 화재는 그들에게, 아무것도 잃어버리지 않은 한 사건에 불과했던 것이다.

거짓말 같은 사실

할아버지는 길에서 갑자기 쓰러졌다. 바로 곁에서 신고한 행인의 전화를 받고 119가 도착했다. 호흡과 맥박은 있었지만 의식이 없었다. 숨을 거칠게 몰아쉬었고 통증에 간신히 반응했다. 갑자기 발생한 뇌졸중의 전형적인 양상이었다. 할아버지가 응급실에 도착하자마자 의료진은 이 사실을 파악했다. 그는 기본적인 조치만 받은 뒤 즉시 CT 촬영실로 향했다. 나는 즉시 결과를 확인하러 같이 촬영실로 갔다. 실시간 모니터로 상당히 큰 지주막하 출혈이 보였다. 당장 어떤 조치라도 취하지 않으면 죽을 것 같았다.

그는 혼자 길에서 쓰러졌다. 보호자가 있어야 했지만, 병원이라고 신원을 파악할 수 있는 방법이 따로 있는 것은 아니다. 주머니의 지갑과 핸드폰을 뒤져야 한다. 지갑에는 다행히 신분증이 들어 있었다. 원무과에서 그의 나이와 주민번호를 전산에 띄웠다. 일단 무명남은 되지 않아 다행이었다. 이제 핸드폰으로 보호자에게 연락해야 했다. 신분을 안다고 보호자의 연락처도 알 수 있는 것이 아니므로, 핸드폰이 망가져 있거나 잠겨 있으면 매우 곤란했다. 그래서 의식이 없는 환자의 손을 들어 지문으로 잠금을 풀어본 적도 다반사다. 그러나 다행히 잠겨 있지 않았다.

때로는 핸드폰을 열어도 그 안에 아무것도 들어 있지 않은 경우가 있다. 한 달 전의 마지막 통화 기록이 남아 있어 전화를 걸어보았더니 동네 부동산이었던 식이다. 하지만 이번에는 다행히, 그의 아내로 추정되는 통화 목록이 있었다. 불과 몇 시간 전까지 기록이 남아 있었다. 이토록 멀쩡하던 사람이 갑자기 내 앞에 눕게 된다는 사실이 가끔은 놀랍다. 나는 그의 아내에게 전화를 걸었다. 급하지 않다면 원무과에서 전화를 걸지만, 중한 상황이라면 제대로 된 상황 설명을 해야 하기에 담당의가 전화를 건다.

노년의 여성이 전화를 받았다. 수화기 너머는 약간 소란스러운 분위기다. 나는 거두절미하고 즉시 용건을 전한다.

"저 혹시 박준상씨와 관계가 어떻게 되십니까?"

"그 사람 아내인데요."

약간 당황해하는 목소리다.

"저는 ○○대학병원 응급의학과 의사입니다. 지금 남편 분이 길에서 쓰러졌습니다. 심각한 뇌출혈로 의식불명입니다. 지금으로는 사망 가능성도 높습니다. 뇌수술을 진행해야 하니 보호자 분 동의가 필요합니다. 당장 이쪽으로 오셔야 합니다."

나는 내가 이 말을 하면서도, 흡사 보이스 피싱 같다는 생각이 들었다. 너무나 믿기 힘든 말을 급작스럽게 전달해 듣는 사람을 당혹스럽게 만들기 때문이다. 그럼에도 믿지 않을 수 없는 내용이다. 실은 내가 하는, 이 모든 것이 차라리 보이스 피싱 따위의 속임수라면 좋겠다는 생각이 들었다. 하지만 그의 남편은 내 앞에 있고, 누군가는 이 내용을 실제로 전해야 한다. 그는 어느 모임에 참석중이었는지 수화기에서 다른 목소리가 들려온다.

"저기, 이상한데. 이거 보이스 피싱인지 뭔지 아녀?"

"그러니까, 끊고 남편한테 다시 한번 전화해봐."

나는 완벽히 이해할 수 있었다. 나 스스로도 거짓이면 좋겠다고 생각할 정도의 내용이다. 심지어 다짜고짜 전화해서 확인할 수 없는 신분을 대고 납득 가지 않는 내용을 전하는 패턴이다. 경계심이 들 만하고, 당연히 믿고 싶지 않기도 할 것이다. 주변의 말을 들은 아내의 목소리가 넘어온다.

"저…… 일단 끊고 다시 통화하면 안 될까요?"

"믿기 힘든 것 압니다. 하지만 저는 지금 계좌를 부르거나 금품을 요구하지 않았습니다. 남편 분을 보러 오시라는 겁니다. 다른 곳이 아니라 대학병원 응급실입니다. 오시는 건 돈을 요구하는 일이 아니지 않습니까. 결정적으로 지금 제가 걸고 있는 핸드폰이 남편 분의 것입니다. 걸려온 전화가 남편 분의 전화번호 아니었나요? 남편 분은 지금 의식이 없어 전화할 상황이 아닙니다. 다시 거셨을 때 또 제가 받으면 믿으시겠습니까."

이 말이 논리적이었던 이유는, 내가 전하려는 말이 완벽히 사실이었기 때문이다. 주변의 소리는 이제 조금씩 웅성거리다가 당혹감 섞인 음성으로 바뀌고, 비통한 분위기가 넘어왔다. "그러게. 진짜인가봐." "건강한 양반이었는데……" "얼른 가봐요, 얼른." 아내의 목소리는 완벽히 수긍한 듯했다. "어디라고요?" "○○병원입니다." "알겠습니다." 나는 전화를 끊고 환자에게 돌아갔다. 수술을 준비하고 있었지만, 의식 상태는 더 안 좋아지고 있었다.

보호자가 도착했을 때 나는 안도감과 동시에 반갑지 않다는 생각이 들었다. 이제 방금 전했던 몹쓸 소식을 구체적으로 상세하게 전달해야 했기 때문이다. 나는 환자가 실려들어온 경위와 환자의 상태를 차근차근 말했고, 설명이 이어지는 동안 아내는 구체적으로 절망적인 표정이 되어갔다. 나는 이렇게 인생에 크게 남을 만한 나쁜 소식을 매일같이 전하는 사람이었다. 그 사람 앞에서, 그 사람이 앞에 없으면 악착같이 전화를 걸어서라도 기어코 똑똑히. 나는 환자가 수술방에 올라가기 전 아내에게 잠깐 면회할 시간을 주었다. 이제 어떤 말도 알아듣지 못할 남편을 발견하고 아내가 외치는 비명이 내 뒤에서 날카롭게 울려퍼졌다. 그것이 내게, 절망적으로 익숙했다.

죽음을 기억하라

　나는 평소와 다름없는 술자리에 있었다. 저녁식사를 마쳤으나 취기가 돌기에는 조금 이른 시간이었다. 문득 횟집 테이블 위에 놓인 전화기가 진동했다. 요즈음 내게 유일하게 어떤 용건도 없이 전화하는, 시를 쓰는 A였다. 그는 첫 시집에 "나는 오래도록 친구가 필요했습니다"라고 적었고, 그것이 일없이 내게 전화하고 끊은 다음 적은 문장이라고 술에 취해 털어놓았다. 나는 자리에서 그대로 전화를 받았다. A는 이른 시간임에도 혀가 꼬부라진 소리를 냈다. 내가 아는 A의 모습 중 가장 취한 상태였다.

　"술 먹니?"

　"응. 술자리야."

　"자리에 누가 있니?"

　"그냥 아는 사람들이 있어."

　"너 얼마 전에, 칠곡에서 추락한 전투기에 대해서 어떻게 생각하니?"

　갑작스러운 질문이었다. 불분명하고 빠른 어조라 많이 취

해 보였다. 다만 A는 평소에도 전화해 아무 질문을 던지는지라,
나는 담담하게 대답했다.

"그건 추락한 비행기지, 뭐. 비행기라면 추락할 확률이 있
고, 전투기라면 더 높지."

사실 그 일에 대해 별생각이 없었다는 편이 맞았다. 나는
순간 2000년대에 미국에서 도입된 F15K의 문제점이라든지, 당
시 악화되었던 기상 상황이나 급격한 고도 상승으로 인한 의식
저하를 언급했어야 하는 게 아닐까 생각했다.

"그래, 별생각이 없는 거네. 그래, 인아. 그런데 그 비행기
가 말이야."

"응. 말해."

"그런데 거기 타고 있던 사람이, 네가 2년간 강의실에서
얼굴을 맞대던 제자라면 어떨까. 어떨 것 같니."

맞다. A는 공군 장교였다.

"그리고 그 남은 배우자가, 너와 같은 사무실에서 근무하
던 친구였다면 어떨까."

"저런."

"그건 들었니. 시체를 수습했는데, 이게 한 사람인지 두 사
람인지 몰라서, 고스란히 가져와 엑스레이를 찍었대. 그렇게 해
서 두 사람이었다는 것을 밝혀내야 했대."

"그걸 찍어놓고 같은 뼈를 찾았겠구나. 같은 뼈가 나오면
두 사람이니까."

자연스럽게 그 장면이 머릿속에 그려졌다. 엉킨 시체를 두고 엑스레이를 찍어 서로 섞인 뼈를 고르는 사람들. 아픔의 세계를 넘어선 폭발하는 죽음. 그리고 친구가 가르치던 제자. A가 이 시간부터 취한 이유가 이것이었다.

"그래. 그건 남의 이야기가 아니야. 그러니까 인아. 거기 사람들이 있지. 사람들이 있을 거 아냐. 그 사람들에게도 남의 이야기가 아니야. 이제 친구의 친구의 친구 이야기가 되었으니까. 그러니까, 기도를 하라고 해. 그리고 그 다음 잔은 내 친구를 위해 들고. 다 기도를 하라고 해. 그리고 추락한 전투기 이야기도 하란 말이야. 명복도 빌고. 내 친구니까. 해야 해. 그건 남의 이야기가 아니라고. 알았지? 다 하면 내가 다시 전화할게."

A는 전화를 끊었다. 이야기를 듣고 나자 입맛이 아릿해졌다. 통화를 듣던 사람들은 일순간 침통해졌고, 누군가 우리를 지켜보고 있는 것 같은 길고 진득한 분위기가 이어졌다. 우리의 술자리는 당연히 이름 모르는 그에게 바쳐졌다. A는 더 취해버렸는지 다시 전화하지 않았다. A가 비통해하며 정신을 잃고 어딘가 쓰러져버리는 장면이 떠올랐다. 문득 언제 죽을지 모른다는 이유로 좋은 술을 가방에 담아 다니던, 시를 쓰는 P를 생각했다. 취해서 돌아오던 밤, 그는 가방에서 술병을 꺼내 죽기 전에 먹으려던 것이라고 내게 나누어주었다. "어릴 적부터 죽음을 너무 많이 봤어요. 그래서 내일 죽게 된다면 오늘 마실 술이 필요했어요. 같이 마셔요. 죽게 될 수도 있잖아요. 내일이라도."

그가 꺼낸 술은 유난히 독하고 어지러웠다. 메멘토 모리Memento Mori. 죽음을 기억하라. 밤은 깊어져만 갔고, 우리는 기억해야 할 죽음이 너무나도 많았다. 그에 지쳐 우리의 죽음도 언젠가 다가올 것만 같았다.

울지 않는 환자

나는 의대 실습 학생이었다. 가운을 입고 병원에 출근해 의료진을 쫓아다닌 지 이제 한 달 남짓이었다. 강의실과 병원은 같은 학문을 공유했지만, 완벽하게 단절된 다른 공간이었다. 강의실에는 활자뿐이었지만, 병원에는 실제 환자가 있었다. 그것이 너무 결정적이어서, 도저히 같은 학문을 바탕으로 한 공간이라고는 믿기지 않았다. 조용히 활자를 읽는 강의실은 어쩌다 책날에 손가락을 베이는 통증만이 있는 단순하고 평화로운 정보 공유의 장이었다. 우리는 그 강의실에서 한 질환이 인간에게 어떻게 고통을 가하다 인간을 어떻게 죽이는지 배웠고, 다음날은 또다른 질환이 어떻게 또다른 방식으로 그렇게 하는지 배웠다. 그렇게 나는 수많은 강의를 듣고 시험을 통과해 실습 학생이 되었다. 그때 나는 스물네 살이었다.

병원에 출근하자 활자에 적힌 그 내용들이 사람들에게 실제로 행해지고 있었다. 강의실에서 활자가 환자에게 적용되는 모습을 상상하기는 어려웠다. 병원은 영원히 종이에나 적혀 있을 것 같던 일을 진짜로 벌이고 있었다. 의료진이 읽어주는 활자를 들은 사람들은 가족에게 전화해서 울었으며, 믿지 못해 되묻거나 가끔 우리의 멱살을 잡았다. 그리고 활자로 적힌 처치의 대상자들은 고통으로 신음했고, 결국엔 죽음과 지나치게 가까워져 어떤 고통도 그들을 신음하게 만들 수 없었다. 무색무취한 하얀 벽 안, 하얀 가운들이 분주히 움직이는 공간에서 일어나는 일이었다.

나는 아직 한 번도 죽음의 순간을 목격하지 못한 실습 학생이었다. 그런데 내가 속한 혈액종양내과 환자들은 전부 죽음을 기다리고 있었다. 종양내과 환자들은 항암치료를 받으며 시들어가고 있었고, 혈액내과 환자들도 급성, 만성 백혈병 같은 말기 혈액질환으로 시들어가고 있었다. 나는 거기에 소속돼 혈액내과 외래 구석에 앉아 교수님의 진료를 조용히 지켜보고 있었다. 이는 실습 학생의 일이었다.

얼굴이 하얀 서른 살의 여자가 외래 진료실 문을 열고 들어왔다. 앳되어 보이는 그녀는 나와 동년배였다. 그녀는 자리에 앉아 교수님에게 종이를 한 장 내밀었다. 발목이 자꾸 붓길래 동네 병원에 갔더니, 이 종이를 주면서 여기로 가라는 말을 들었다고 했다. 그 종이에는 의심되는 진단명과 그것을 뒷받침하는 그녀의 혈액검사 결과가 적혀 있었다. 교수님은 얼굴을 찌푸렸다. 당연히 좋은 말일 리 없었다. 그것이 좋은 말이라면 여기 올 일도 없었을 것이다. 분명 동네 병원에서는 "큰 병원에서 추가 검사가 필요합니다"라는 말 정도만 들었을 것이다. 그래서 인지 그녀의 표정은 그리 어둡지 않았다.

"추가 검사를 진행합시다." 교수님은 당장 입원을 권유했다. 그것도 무균실이었다. 신발과 모자를 따로 쓰고 일회용 가운을 입은 다음 에어샤워를 해야만 들어갈 수 있는 곳이었다. 그녀가 입원을 준비하기 위해 나가자, 교수님은 "저 환자가 네 담당 환자다"라고 말했다. 앞으로 그 환자가 퇴원할 때까지 맡아 아침마다 상황을 발표하고, 관련된 모든 시술에 따라다니라고 했다. 이것이 우리가 받는 교육과정이었다. 치료는 의료진에 의해 결정되고, 나는 그것을 파악하며 그녀를 직접 문진해 관련된 질환을 공부하고 발표하며 경과를 헤아려보면 되는 일이었다.

그녀는 추가로 혈액검사를 받은 뒤 입실했고, 외래가 끝난 저녁때에는 골수 생검을 받았다. 우리 몸에서 골수를 채취하려면 뼈 안으로 주사기가 들어가는 수밖에 없다. 우리 몸의 큰 뼈 안쪽에는 전부 골수가 흐르지만, 가장 쉽게 접근할 수 있는 곳은 골반뼈다. 일단 환자를 눕히고 굵은 바늘을 엉덩이에 깊게 찌른다. 바늘이 뼈에 닿으면 바늘에 힘을 줘 골반뼈의 얇은 부분을 동그란 모양으로 부순다. 이때 환자는 뼈가 조각나는 통증을 호소한다. 주사기를 빨아내면 빨간 액체가 맺히는데, 거기서 빨려나오는 것이 사람의 골수다. 이 순간 환자들은 가장 고통스러워한다. 누군가 신경을 빨아당기는 느낌과 비슷하다고 한다. 나는 지금도 누군가 골수를 빨아먹는다는 표현을 쓰면 이 장면을 떠올린다.

그녀는 마스크와 모자를 쓰고 묵묵히 고통을 참았다. 골수는 다음날 분석할 예정이었다. 밤에 찾아갔을 때 그녀는 시술 후 안정을 취해야 해서 조용히 누워 있었고, 전혀 환자처럼 보이지 않았다. 비극의 징후도 전혀 보이지 않았다. 이 하얀 무균실에 반입할 수 있는 것이 없어 심심하고 답답하다고 말하는 정도였다. 이 백색의 공간에선 아직 실감나는 것이 없을 만했다.

다음날 슬라이드 분석이 있었다. 골수를 슬라이드에 펴 바르고 염색해 세포의 모양을 직접 관찰하는 것이다. 판독은 진단검사의학과에서 한다. 하지만 슬라이드만 보고 진단할 경우 오류가 있을 수 있으므로 관련된 임상과에서 그 슬라이드를 같이 보고 임상 양상과 맞추어본다. 서로 의견을 교환하고 합의를 내서 결론을 도출하는 방식이다. 빛 한 줄기도 들어오지 않는 암실이었고, 긴 테이블에 현미경이 죽 놓여 있었다. 자리에 앉은 사람들은 진단검사의학과 교수님의 현미경을 공유해서 같은 화면으로 볼 수 있었으며, 그 조용한 방에서 자유롭게 의견을 낼 수 있었다. 나도 그 자리에 앉았다. 밝은 화면에 염색된 보랏빛 세포 몇 개가 떠올랐다. 나는 그 세포를 보고 무슨 병인지 단정할 수 없었다. 그러나 진단검사의학과 교수님은 명확했다. "이상세포의 비율상 MDSMyelodysplastic syndrome로 보입니다." 내 옆의 주치의가 말했다. "임상상으로 일치합니다. 확인했습니다." 이것이 끝이었다. 이견은 없었다. 화면은 바로 다음 슬라이드로 넘어갔다. 그리고 나는 강의실에서 보았던 활자를 꺼내 머릿속으로 읽었다. "MDS 환자는 대략 2년에서 2년 6개월 정도 생존한다."

나는 방금 내 환자가 2년 뒤 죽을 거라는 말을 들은 것이었다. 내가 어제 처음 보았던 그녀는 서른두 살로 생을 마감해야 한다. 모두 이 사실을 같은 의미로 알아들었을 것이다. 하지만 무감한 의료진은 이미 다른 환자의 슬라이드로 넘어간 상태였다. "이 슬라이드의 세포는……" 나는 순간 화면의 보라색 세포 하나하나가 다 원망스러웠다. 이 세포를 셈해 우리가 이 사람들을 죽이고 있다는 기분이 들었다. 눈물이 맺혀 시야가 뿌옇게 변했다. 생각이 엉켜 나는 멍청하게 경계가 흐려진 세포들을 더 지켜보았다. 몇 개의 불행과 선고가 더해진 후 판독 시간은 끝났다.

저녁 브리핑 때 교수님은 결과를 보고받았다. 그 표정은 이미 알고 있던 사실을 한 번 더 듣는 듯한 것이었다. 교수님은 끄덕하고는 나를 돌아보며 당부했다. "혹시나 저녁때 환자를 보러 갈 거면, 내가 내일 아침에 설명할 테니 잠자코 있도록." 브리핑이 끝나고 나는 무균실에 환자를 보러 갔다. 거기 들어가는 의료진도 환자와 같은 무균 과정을 거쳐야 했다. 나는 손을 소독하고 일회용 덧신과 모자를 쓰고 소독된 수술용 가운을 입었다. 그리고 닫힌 방에서 분화구로부터 뿜어져나오는 소독 증기를 맞았다. 내 신체에서 겉으로 드러난 것은 두 눈뿐이었고, 같은 복장을 입은 그녀도 두 눈만으로 창밖을 보며 앉아 있었다. 두 눈이 두 눈과 만났다.

나는 불편한 것은 없냐고 물었고, 그녀는 특별히 없다고 답했다. 활기찬 두 눈은 나를 보고 있었다. 그녀에게 남은 시간을 나는 알고 있었고, 그녀는 모르고 있었다. 나는 그녀가 거쳐 왔을 지난날과 얼마 남지 않은 앞으로의 2년을 떠올렸고, 그녀는 굳이 그런 것들을 떠올리지 않았다. 어차피 그녀는 내일이면 앞으로 남은 시간을 알게 될 것이고, 지난날을 떠올리며 울 것이었다. 마지막으로 편하게 쉬라는 말을 건네며 나는 울먹였다. 나는 붉은 눈가를 들킬세라 고개를 획 돌려 그 무균실에서 나왔다.

다음날 교수님은 환자에게 그 사실을 전했다. 환자는 고개를 끄덕여 이해하고, 알아들었으며, 우리 앞에서는 울지 않았다. 시간이 필요했을 것이다. 곧 우리는 다음 환자에게로 넘어갔다. 그리고 비슷한 회진은 계속되었다.

오후에 다시 회진이 있었다. 컴퓨터 앞에 모여서 우리는 경과 발표를 듣고 있었다. 그 환자의 순서가 되자 나는 견딜 수 없어 치프 선생님께 물었다. "그런데 아직 젊은데, 이 환자 어떻게 하나요?" 잠시 정적이 흘렀다. 인자하기로 소문난 치프 선생님은 내 쪽으로 고개를 돌려 잠깐 내 표정을 보더니 말했다. "어쩌긴, 치료하면 되지." "그것 말고요, MDS는 예후가 안 좋잖아요. 환자는 아직 서른 살인데 2년밖에 못 살지 않습니까……" 치프 선생님은 학계에서 처음으로 발표되는 논문을 듣는 것처럼 멍하니 있다가 말했다. "그게 왜? 치료받으면서 살다가 죽는 거지."

그 대답은 너무 당연한 것이었다. 그는 매정한 사람도 아니었고, 불행을 이해하지 못하는 사람도 아니었다. 다만 병원에서 사람에게 자연적으로 발생한 일을 두고 논하기에는 더이상 할말이 없었던 것이다. 나는 그때 처음으로 이곳은 불행이 일렬로 지나가고, 사람들이 그것을 지켜보아야 하는 곳이라는 것을 깨달았다. 그냥 이곳이 그런 곳이었다. 그뒤로 나는 혈액종양내과를 떠났다. 그녀가 어떻게 되었는지는 모른다. 다만 이미 너무 오랜 시간이 지나, 예정된 결말이 기어이 찾아왔겠구나 짐작만 할 뿐이다.

그뒤 나는 의사 면허를 땄고, 10년간 의사로 일했다. 내가 직접 확인한 죽음은 이미 셀 수 없을 만큼 많이 쌓였다. 그동안 나는 슬라이드나 CT 같은 검사 결과를 확인하다 몇 번이나 울었고, 그런 시간을 거쳐 이제 나는 그 암실에 있던 다른 의사들처럼 죽음을 담담히 말한다. 죽음을 늘 바라봐야 하는 사람으로 살면서 이런 질문을 가장 많이 받았다. "죽음을 많이 목도하시는데, 삶의 의미는 무엇이라고 생각하십니까?" 마치 인간의 삶은 어느 때고 예고 없이 뚝 끊겨져 나가니, 하루하루를 소중히 살아가자는 교훈으로 유도하는 것 같았다.

분명 나는 죽음을 많이 확인했다. 무수한 삶이 내 입으로 종결되었다. 그렇기에 사람들은 내게 삶의 이유나 의미를 묻고 나의 입에서 그럴듯한 통찰이 나오길 기대하는 것 같다. 하지만 정작 나는 나의 인생, 내 삶도 아직 그리 멀리까지 살아내지 못했다. 1000명의 죽음을 확인해도, 솔직히 나는 그것이 어떤 의미인지 잘 모른다. 어떤 학생이 옛날 내가 했던 것과 비슷한 질문을 한다면 나는 분명 옛날의 선생님과 비슷하게 답하지는 않겠지만, 일반적인 병원 분위기와 다른 말을 하거나 보통의 의료진이 얼마나 담담한지 숨기지는 않을 것이다. 죽음을 앞둔 사람에게 과도하게 이입해 나는 때때로 나 자신도 부수곤 했지만, 그래도 그 사람은 그렇게 살아야 한다고 말할 수밖에 없을 것이다. 깊이 생각해보고 담담하게 처신하라고. 그것이 최선일 것이다. 나는 죽음이 엄연히 존재한다는 것 외에 누군가에게 더 알려줄 사실은 없다.

그 이면은 어차피 겪어보지 않으면 모른다. 다만 죽음과 함께하는 이 공간이 늘 그렇게 슬픔이나 격정에 차 있지만은 않다. 많은 사람은 죽음을 순순히 받아들이고, 순순히 남은 몫의 인생까지 살다 간다. 그러지 않으면 또 어떻게 하겠는가? 어차피 누구든 본질적으로 죽음에 항거할 수 있는 사람은 없다. 죽음을 듣는 사람이나 말하는 사람이나, 결국은 호들갑스럽지 않다. 그렇지 않다면 그 슬픔으로 인해 이 세계는 온종일 마비될 것이다.

죽음은 내가 있는 공간에서 순리대로 진행되고 있으며, 그것이 당신이 더 희망차게 혹은 더 절망적으로 살아야 하는 이유가 되거나, 거꾸로 삶의 의미를 비추는 무언가가 되지는 못한다. 죽음이 자신에게 오지 않았음에도 그것을 먼저 지나치게 생각하는 것은 낭비다. 나는 실존을 다루는 과학자로서, 또 그 일을 업으로 행하는 사람으로서 이렇게밖에 말할 수 없다. 삶의 의미는 나도 아직 모른다. 하지만 죽음은 있다.

갑판 위에서

의사로 살면서 흔히 받는 질문이 몇 가지 있다. 그중 하나
는 병원이 아닌 곳에서 환자를 보게 된 적이 있냐는 것이다. 갑
자기 발생한 사고 현장에서 우연히 지나가던 의사가 완벽한 처
치를 하는 극적인 장면을 누구나 한 번쯤 상상하기 때문일 것이
다. 그러나 애석하게도 다행히, 나는 그 기대를 충족하는 무용
담이 전혀 없었다. 환자는 병원 안에서만 마주했고, 병원 밖 돌
발 상황은 나를 비껴갔다.

그런데 얼마 전 여행을 하다가 질문 내용과 비슷한 상황
에 놓이게 됐다. 우연히 마주한 열일곱 살 남학생이 한 시간 전
부터 시작된 복통을 호소했다. 저녁식사 후에 발생한 명치 부근
의 통증이었다. 올해 복막염으로 수술을 받았으며 복부에는 아
직 완전히 아물지 않은 흉터가 있었다. 아랫배의 압통이 있었
고, 표정을 찌푸리고 끙끙댈 만큼 복통은 제법 심했다. 당장 수
술 후 간혹 발생하는 장유착이나 장폐색으로 진단을 내릴 정도
는 아니었지만, 그 초기 증상일 수는 있었다. 그래도 대부분 호
전되는 양상으로 보였다. 다만 장유착일 경우 복강 안에서 급격

히 탈수가 진행되니 만약을 대비해 수액을 보충해주며 관찰해야 할 것 같았다. 또 복통의 양상을 지속적으로 감시해서 악화되면 수술 가능성도 고려해야 했다.

그러나 그곳은 일본에서 한국으로 향하는 바다 위였다. 나는 배를 타고 여행하고 있었던 것이다. 수술적 조치가 필요한 상황이 되면 육지에서 헬기가 날아와야 했다. 환자의 상태가 악화될 경우 여러모로 곤란한 상황이었다. 이를 대비하기 위해 선내 의무실에 수액을 사용할 수 있냐고 문의했다. 그리고 나는 환자와 함께 호출을 받고 진료실에 나온 배의 공식 의사를 만나러 갔다.

그는 노년의 일본인이었다. 나는 먼저 내 전공을 소개했고, 내가 파악한 환자의 상태와 의심되는 진단명과 향후 취해야 할 조치를 브리핑했다. 그리고 가능하다면 수액을 투여하면서 이 복통을 두 시간 간격으로 진료실에서 지켜보자는 의견을 냈다. 그는 일단 내 이야기를 들었으니, 나와 같은 정보를 얻었다. 비슷한 진찰을 마친 후 그는 비슷하지만 다르게 말했다. 일단 장유착이 확실하지 않고, 탈수도 지금은 심하지 않아 보인다. 진통제를 복용하고 수분은 구강으로 천천히 섭취하면서 객실에서 지켜보면 어떻겠냐고 했다. 그는 나에게 이 내용을 설명하고 동의를 구했다.

나는 처음에 그렇게 생각하지 않았다. 하지만 배 위에서, 즉 제한적인 환경에서 행하는 진료에 관해 나는 경험이랄 것이 없었고, 그는 이 배에 오래도록 있던 사람이었다. 육지의 응급실에서 환자에게 수액도 투여하지 않고 나을 때까지 그냥 지켜보는 일은 드물다. 하지만 그는 한정된 자원을 일부러 쓸 필요가 없다고 생각했으며, 선상 진료실은 정규 병원이 아니므로 감염에 취약해 위험부담이 있었고, 진료실을 채워두게 되면 다른 응급 상황에 대비하기 어려워진다는 점까지 고려해서 그렇게 결론을 낸 것이었다. 각자의 진단은 같았지만 대처는 달랐다. 나는 내 판단보다는 그의 판단이 낫다는 것을 이해했다. 나는 전권이 당신에게 있을 뿐만 아니라, 당신의 생각이 더 옳다고 답했다. 그리고 이 내용을 환자에게 설명했다.

환자는 약을 받아 객실로 돌아갔다. 방금까지 의견이 달랐지만 평화로운 결론을 낸 우리는, 마무리 작업을 하는 동안 배에서의 생활과 양국의 의료행위에 대해 한담을 나누기도 했다. 그리고 나는 역시 현장에 있는 사람의 말만큼 존중해야 할 것이 없다고 느꼈다. 설령 문제 제기를 한 사람이 같은 분야의 전문가라고 해도 말이다. 그 일을 오래도록 그 자리에서 해온 사람만이 결정할 수 있는 무엇. 그래서 결국 조금 나은 것이었다고 밝혀질 그 결론.

여행은 순조로웠다. 환자는 밤새 잠이 들었으며, 일어나 아침밥을 든든히 먹고 햇살이 비치는 갑판 위를 뛰어다니다가 나와 반갑게 인사를 나누었다. 역시 그도 평화롭게.

열사병

2018년 여름은 더웠다. 한국에서는 이전에 없던 더위이기도 했다. 실제로 기상청 관측 사상 최고 높은 기온을 기록하기도 했다. 아무리 냉방이 잘되는 곳에 들어가 있어도 후덥지근함은 사라지지 않고 숨이 막힐 듯 답답했다. 온 국민이 잠을 이루지 못할 정도였다. 그리고 제법 오래 의사로 일해온 나는 더위 말고도 한 가지 놀라운 사실을 발견했다. 열사병 환자가 너무 눈에 띄게 많이 밀려들어왔다는 사실이다. 그 숫자는 내가 2018년 이전 10년 동안 보았던 열사병 환자의 총합과 거의 맞먹을 정도였다.

사람은 유기적인 생명체인 동시에 일정 질량과 부피와 비중이 있는 물리적인 존재이기도 하다. 그러므로 당연히 외부 환경의 영향을 받는다. 외부에서 열을 빼앗는다면 온도가 내려가고, 외부에서 열을 공급하면 온도가 올라갈 수밖에 없다. 사람이 변온동물이라면 외부의 영향에 따라 체온을 자유자재로 맞출 수 있을 것이다. 하지만 사람은 정온동물이다. 인체 내의 단백질과 효소, 기타 많은 생체 작용은 적정 온도에서 가장 효율적으로 기능할 수 있게 맞춰져 있다. 고등생물일수록 일정 온도가 유지되는 편이 생체 기능 면에서 더 효율적이기 때문이다.

인체는 외부 환경에 맞서서 자동으로 체온을 조절하게 되어 있다. 추우면 몸이 움츠러들어 열 손실을 막거나 몸이 떨 때 발생하는 열로 체온을 유지한다. 반대로 더우면 혈관을 확장시키고 혈액 순환량을 늘려 피부 바깥으로 열을 배출시키거나, 모공을 열어 땀을 배출해서 증발되는 에너지로 몸을 식힌다. 외부 온도가 적절하고 충분한 수분이 공급될 때 이 기전은 뇌의 시상하부에서 아주 훌륭하게 작동한다. 뙤약볕에서 야외활동을 할 때 물과 염분을 지속적으로 충분히 공급해주어야 하는 이유이기도 하다.

하지만 인체는 어디까지나 물리적 한계가 있다. 지나치게 많은 에너지가 인체의 한정된 부피에 쏟아지면 결국 더위를 견디지 못하는 임계점에 도달한다. 바깥 기온이 35도 이상이라면 인체의 열이 거의 배출되지 못한다. 여기서 습도까지 높다면 땀이 거의 마르지 않기에 열 배출이 거의 불가능하다. 2018년 여름처럼 바깥 기온이 40도라는 말은, 이 열을 외부에서 식혀주지 않는다면 인체는 결국 열을 내부로 흡수해 인체 자체의 온도가 높아질 수밖에 없다는 뜻이다. 특히 노약자와 어린아이는 신진대사가 잘 되지 않고 체온조절이 어려우며 더위에도 둔감하다. 그 결과로 체온이, 즉 생명체의 온도 자체가 급격하게 올라가버린다. 이것이 각종 온열질환의 시작이다.

온열질환으로는 열부종, 열경련, 열피로, 열사병 등이 있다. 열부종은 온열 때문에 인체 부위가 붓는 병이고, 열경련은 사지 한 부분이 불수의적으로 경련을 일으키는 병이다. 둘 다 심각하지 않고, 냉찜질을 하거나 전해질, 수분을 공급하면 나아질 수 있다. 열피로는 열사병으로 가기 전 단계다. 심한 갈증, 무기력, 어지러움, 구역질은 전부 열피로의 초기 증상이다. 땡볕에서 오래 야외활동을 하다가 갑자기 눈앞이 핑 돌면서 몸에 힘이 들어가지 않을 때를 생각하면 된다. 자연스럽게 체온이 상승할 수도 있지만 40도 이상으로까지 오르지는 않는다. 열피로 단계에서 수분과 염분이 충분히 공급되지 않거나, 인체가 체온 조절 능력 범위 바깥의 에너지를 받았지만 외부에서 이를 식혀주지 못하면 열사병으로 진행된다.

앞서 말한 대로 사람은 정해진 온도 내에서 모든 장기가 가장 적절하게 기능한다. 가장 열에 민감한 것은 뇌다. 뇌는 단백질로 구성되어 있다. 프라이팬에 부친 계란을 다시 이전으로 돌릴 수 없는 것처럼, 뇌를 구성하는 단백질의 변성은 비가역적이다. 한번 손상이 오면 이전으로 돌아갈 수 없다. 신체의 온도가 약 42도 이상으로 올라가고, 뇌에도 열기가 누적돼 조직이 익어버리는 것이 바로 열사병이다.

맨 처음 드러나는 증상은 의식저하다. 뇌의 전반적인 열 변성이 왔으니 인간이 의식을 유지할 수 없는 것이다. 전원이 공급되지 않는 컴퓨터가 꺼지는 것과 비슷하고, 인간은 그 자리에 쓰러지게 된다. 여기서 주변에 도와줄 사람이 있다면 즉시 적절한 조치를 받고 이송돼 병원에서 치료를 받을 수 있다. 하지만 그 순간 혼자라면 누군가 발견할 때까지 그 위험에 오래 노출되고, 열에너지는 계속해서 그 사람에게 쏟아진다. 그래서 인적 없는 들판, 혼자 사는 방에서 열사병 희생자가 주로 발견된다.

2018년 여름 나는 수많은 열사병 환자를 받았다. 놀라운 숫자였다. 열사병은 시간대를 가리지 않고 발생하지만, 대체로 아침부터 열에너지를 받던 인체가 견디기 어려워지는 오후에 몰아닥쳤다. 모두 의식 없는 중환자였다. 중환 구역은 모조리 몸에서 연기가 날 듯한 열사병 환자들로 채워졌다. 폐지를 줍다가 기절해 리어카 옆에서 발견된 80대 여성, 지적장애가 있는 분으로 산책을 나갔다가 산책로에서 발견된 50대 여성, 선풍기조차 없는 푹푹 찌는 방에서 밤을 보내다가 기절한 60대 외국인 노동자, 너무 조용하게 쓰러져 있어 흔들어봤더니 반응이 없어서 실려온 60대 노숙자 등이었다. 다행히 살아 퇴원한 경우도 많았지만, 일부는 다시 돌아오지 못하고 사망하거나, 영원히 뇌손상을 입게 됐다. 이들이 병원으로 실려오게 된 까닭을 되짚어봐야 우리는 더이상의 피해를 막을 수 있다.

그해 폭염은 예측하지 못한 바가 컸다. 우리나라 기상관측 사상 가장 더운 날들이 지속된 건 사실이지만, 나도 이렇게 많은 열사병 환자가 오리라곤 상상하기 어려울 정도였다. 갑작스러웠기에 충분한 대처 또한 이루어지기 어려웠다. 모두가 예측하지 못하고 몰려오는 환자들을 맞이해야 했다.

그러나 꼼꼼히 환자들의 면면을 살펴보면, 열사병은 유독 사회적 보호가 필요한 사람들에게 더 가혹하다. 특히 경제적으로 궁핍한 사람이나 고령자 등 사회적 약자가 열사병에 더 가깝게 노출되어 있다. 여유가 있는 사람이라면 뙤약볕을 피해 야외 활동을 삼가거나 냉방이 잘되는 공간에 들어갈 수 있을 것이다. 하지만 하루라도 일을 쉬면 생계가 어려워지는 사람에게는 다른 선택이 없다. 또 고령자나 집에서 투병하는 환자는 집에 에어컨이 있을지라도 거동이 불편해서 더위를 피할 길이 없다. 그래서 열사병이 실제 목숨을 위협하는 것은 거의 약자들뿐이다. 지적장애인, 폐지 줍는 어르신, 70~80대 노인, 노숙자, 외국인 노동자, 선풍기, 반지하 등의 단어를 보고 있자면, 제 목소리를 내지 못하고 가장 먼저 고통받을 이들이 사회적 약자임은 자명해 보인다. 이들은 볕이 내리쬐고 의식이 가물거리는 위기에서도 한마디 못하고 매년 스러질 것이다.

2019년은 그 정도가 덜했지만, 우리나라에 또다시 2018년과 비슷한 수준의 폭염이 찾아온다면 그때와 비슷한 환자군도 매번 똑같이 응급실을 찾을 것이다. 전신이 달궈져 길에 쓰러져 있다가 실려온 사람들, 흡사 몸에서 연기가 날 것 같은 사람들…… 나는 이 사람들을 매년 조용히 보고만 있어야 하는 것일까. 부디 더이상 사람을 해하는 폭염이 내리쬐지 않기를, 또

고통받는 사람들의 목소리가 더 높은 곳에 있는 이들에게도 가 닿기를 바라본다.♦

♦ 현장의 목소리가 전해진 덕분일까. 2019년부터 열사병에 대한 전국적 감시 체계가 갖춰지기 시작했다.

한 표의 권리

지난 선거일 심정지 할아버지 한 명이 응급실로 들어왔다. 흉부를 누르는 심폐소생술이 급박하게 이뤄지는 카트 뒤로는 담담하고 침착해 보이는 그의 아들이 따라왔다. 의료진은 환자가 도착하자마자 재차 심정지를 확인하고, 환자를 소생실로 옮겨 심폐소생술을 유지했다. 할아버지의 심장은 정확히 6분 만에 돌아왔다. 하지만 맥이 매우 약했다.

나는 소생실을 나와 환자의 아들과 급하게 이야기를 나누었다. 건강이 워낙 좋지 않았지만 거동은 가능하셨다고 했다. 오늘 아침 일찍 투표까지 하고 오셨는데 그뒤로 갑자기 가슴이 답답하다고 하셨단다. 점차 흉통이 심해지자 아들은 아버지를 병원에 모시고 가기 위해 옷을 갈아입히려 했고, 아버지는 외출복을 반쯤 입은 상태로 아들의 눈앞에서 쓰러졌다. 119가 도착하자 심정지였다. 나는 시간을 확인했다. 그 순간부터 지금까지 정확히 34분이 지났다.

"지금 일단 심장이 돌아오긴 했지만 시간이 오래 지났고 전반적인 상태도 너무 안 좋으십니다. 돌아가실 가능성이 높습니다."

"오늘 직접 가서 투표까지 하셨는데, 이대로 돌아가시는
겁니까?"

"네, 저희가 최선을 다하겠지만, 마음의 준비를 하셔야 할
것 같습니다."

"그러면 잘 부탁드립니다."

아들은 조용히 대답했다.

소생실로 돌아가자 할아버지의 심장이 다시 멎어 있었다.
몇 개의 손이 할아버지의 흉부를 번갈아 누르고 있었다. 돌아올
가능성이 별로 없어 보였다. 나는 그 광경을 보고 문득 이런 생
각이 들었다. 할아버지가 이대로 돌아가신다면, 그가 생전 마지
막으로 한 일은 투표가 된다. 그러니 나는 아침에 투표장에 나
가서 투표를 하고 저녁때 죽는 누군가의 삶을 보고 있다. 그러
면 그가 남긴 한 표는 과연 어떤 의미일까.

유언 한마디 남길 여유 없이 급사한 그에게 그 표는 유서
와도 같겠지만, 결국 무기명의 종이 한 장으로 남을 것이다. 한
인생이 이 세상에서 종말을 고하기 직전 마지막으로 한 일이 몇
천만 표에다 고작 한 표를 더하는 일이어도 괜찮은 것일까. 그
것을 인생의 무게와 저울질한다면, 결국 '무의미'에 불과하지
않을까.

하지만 나는 다시 생각해보았다. 만약 오늘이 투표날이고,
내가 그날 저녁 죽을 줄 알고 있다면 아침에 투표를 안 하고 다

른 일을 해야 내 죽음이 특별해지는 것인가. 그렇지는 않을 것이다. 평범하게 이어지는 일상은 사람을 가장 행복하게 한다. 내가 저녁때 죽더라도 남들처럼 아침과 점심을 먹어야 하는 것처럼, 투표일에 투표하는 권리를 행하는 것이 행복한 삶이다.

사람은 각기 자신에게 의미 있는 행위를 하며 지금을 사는 것이고, 그에게 투표는 그 의미에 상응하는 행위다. 그는 오히려 마지막까지 주어진 권리를 누렸던 사람이다. 다만 그가 세상을 떠나는 날이 오늘이 되었으므로, 그 표는 유난히 특별한 한 표가 되었을 뿐이다.

이런 생각이 끝날 때까지 그의 심장은 다시 돌아오지 않았다. 아들은 아버지의 심장이 멈췄다는 내 말을 듣고도 울지 않았다. 곧 사체는 하얀 포가 덮인 채 장례식장으로 향했다. 나는 모두가 언제 죽을지 모르는 세상에서, 내가 동정할 수 있는 삶은 하나도 없다는 사실을 깨달았다. 그는 지금 마지막까지 자신에게 의미 있는 일을 하다 남들처럼 간 것이었다. 그럼에도 불구하고 그가 남긴 한 표, 괜히 목숨과 바꾸기라도 한 것처럼 느껴지는 한 표, 그리고 그가 자신이 곧 죽을 줄도 모르고 떨리는 손으로 투표함에 표를 넣는 한 장면……

이윽고 사체를 실은 카트는 응급실을 영영 떠나버렸지만, 나는 그 한 표가 투표함 안에서 빛나는 광경이 괜스레 머릿속에서 떠나질 않았다.

증언할 용기

새벽 응급실이었다. 18개월 아이가 집중소생실에 누웠다. 경기를 하다가 의식이 돌아오지 않아 엄마가 데려온 아이였다. 같이 들어온 소아과 의사들이 다급하게 아이를 둘러싸고 있었다. 응급실에 찾아온 소아는 보통 따로 마련된 소아 응급실에서 소아과 의사가 진료를 담당한다. 하지만 집중치료가 필요할 정도로 상태가 나쁘면 성인 응급실 안에 있는 소생실로 온다. 드문 일이었다. 어린아이가 이 소생실 한가운데 누워야 할 정도로 상태가 나빠지는 일은 흔하게 일어나지 않았다.

응급의학과도 환자를 파악했다. 소아과 의사들 틈에 누워 있는 아이는 상태가 매우 안 좋아 보였다. 탈수가 심했고, 의식을 놓은 채 축 처져 있었다. 호흡이 거칠어서 삽관까지도 필요해 보였다. 드물게 안 좋은 아이였다. 어떻게 된 거래요? 장염이 심하고 밥을 못 먹었는데, 경기를 해서 왔답니다.

아이의 정맥로 확보와 삽관이 이어졌다. 감염이 심했고 고열이 났다. 앓은 지 오래되어 보였다. 하지만 의식저하와 경기는 내과적으로 설명하기 어려웠다. 그래서 머리 CT를 촬영했다. 검사 결과 뇌출혈이 보였다. 장염과 뇌출혈은 별개의 사건이었다. 경기는 이 때문이었을 것이었다. 부모가 아이에게 신경을 쓰지 못한 것 같았다. 힘이 없는 아이가 넘어진 모양이라고, 우리는 생각했다. 신경외과에서는 뇌압이 높아 수술이 필요하다고 했다. 하지만 중환자실에 자리가 없었다. 아이는 다른 병원으로 가야 했다. 전화를 돌려서 그 새벽에 처치 가능한 병원을 확보했다.

그 사이에 우리는 엄마와 잠깐 이야기를 했다. 미심쩍은 부분이 있어서였다.

"혹시, 이런 말씀 드리기에는 그렇지만, 이런 경우가 드물정도로 아이 상태가 너무 안 좋습니다. 학대까지도 생각해봐야 할 것 같습니다."

"아…… 제가 이혼하고 아이를 혼자 키워요. 돈도 벌어야 해요. 먹고살기 바빠 아이에게 신경을 못 썼어요. 장염에 걸려 아이가 일주일간 밥을 잘 못 먹었어요. 기운이 없어 넘어지기도 한 것 같아요. 그래도 나아질 줄 알았는데, 갑자기 아이가 경기를 하기에 데리고 왔어요."

그는 걱정되는 표정으로 눈물을 지으며, 홀로 아이를 양육하는 고단함을 토로했다. 이해할 수 있을 것 같았다. 사회적으로 육아가 행복이 아니라 괴로움과 고난인 경우가 충분히 있을 것이다. 그러다보면 이처럼 아이가 방치되는 상황도 발생하는 것이겠지. 일단 아이와 엄마는 다른 병원으로 옮겨졌다.

아이가 떠난 새벽 다섯시, 한바탕 전쟁을 치르고 난 뒤 우리는 조용히 이야기했다. "엄마가 딱하네요. 아이를 키우다보면 그런 일도 있나봐요." "그렇겠지."

아무리 생각해도 미심쩍었다. 하지만 아동학대 신고는 망설여졌다. 그러자면 방금 면전에서 눈물로 호소하던 엄마를 경찰에 고발해야 했다. 가끔 신고를 하고 나면 커다란 항의나 분쟁에 직면할 때도 있다. 내 아이 내가 키우는데 간섭한다거나, 아이가 아픈데 의사가 고발까지 한다면서. 그럼에도 불구하고 나는 결심이 섰다.

"그래도 이건 신고해야 해. 우리가 도움을 줄 수 있을지도 몰라. 그리고 이건 무조건 아이 입장에서 판단해야 하는 거야. 방임도 엄연한 학대야. 우리는 신고할 의무가 있어."

그 새벽, 전화기를 들어 경찰에 아동학대 의심 정황을 직접 신고했다. 찾아온 경찰에게 아이의 상태와 아이가 옮겨간 병원과 아이 엄마로부터 들었던 말을 그대로 일러주었다. 그들은 내가 말한 것을 적어갔다. 나는 이제 의무를 다했다고 생각했다. 사회와 조직이, 힘든 모녀에게 도움을 주었으면 했다. 그러나 홀가분하지 않았다. 아이의 어머니를 경찰에 신고하는 것이 마음 편할 리가 없었다. 하여간 나는 해야 할 일을 했고, 더이상 내가 할 수 있는 일은 없다고 생각했다. 그 일이 유난했던 만큼 나는 피로했다.

퇴근하고 밤이 되어서야 잠에서 깼다. 새벽의 일로 마음이 계속 안 좋았다. 문득 전화기가 울렸다. 같이 근무했던 레지던트였다. 느낌이 이상했다. 근무중이 아닐 때 좀처럼 병원에서 전화가 걸려올 일이 없었다. 전화를 받자마자 매우 격양된 목소리가 넘어왔다.

"늦은 시간에 죄송합니다, 선생님. 오늘 아침 그 아이 때문입니다."

마음에 걸렸던 일이 불쑥 내 가슴팍을 쳤다.

"문제가 생겼어? 엄마에게 항의가 들어왔나?"

"아니요, 그게 아닙니다."

역시. 불길했다. 불길했다. 거대한 불길함이었다.

"그럼 뭔데?"

"큰일날 뻔했습니다. 그 아이, 그 엄마. 엄마가 아니랍니다. 위탁모였대요, 위탁모."

"어? 그 사람이 엄마가 아니라고?"

"지금 기사도 떴어요. 그리고 아이가, 그 아이가 아니랍니다. 성이 다른 15개월 아이로 기사가 떴어요."

"그건 또 뭐야?"

"아이의 신원이 가짜였습니다. 위탁모가 다른 아이로 접수했던 겁니다."

"아."

머릿속에서 퍼즐 조각이 마구 뒤섞이다가 한구석부터 맞

아들어갔다. 다른 아이의 신원, 친엄마가 아닌 사람, 죽기 직전의 아이, 제대로 보살폈다면 도저히 그렇게 될 수 없는 아이. 그리고 그 아이가 다른 아이라고 주장하는 위탁모.

일단 그는 기록을 남기고 싶지 않았다. 왜 기록 없이 지나가고 싶었을까? 자신이 아이를 그렇게 만들었기 때문이다. 아이가 낫고 나면 없었던 일인 것처럼 덮고 싶었을 테니까. 어차피 아이는 항거하지도 못하고, 기억도 못하기에 증거가 남지 않으니, 이 일도 넘어갈 수 있지 않을까 했던 것이다.

"결국 그 엄마, 아니 위탁모가 아이를 그렇게 만들었네."

"지금 정황으로는 그렇습니다. 지금 경찰들이 여기 와서 선생님 찾고 난리 났습니다. 연락 달라고요. 그것보다 저는 충격입니다. 세상에. 큰일날 뻔했어요."

"그렇지. 그것보다, 미친. 하여간 알았어. 우리는 할일을 다한 거야. 나한테 연락 달라고 해. 내가 처리할게."

일단 전화를 끊었다. 머릿속에서 남은 퍼즐 조각이 맞춰졌다.

누군가가 위탁모에게 아이를 맡겼다. 아이를 직접 돌보기 어려운 사정이 있었을 테고, 부모는 아이의 상태를 확인하기 어려웠을 것이다. 아이는 종일 위탁모와 함께 있었다. 아이는 그에게 의지할 수밖에 없었고, 그는 어느 순간부터 아이를 학대하기 시작했다. 이미 끔찍한 범죄의 선을 넘어간 것이지만, 아이는 말을 하지 못했고 반항하지 않았으며 증거가 남지 않았다.

처벌받지 않은 범죄자가 된 그는 이제 죽지 않을 만큼의 선에서 아이를 본격적으로 학대했다. 아이는 학대받고서도 간신히 회복했고, 그러면 또다른 학대가 이어졌다. 그러던 어느 날 아이가 장염에 걸렸고, 그 과정에서 어떤 학대가 더 있었고, 이제 아이가 경기를 했다. 아이를 보니 정말 죽을 것 같았다. 죽음은 증거가 남는 일이었다. 그래서 그 새벽에 응급실로 아이를 데리고 왔다. 그리고 다른 아이의 신원을 댔고, 간단하게 엄마라고 자신을 밝혔으며, 혼자 아이를 키우는 힘겨움을 토로했다. 꽤 자연스러웠다. 어쩌면 아무 일도 아닌 듯 그냥 넘어갈 수도 있었다. 그 과정에서 신고 전화 한 통이, 자연스럽게 굴러가던 이 바퀴를 멈춰 세웠다. 조각들이 전부 맞춰지고 나서도 머릿속은 한없이 복잡했다. 있어서는 안 될 일이었다.

나는 모든 경찰 조사에 협조했고, 진술서를 써냈다. 믿을 수 없는 일이 밝혀지기 시작했다. 이른바 '괴물 위탁모' 사건이었다. 새로운 기사에는 그가 6개월 된 아이를 학대한 혐의로 구속됐다고 했다. 내가 본 아이는 분명 18개월, 아니 15개월이었다. 사실을 알고 보니 그가 양육하던 6개월짜리 다른 아이가 또 있었다. 핸드폰을 복원하자, 6개월 된 아이의 입을 막고 찍은 사진이 발견된 것이다. 그딴 사진이 사람 핸드폰에 들어 있었다. 그 사진이 명확한 증거가 되어 그는 구속되었다.

그는 직업적인 위탁모지만, 정식으로 허가받은 일은 없었다. 내가 본 아이도 명백히 학대받았을 것이나, 다른 아이가 넷이나 더 있었다. 다른 아이들도 온전하지 않았을 것이다. 그리고 다른 기사에서 또다른 아이는 화상을 입었으나 병원에 데려가지 않은 정황이 밝혀졌다고 했다. 우리는 매일 새로운 사실이 밝혀지는 기사를 보며 매일 경악했다. 그는 부모가 돈을 보내지 않아 학대했다고 증언했다. 돈을 보내지 않았다고…… 하지만 피의자는 명백한 증거가 있는 일 외에 다른 모든 것을 부인하고 있었다. 그리고 내가 보았던 아이는 끝내 죽었다. 사건 이후 20일 만이었다.

이후 검찰청에서 걸려온 전화를 받았다. 마지막으로 기소하기 전에, 최초 신고자의 증언이 필요하다고 했다. 검사님과 직접 통화했다.

"선생님, 이 사건은 선생님이 신고하지 않았다면 단순 병사로 처리되었을 겁니다. 선생님의 신고 전화 한 통이 다른 아이 사례까지 모든 것을 밝혀냈습니다. 혹여 일어날 미래의 학대도 막아냈습니다. 큰일을 했으니 용기를 가지세요. 현재 피의자가 범행을 부인하고 있습니다. 최초 신고자의 증언이 마지막으로 필요합니다."

이 끔찍한 사건에 내 이름이 또 남게 되는 것이었다. 나는 용기를 내야 했다.

"네…… 솔직히 처음에는 몰랐습니다. 그 사람은 엄마라고 했고, 저는 믿었습니다. 뚜렷한 외상도 없었습니다. 그래서 신고를 안 할 수도 있었습니다. 하지만 제가 아는 한 가지는, 아이가 어떤 방식으로든 위기에 처했다면 어떤 사연이 있든 학대라는 것이었습니다. 방임도 엄연한 학대입니다. 그래서 저는 그것이 아동학대의 범주라고 생각했습니다.

현장에선 본격적인 학대까지는 생각하기 힘들었습니다. 하지만 사회에 알린다면, 힘들게 혼자 아이를 키우는 엄마에게 어떤 방식으로든 도움의 손길이 닿을 것이라고 생각했습니다. 그게 신고의 이유였습니다. 이런 일일 줄은, 솔직히 저도 몰랐습니다."

"네. 알겠습니다. 그러면 그 CT에 대해 묻겠습니다. 진단서에 후두부 골절 및 지주막하 출혈이라고 쓰여 있습니다. 정확히 어떤 소견입니까?"

"아, 그에 대해서는 자신 있게 이야기할 수 있습니다. 저는 뇌 CT를 많이 봐왔습니다. 처음에는 그냥 뇌출혈이구나, 하고 넘겼는데, 나중에 조금 더 자세히 보았습니다. 뇌출혈에는 외상으로 인한 것과 내부에서 생긴 출혈이 있습니다. 그리고 세번째로 드물게, 저산소증으로 뇌가 괴사되고 붓고 피가 나는 소견이 있습니다. 이는 외부 원인으로 산소가 부족해져서 생기는 출혈입니다. 아이는 전형적인 외상은 아니었습니다. 두개골 골절은 있으나 심하지 않았고, 출혈은 다른 원인이 있어 보였습니다. 아마 세번째 범주로, 목을 조르거나, 물에 넣었거나, 얼굴을 막았을 것입니다. 아니면, 아이를 마구 흔들었을 것입니다. 그 뇌출혈은 절대로 외부의 충격 없이는 생기지 않습니다. 확실합니다. 이에 대해 저는 의사로서 증언합니다."

"알겠습니다, 선생님. 수고하셨습니다. 도움이 많이 되었습니다."

정식 기소가 진행되었다. 사건은 눈덩이처럼 크게 굴러갔다. 검찰의 추궁에 결국 위탁모는 입을 열기 시작했다. 나는 매일같이 쏟아지는 기사를 확인했다. 장염과 설사로 15개월 아이가 어린이집에 못 가기 시작했다. 그는 그 때문에 보육 스트레스가 커졌다고 증언했다. 그는 열흘 동안 아이에게 한 끼만 주었다. 아이가 설사를 하니 기저귀를 자주 바꿔주고 빨아야 하는 상황에 화가 났다는 것이다. 마지막에는 급기야 귀찮다며 발길질을 했다. 열흘 만에 아이는 탈수와 뇌출혈로 경련을 일으켰다. 그후에도 서른두 시간의 방치 끝에 아이는 내 앞에 왔고, 20일 뒤에 죽었다.

기사에는 다른 학대도 적혀 있었다. 그는 18개월 된 아이를 일부러 뜨거운 물에 담갔고, 12개월 된 아이는 손으로 코를 막고 욕조에 세 차례나 넣었다. 이를 찍어놓은 영상도 남아 있었다. 심지어 사람들이 그 위탁모를 2년 넘는 기간 동안 다섯 번이나 신고했음이 밝혀졌다. 아이 우는 소리가 이상했다고, 아이가 이해할 수 없는 화상을 입었다고…… 신고는 전부 합당했지만 그는 한 차례도 처벌받지 않았다. 뇌사에 빠진 아이라는 명백한 증거와 의료인의 전화 한 통이 있을 때까지, 이 일은 계속되어온 것이었다.

　역겨울 정도로 끔찍한 사건이었다.◆ 무서운 일이 내 눈앞에서 지나갔다. 그 자리에는 왜 내가 있었을까. 그리고 이 사건은 어디서부터 잘못된 것인가. 개인 위탁모에 대한 검증 절차가 없는 불완전한 사회 제도 탓인가, 아동학대에 대한 인식이 부족한 탓인가, 아니면 근본적으로 이 사회가 괴물을 낳는 건가. 죄 없이 불쌍한 아이들. 이 사건을 두고 나는 무슨 말을 해야 할까. 실수는 용납되지 않았고, 맞서 싸워야 할 것이 너무나 많았다. 지켜야 할 것 또한, 너무나 많았다. 그 모든 것이 내 어깨 위에 타고 있는 기분이었다.

◆ 사건의 위탁모는 2019년 4월 징역 17년을, 같은 해 11월 이뤄진 항소심 재판에서 2년 감형된 징역 15년을 선고받았다.

동료

어스름하게 동이 트는 새벽, 사람들은 잠들어 있었다. 밝아오는 거리는 고요하고 한적했다. 분주한 사람들 몇 명이 고요와 어둠을 깨고 일을 하고 있었다. 아직 깜깜한 밤에 단잠을 물리치고 나온 사람들이었다. 그들은 다른 사람들이 거리로 나오기 전까지 일을 마쳐야 했다. 형광 연두색 상하의에 회색 선이 둘러쳐진 옷을 입은 세 명은 한 조였다. 한 명은 운전을 했고, 다른 두 명은 지난밤 사람들이 내놓은 쓰레기를 쓸어담아 차에 던졌다. 커다란 쓰레기차는 익숙한 거리를 급하게 이동하고 있었다. 작업은 다른 날과 크게 다르지 않았다.

일이 반쯤 끝나가고 아침해도 반쯤 떠올랐을 무렵 차는 한 골목에 정차했다. 한 지점에서 쓰레기를 싣고 후진해서 들어가야 하는 골목이었다. 두 명은 뒤편의 쓰레기를 집어 실은 뒤 차를 때려 다 되었다는 신호를 보냈다. 트럭은 후진하고, 두 명은 뒤쪽 난간을 밟고 걸터 서 있었다. 차는 평소와 같이, 하지만 그날따라 미묘하게, 약간 빠르고도 급한 느낌으로 움직였다. 한 발로 걸터 서 있던 사람의 한쪽 다리가 그날따라 약간 더 비틀

거렸다. 지탱하는 난간과 방금 오물을 밟은 신발 바닥 사이의
마찰이 순간적으로 사라졌다. 미끄러웠다. 그는 중심을 잃어버
리는 느낌을 받았고, 곧 꼬꾸라졌다. 그의 눈앞에 오물로 더러
워진 길바닥과 자신에게 돌진하는 트럭 바퀴가 보였다. 그 바퀴
는 평소와 같은 기세로 구르고 있었다. 평소와 같이. 하지만 이
후에 닥쳐온 일은 지금까지 한 번도 일어난 적 없던 일이었다.

새벽 시간 이제 막 곡소리가 그쳐 응급실은 약간 조용해진
참이었다. 우리는 물먹은 솜처럼 지쳐 있었다. 방금 마지막 환
자가 사망해서 장례식장으로 내려갔기 때문이다. 나는 컴퓨터
앞에서 어제 아침 일을 생각했다. 그것은 벌써 3, 4일 전 일 같
았다. 하룻밤 사이 대체 몇 명이 죽고 몇 사람이 죽음의 경계를
드나든 건가. 근무는 스물한 시간째가 넘었고 이제 딱 세 시간
남았다. 지금부터 가장 한가한 시간이었다. 대부분의 사람들이
잠들어 있을 시간이기 때문이다.

그 새벽 카트 하나가 도착했다. 주황색 옷을 입은 사람들
이 주황색 카트에 형광색 옷을 입은 사람을 데려왔다. 누가 봐
도 청소부였다. 나는 새벽에 청소를 하다가 몸이 안 좋았구나
생각했다. 그에게 다가가자 대원이 말했다. "청소차에 다쳤대
요. 많이 다친 것 같습니다." 나는 그에게 말을 걸었다. "어디
가 아파요?" 그가 식은땀을 흘리며 눈을 감고 말했다. "배가, 으
으으. 배가." 청소차에 복부, 고통에 신음, 나는 그 형광색 옷을

걸었다. 볼록 나온 배에 타이어 자국이 사선으로 그어져 있었다. 뇌신경에 불꽃이 튀는 것 같았다. "아저씨, 이 배 원래 이렇게 나왔어요?" 그는 대답 대신 고개를 저으며 신음했다. "으으." "빨리 중환 구역에 넣어요. 당장."

　　그는 그 옷차림 그대로 집중치료실 침대에 누웠다. 나는 의료진과 그의 옷을 뜯어내듯 벗겼다. 차가 사람의 정면으로 향하면 사람은 본능적으로 몸을 돌려 막는다. 그래서 교통사고에서는 대부분 사지나 머리가 손상을 입는다. 적어도 옆구리나 골반이다. 그러니 앞쪽의 배가 아프다면 그것은 높은 확률로 차가 누워 있는 사람을 타고 넘었다는 뜻이다. 이 사람은 청소부이고, 그 차는 쓰레기차라고 했다. 쓰레기차는 다른 차보다 몇 배쯤 무거울까. 몇 배라는 게 의미가 있을까. 적어도 배에 있는 장기를 짓이기고 넘어갈 정도는 될 것이다.

　　"아저씨. 차가 타고 넘어갔어요?"

　　"네…… 으."

　　"배 말고 어디가 아파요?"

　　"어깨…… 가슴도……"

　　나는 지금 막 벗겨지고 있는 그의 상체를 보았다. 과연 왼쪽 어깨 부분이 이상했다. 그건 누구라도 선뜻 어깨라고 부르기 어려울 정도로 괴상하게 납작해진 형태였다. 바퀴가 마지막으로 여기서 주저앉은 것 같았다. 타이어 자국은 약간의 흔적만으로 그 경로를 알려주었다. 간략하게, 몸을 사선으로 타고 넘은 것이다. 지나간 자리의 갈비뼈는 다 깨져 있었고, 장기손상으로 배는 이미 상당히 부풀어 보였다. 장갑을 낀 손으로 누르자 그 길 위의 살과 뼈가 전부 비정상적으로 출렁거리거나 뻐거덕거렸다.

"이거, 외상 처치, 전부 준비해주세요. 수액, 혈액, 흉관, 라인, 폴리, 초음파, 엑스레이, 하여간 전부. 전부 준비합니다."

나는 그의 배를 어루만지며 분노에 가까운 감정을 느꼈다. 나는 인간의 선악을 판결하는 사람이 아니었다. 나는 어떤 사람이 선량하고 어떤 사람이 악한지 판단할 수 있는 사람이 아니었다. 하지만 그럴 자격도 안목도 없는 나에게 굳이 세상의 선량한 사람을 고르라고 한다면 본능적으로 이 사람이라 할 것 같았다. 남들이 혼곤하게 자고 있는 새벽에 매일같이 가쁜 잠에서 깨 쓰레기를 치우는 사람에게 물을 죄가 도대체 무엇일까. 모두가 죄 있는 이 세상에서 새벽부터 자신의 일을 하던 이 사람은 도대체 어떤 죄를 추궁당하고 있는 것일까. 나는 그를 살리고 싶었다. 적어도 이 사람은 죽으면 안 되었다.

"아저씨. 버텨요, 아저씨."

"아파요. 내가 발을 헛디뎠어요. 내 잘못이에요. 아, 아파."

"아저씨 안 죽어요."

"내가 잘못해서, 잘못이라고."

더이상 그의 말을 듣고 있을 수 없었다. 잘못? 자기가 그 육중한 쓰레기차에 깔려놓고 잘못했다고, 이럴 수가 있는 걸까? 왜 세상의 어떤 선량한 사람들은 이리 미련하게도 죽기 전까지 묵묵하게 선량한가. 그래서 자신을 누가 트럭으로 밟아도 탓하지 못하는 것인가.

"아저씨, 잘못 안 했어요. 살면 잘못하는 거 아니에요. 여기 준비 다 되면 모르핀도 줘요! 살 수 있어요, 아저씨."

"으으, 아파. 으으."

분주하던 시공이 일순간 느리게 가고 있는 것 같았다. 나는 날아온 주사기를 들었고, 알람이 요란하게 울렸다. 모니터에 맥박이 46으로 빨갛게 번쩍거렸다. 아래 수축기 혈압이 62였다. 나는 다시 그에게 고개를 돌렸다. 사망 직전의 얼굴이었다. "아저씨, 아저씨!" 당연히 반응이 없었다. "모든 걸 중단하고 삽관부터 합니다, 빨리." 나는 주사기를 놓고 그의 턱을 벌렸다. 저항이 전혀 없어 삽관이 매끄러웠다. 넣고 다시 모니터를 보았다. 맥박이…… 나는 그의 목을 짚었다. 맥이 없었다.

우리는 그에게 심폐소생술을 하고 있었다. 침대로 옮겨 누운 지 5분 만이었다. 어떠한 검사나 처치를 하는 것 자체가 불가능한 시간이었다. 이렇게 짧은 시간 안에 사망한다는 것은 바깥에서 거의 사망해서 들어온 사람이라는 의미에 가까웠다. 그러니 그는 병원에 도착하기까지 간신히 살아 있던 사람이라고 말할 수 있다. 그의 복부는 그 5분 사이에 더 부풀어 있었다. 나는 초음파 기계를 꿀렁거리는 그의 복부에 댔다. 모니터는 흑백이었지만, 내 눈에는 바퀴가 밟아 으깨진 장기에서 흘러나온 뻘

건 피가 복강 내에 가득차 있는 광경이 보였다. 깨진 덩어리와 액체가 그 안에서 심폐소생술로 출렁거리고 있었다. 그는 살릴 수 있는 사람이 아니었다. 사건 당시 그 사람은 이미 죽었고, 다만 여기까지 오기 위해, 내 앞에서 죽기 위해 잠시 살아 있던 사람 같았다.

우리는 모두 결과를 알고 있었고, 심지어 해줄 수 있는 것도 없었다. 다만 머리가 다치지 않았으니 그는 의식을 자연스럽게 잃어버리고 죽어갈 뿐이었다.

그 막바지에 막 죽음을 선고하려는 때, 갑자기 바깥이 소란스러웠다. "누군가 찾아왔어요." "보호자래요?" "아니요. 가해자라는데요." 나는 바깥에 나가보았다. 같은 형광색 옷을 입은 사내가 있었다. 그 사람일 수밖에 없었다. "선생님이 담당 선생님입니까?" "네." "어떻습니까?" "많이 다쳤습니다. 처음부터 살 수 있을 만큼 다친 게 아니었습니다." "죽는다는 이야기입니까?" "네. 돌아올 가능성이 없습니다. 돌아가실 겁니다." 갑자기 그는 잠시 열린 집중치료실 문틈으로 뛰어들어갔다. "야야아. 이 새끼야, 살아야지. 살아야 돼. 야야."

그는 환자 옆으로 뛰어가 심폐소생술을 받고 있는 환자의 뺨을 쳐댔다. 당연히 잘 아는 사이였을 테고, 당연히 고의가 아니었을 테고, 당연히 예기치 못했을 테고, 당연히…… 우리는 그를 적극적으로 제지하지 못했다. 나는 그의 어깨를 짚어 바깥으로 인도했다. "처치중입니다. 조금만 있다가 면회시켜드리겠습니다." "아아." 그는 어깨를 뿌리치고 의료진 사이에 쓰러져 손과 발을 굽힌 채 바닥에 엎드려 신음했다. 그 동작은 꼭 기어서 어디론가 가려는 것 같았다. 하지만 그는 한 뼘도 움직이지 않고 그 자리에서 꿈틀거렸다. 사람들이 그를 들어서 바깥으로 옮겼다.

그에게 확정적이었던 죽음이 찾아왔다. 트럭이 그를 타고 넘는 순간 그는 이미 사망한 것에 가까웠지만, 당시에는 숨이 붙어 있었기에 사망 시각은 내가 정해야 했다. 그 시각은 그가 침대에 누운 지 35분 후가 되었다. 나는 처치실에서 그의 마지막 서류를 채우며 이 사망자용 차트가 지긋지긋하다는 생각을 했다. 피로하지는 않았지만 정신이 몽롱했다. 잠시 고개를 들고 눈을 감았다. 슬픔과 쓰레기와 차바퀴는 누구에게나 공평하지 않았다. 그것들이야말로 세상에서 가장 불공평한 것들일지 몰랐다. 나는 고개를 저었다. 방금 자신이 치우던 쓰레기 무더기에 깔려 죽은 인생 하나가 또 지나간 것이었다.

나는 크게 심호흡을 하고 다른 환자를 보기 위해 바깥으로 나왔다. 방금 들려 나갔던 그의 동료가 거기 서 있었다. 정신이 온전한 듯 온전하지 않아 보였다. 나는 자리로 돌아가 앉으려 했지만, 그는 그 눈빛으로 성큼 내게 다가와 말을 걸었다.

"선생님, 선생님은 모르죠. 하여간 선생님은 죽을 때까지 모를 겁니다. 당신이 방금 무슨 짓을 했는지 말입니다. 아니 당신이 아니라 그건 내가 한 일이군요. 내가 무슨 짓을 했는지 모르겠습니다. 나는 평생 운전을 했습니다. 나는 내가 운전하는 차바퀴로 많은 것을 딛고 밟아보았습니다. 나는 방금 전까지도 운전을 하고 있었습니다. 그리고 오늘 새벽, 나는 세상에서 가장 저주받은 느낌을 받았습니다. 트럭으로 가장 친한 친구를 밟으면 어떤 느낌인지 알겠습니까? 내 친구가 내가 운전하는 트럭 밑에 들어가 있었습니다.

그것은 분명히 물컹거리는, 살아 있는 생명을 밟는 느낌이었습니다. 순간적으로 차가 부드러운 것 위에 올라앉았다고 생각했고, 나는 즉시 페달에서 발을 떼지 못했습니다. 순간적이었으니까요. 차는 바로 평평한 곳에 내려앉았습니다. 바로 동시에 아득한 소리가, 내 차를 마구 두들기며 비명을 지르는 동료의 소리가 울렸습니다. 나는 솔직히 귀를 울리는 그 소리를 듣고 무슨 일이 일어났는지 알았습니다. 하지만 아니길 바랐습니다. 내 인생 모든 것을 바꿔서라도 내가 생각한 것이 아니길 바랐습니다. 그리고 나는 차에서 튀어내려왔고, 내 친구를 보았고, 내가 밟았다는 것이 확실했고, 제발 죽지만 않았으면 했고, 그리고, 당신이 내가 생각한 것을 방금 부정해주었습니다. 그게 당신이 한 일입니다. 내가 한 일입니다."

"……"

"나는 친구와 같이 죽고 싶습니다. 죽은 친구에게 미안하지만 나는 죽고 싶습니다. 아니면 방금 그 느낌을 잊지 못할 것 같습니다. 물컹거리는, 이상한 턱에 올라탄 듯한, 내가 무엇인가를 엄청난 무게로 짓밟는 느낌. 평생 운전을 했어도 한 번도 경험하지 못했던 그 감각이 지금 제 발끝과 덜컹거리는 몸에 남아 있습니다. 적어도 나는 이 발이라도 잘라내고 싶습니다. 아니, 나는 죽어야지 무슨 말입니까? 이 친구가, 내 친구가 밟혀서 죽었는데 내가 다른 어떤 대가나 물질로 그걸 갚을 수가 있겠습니까. 이 친구를 밟던 순간부터 내 인생은 끝난 거나 마찬가지입니다. 나는 이 친구 마누라도 알고 자식들도 다 압니다. 나는 조용히 죽겠습니다."

"실은 말씀드릴 게 있습니다."

"대체 뭐죠?"

"사망자 분이 마지막까지 저와 대화를 했습니다. 잘못했다고 했습니다. 그게 마지막 남긴 말씀이셨습니다."

"아……"

그의 시선이 급하게 돌아갔다. 그는 주먹을 쥐고 옆에 있는 하얀 벽을 힘차게 내려쳤다. 그는 소리쳤다.

"아아, 개새끼. 마지막까지 자기 잘못이라고…… 내가 죽였는데. 잘못했다고? 잘못? 그래서 죽었냐? 나쁜 새끼. 아아."

그의 말을 더이상 듣고 있을 수 없었다. 나는 그를 지나쳐 다른 환자에게로 갔다. 곧 아침이 밝았다. 끝나지 않을 것 같던 스물네 시간이 전부 지나갔다.

붐비는 아침 거리에 나왔다. 사람들이 활기차게 출근하고 있었다. '그사이에 일어나서 거리로 나온 사람들이겠군. 그래,

사람들은 잠들어 있었겠구나.' 나는 햇살 쏟아지는 정류장에서 버스를 기다리며 사방을 둘러보았다. 거리는 깔끔했고 쓰레기는 잘 치워져 있었다. 마치 평범한 일과 평범하지 않은 일이 전부 처음부터 일어나지 않은 것 같았다.

"당신이 잠드는 일은 몇 개의 인생을 사라지게 하는 일일지도 모른다." 나는 이 문장을 누가 언제 썼는지 생각하다 곧 포기했다. 그리고 알고 싶지도 짐작하고 싶지도 않은 것에 대해 생각했다. 가령 친구를 트럭으로 타고 넘어가는 느낌 같은. 그리고 간밤의 이야기는 누구든 다시 똑같이는 들을 수 없을 것이었다. "의사 한 사람의 인생은 백 사람의 인생과 마찬가지다. 그걸 견뎌내지 못하면 의사가 될 수 없다." 이 문장은 또 누가 말했더라. 나는 정말로 용기가 없었는데. 두려웠는데.

버스가 정차했다. 사람들이 가득 들어 있었다. 평범한 일상의 개수가 너무 많아 눈물이 났다. 나는 그 틈바구니에 들어가 손잡이를 잡았다. 그리고 잠시 고개를 들고 눈을 감았다. 버스는 주행하며 덜컹거렸다. 머릿속이 아득한 공간으로 푹 꺼지는 느낌이었다. 버스는 무엇인가를 평범하게 밟아내며 나아가고 있었고, 사람들은 평범하게 같이 덜컹거리고 있었다. 평범한 차바퀴, 평범한 선량함, 평범한 슬픔, 그리고 평범하게 우리가 밟는 것들…… 나는 살아보지 못한 인생을 매일같이 바꾸어 살아내고 있는 것 같았다. 매일 견뎌내고 있는 것 같았다.

어머니

하루 동안 172명의 환자가 왔다. 그중 심정지 환자는 한 명이었다. 40대 심정지 환자가 오고 있다는 전화를 받자마자 의료진은 급박하게 그를 맞을 채비를 했다. 그는 꽤나 오랜 시간이 지나서야 들어왔고, 이미 맥이 돌아와 있었다. 대원들이 현장에 도착하자마자 전기 충격을 가해 그의 심박을 돌렸다고 했다. 그뒤로 그의 심장은 멈추지 않고 뛰었고, 다만 의식까지 회복되지는 않았다. 대원들은 의식을 잃은 그를 그대로 여기까지 이송했다. 뒤에는 그의 어머니로 보이는 사람이 따라왔다.

"보호자 분이 직접 보셨나요?"

"제가 봤다기보다는, 아들 방에서 비명소리 같은 게 나길래 들어가 봤더니 쓰러져 있었어요."

"발견 당시 깨워도 반응이 없었나요?"

"약간 발작하는 것도 같았고, 하여간 반응이 없어서 바로 신고했어요."

그는 40대였고, 몸도 건강해 보였다. 그가 쓰러진 경위와 제세동기로 맥이 돌아온 것을 감안하면 부정맥으로 인한 심정지로 보였다. 대원들은 빠른 시간에 도착했고, 추정 심정지 시간은 최고 15분 정도였다. 애매한 시간이었다. 나는 의식 없이 눈을 반만 뜬 채로 누워 있는 그를 마구 흔들어 깨워보았다. 약간의 움직임이 있었지만 그뿐이었다. 뇌손상으로 의식이 없는 환자의 전형적인 모습이었다. 이제 막 심정지를 겪었기에, 나는 그가 깨어날지, 안 깨어날지, 이제 죽을지 알 수 없었다. 다만 저체온요법을 적용하고 중환자실에서 며칠 재운 후 깨워보아야 했다. 그때도 나는 그가 깨어날지, 안 깨어날지, 이제 죽을지 알 수 없었다.

"보호자 분. 아드님은 심정지였습니다. 그 상태는 심폐소생술을 하지 않았다면 죽은 상태와 같다고 보시면 됩니다. 그걸 지금 의료진이 심장만 살려낸 겁니다. 그런데 사람은 심정지가 일어나자마자 뇌로 피가 가지 않아 뇌손상을 입습니다. 그건 아주 짧은 시간부터 발생합니다. 어느 정도까지 사람이 견딜 수 있을지는 모릅니다. 지금 호흡도 있고 움직임도 약간 있어서 회복을 기대해볼 수 있습니다. 기본적으로 죽었던 사람이 어디까지 돌아오느냐 기대한다는 말입니다."

"그러면 이제 어떻게 되는 건가요?"

"저체온 치료를 할 겁니다. 뇌손상을 최소화하기 위해 3일 정도 저체온 상태로 중환자실에서 지켜볼 겁니다. 또, 저체온을 버티게 하기 위해 안정제를 써서 환자 분을 재울 겁니다. 환자 분이 어느 정도 돌아올지는 그 이후 알 수 있습니다."

"솔직히, 솔직히 말씀해주세요. 돌아올 확률이 어느 정도인가요?"

"솔직히 말씀드리면 대략 25퍼센트는 깨어나고, 50퍼센트는 평생 지금 이대로 자극에 반응만 하고, 25퍼센트는 죽습니다."

"네, 알겠습니다."

그녀는 수많은 동의서에 사인을 하고 있었다. 펜을 쥔 손이 떨리는 것이 보였다. 아마 아들이 살아날 확률이 25퍼센트라고 알아들었을 것이다. 현실적으로 틀리지 않은 말이었다. 연이어 촬영한 그의 뇌 CT는 끔찍하게 부어 있었다. 뇌에 피가 가지 않으면 뇌조직은 저렇게 제 갈 길을 잃고 부풀어오른다. 이 손상이 회복되지 않으면 사람은 식물인간이 되거나 죽는다. 나는 그에게 저체온 패드를 붙이며 재차 그를 깨워보았다. 반응이 없어, 의식 없는 상태가 이어져온 보통 중환자의 모습과 별반 차이가 없었다. 나는 환자의 이 모습만 보았으므로, 깨어 있는 모습을 잘 상상할 수 없었다. 어쩌면 이 사람은 이대로 평생 살아가게 될 것 같았다. 나는 긴 싸움을 위해 그를 중환자실에 입원시켰다.

이튿날 아침까지 더이상 심정지 환자는 없었다. 나는 172명에 대한 브리핑을 끝낸 후 환자를 맡기고 퇴근했다. 다음 당직은 3일 후였고, 나는 입원한 환자를 신경쓰지 않아도 되었다. 나는 평범하게 잠을 자고 밥을 먹고 친구를 만나고 책을 읽고 술을 마시며 지냈다. 이따금 그가 궁금했지만 굳이 누군가에게 물어보지 않았다. 지금은 근무중이 아니었다. 나는 3일 후에 출근해 환자를 다시 책임지면 되었다.

평온한 3일이 지나고 나는 또다시 172명쯤의 환자를 보러 다시 출근했다. 출근길부터 그가 어떤 상태일지 궁금했다. 가운을 입고 스테이션에 나오자마자 그의 차트를 뒤져보았다. 저체온 요법은 막 끝났고, 이제 안정제를 끊고 있었다. 마침 그가 얼마나 의식을 되찾고 살아갈 수 있는지 결정되는 시점이었다. 그간의 나머지 결과는 그럭저럭 괜찮았다. 제법 희망적이었다. 나는 그를 보던 주치의에게 물었다.

"환자, 깨어날까?"

"모르죠. 이따가 알게 되겠죠."

"보호자는?"

"아 맞다, 보호자 분이 그날 밤 이후로 한 번도 집에 안 가셨어요."

"그 어머니?"

"네. 하루 면회 시간이 점심 저녁 10분씩 20분밖에 안 되는데, 나머지 시간에도 그냥 그 앞에서 지키고 계셔요. 벌써 3일 넘었나. 저희한테 뭘 묻지는 않고 그냥 계셔요. 어디 떠나는 걸 본 적이 없어요."

다들 알고 있는 눈치여서, 이미 유명한 이야기인 듯했다. 나는 잠시 일을 하다 안정제의 효과가 사라질 시간쯤 중환자실에 올라갔다. 중환자실 앞 긴 의자에는 정말로 3일 전과 똑같은 옷을 입고 똑같은 행색을 한 어머니가 가로로 누워 있었다. 3일 간 병원에서 먹고 자느라 피로한 기색이 역력했다.

나는 그녀를 스쳐서 환자를 보러 갔다. 병실에 들어가자, 의식불명에서 깨어난 환자가 호흡기를 단 채 눈을 뜨고 검은자로 내가 들어오는 것을 보고 있었다. 초점이 맞아 보였다. 내가 환자 옆으로 가자 그는 나를 따라 왼쪽으로 시선을 돌렸다. 내가 그의 눈을 보고 고개를 끄덕거리자 그도 끄덕거렸다. 그는 돌아온 것이다. 나는 재차 그의 오른주먹에 손을 넣고 여기 힘을 주어 쥐라고 말했다. 오른손에서 악력이 느껴졌다. 이 정도면 완벽한 귀환이었다. 나는 숨을 크게 쉬라고 말한 뒤 그의 호흡관을 뽑았다. 그는 콜록거리더니 작은 목소리로 말했다.

"발작이었습니까?"

"심정지였습니다. 마지막으로 기억하는 하루는 3일 전일 겁니다."

"이젠 괜찮습니까?"

"여긴 보시다시피 병원입니다. 괜찮습니다."

그는 크게 기쁜 표정이 아니었고, 더이상 입을 열어 내게 묻지도 않았다. 그를 둘러싼 의료진이 더 기뻐했을 정도였다. 하긴, 심정지가 온 사람이 그대로 죽었다면, 기뻐하거나 노여워할 틈도 없을 것이다. 고통이 느껴지지 않는 무의식의 세계에서 그대로 떠났을 것이다. 급사하는 사람은 그렇게 모두 어떠한 감정을 느낄 새도 없이 죽는다. 하지만 심정지를 겪은 사람이 돌아와 눈을 뜬다면, 그 사람은 눈을 떴을 때 자신의 생이 그냥 그대로 이어졌다고 생각한다. 누구든 죽음의 순간을 분노하거나 증오하지 않는데, 반대로 살아남을 기뻐해야 할까. 죽음은 죽음 그대로 당연한 것이고, 삶은 삶 그대로 당연한 것이다. 그가 기쁨에 찬 표정을 짓는 것은 도리어 이상한 일이다.

하여간 나는 이제 되돌아온 생명을 유지하기 위해 적절한 지시를 내렸다. 그리고 뒤돌아 격리실을 나왔다. 오히려 그보다도 더 기뻐할 그의 어머니에게 이 소식을 전하고 싶었다. 면회 때까지는 시간이 많이 남아 그녀는 여전히 긴 의자에 자리를 잡고 누워 있었다. 몰골은 푸석했고, 그리 희망적인 표정을 짓고 있지 않았다.

"보호자 분, 처음 오셨을 때 뵀었죠."

그녀는 일어나 대답했다.

"네네네, 선생님. 무슨 일이 생겼나요?"

"지금 환자 분이 눈을 떴습니다. 저랑 말도 나누었습니다. 앞으로도 평생 그럴 겁니다."

"선생님…… 선생님!"

그녀는 나의 손을 와락 붙들었다. "감사합니다. 살려주셔서 고맙습니다. 감사합니다. 감사합니다." 그녀는 온 기운을 다 짜내 울면서 나의 손을 얼굴에 마구 비볐다. 뜨거운 온기가 손등으로 흘렀다. 그녀는 3일간 아들이 살아날 25퍼센트의 확률

만을 생각하며 그를 지키고 있다가 이제 환희의 순간을 맞은 것
이다. 이 병원에서는 매우 드문 순간이었다. 그리고 그녀는 나
에게 온 마음을 다해 고맙다고 했다. 나는 3일간 밥을 먹고 술
을 먹고 자리에 누워 지냈고, 그녀는 아들 곁을 한시도 떠나지
않고 이 의자에 붙어 있었다. 나는 가끔 그가 궁금했고 그녀는
여기서 한 번도 아들 생각을 하지 않은 적이 없었다. 그러나 그
녀는 나에게 살려주셔서 감사하다고, 마치 내가 그를 살려낸 것
처럼 말했다. 나는 차라리 그녀가 그를 지키고 살려냈다고 대답
하고 싶었다. 나는 당신의 아들이 살아났음을 전달했을 뿐이고,
온전히 당신의 헌신이 그를 살려냈다고. 하나 그렇게 말할 수도
없었다. 나는 대신 그녀의 손을 꼭 잡았다. 그녀는 그것이 자기
아들의 손인 듯 내 손을 붙들고 오래 울었다. "선생님, 이 은혜
를…… 은혜에 감사합니다……" 나는 그녀의 어깨를 두드리고
돌아섰다. 뒤에서 울먹이는 외침이 들렸다.

"성진아, 빨리 와라. 눈을 떴단다. 그래, 이전처럼 살아났
단다. 앞으로도 살 거란다. 빨리 와라 성진아, 빨리."

나는 당직실로 돌아와 나의 어머니에게 전화를 걸었다. 당
신에게 무슨 이야기든 하고 싶었다. 나의 어머니는 다짜고짜 밥
은 먹었냐고 물었고, 나는 안 먹고 일하고 있다고 했다. 나의 어
머니는 밥을 왜 안 먹느냐고 했고, 나는 방금 다른 사람의 어머
니가 나를 붙들고 울었다고 했다. 그녀의 아들이 죽을 뻔했고,
나는 어쩌면 그를 살린 셈이 되었으며, 그동안 그녀는 아들 곁

을 한시도 쉬지 않고 지켰노라고. 어머니는 잘했다고 했다. 그리고 그녀에겐 그것이 당연한 것 아니겠냐고, 원래 어머니에게는 그렇게 자식이 전부인 것이라고 했다. 나는 어머니께 당신도 그녀처럼 나를 지킬 것이냐고 묻고 싶었지만, 그냥 묻지 않았다. 어머니는 밥을 먹으라고 했다. 나는 목이 메어 밥을 먹겠다고 했다. 당직실이 다시 고요해졌다. 나는 묻지 않아도 안다. 내가 죽음의 문턱을 헤맨다면 어머니 당신은 30일이라도, 300일이라도 나를 지킬 것이다. 그러니 나는 방금 의미 없는 문답을 하나 줄인 셈이었다. 나는 붉어진 눈시울로 다시 일을 하러 응급실로 나섰다. 수많은 어머니가 그곳에 있었다.

시간을 건너 내 글을 읽을 당신에게

나는 파리에 있는 한 책상에 앉아 있어요. 엉킨 리듬이 또다시 피로로 엉키고 엉켜, 언제 잠이 들고 일어나야 하는지도 명확하지 않아요. 어제는 바스티유 광장에서 마레 시장을 거닐다가, 생폴 생루이 성당에서 기도하고, 피카소 미술관에 들렀어요. 꽤 먼 길이었고 제대로 먹은 것이 없어 나는 금방 지쳤어요. 여긴 한국보다 위도가 높아 좀처럼 해가 지지 않아요. 아직 해가 떠 있는 오후 여덟시에 깜빡 잠이 들었다가 해가 뜨지 않은 새벽 네시에 일어났어요. 밤새 비가 내려, 창문을 열어놓은 방은 내내 서늘했어요. 잠시 창밖을 바라보고 있으니 해는 곧 떠올랐어요. 우리가 같이 지켜보던 장면처럼.

페르난두 페소아의 『불안의 서』를 읽다가, 동이 터오를 무렵부터 알랭 레네의 〈당신은 아직 아무것도 보지 못했다〉를 보았어요. 이곳, 프랑스를 배경으로 한 영화였어요. 오르페우스 신화를 엮어, 현재에 속한 등장인물과 각자의 배역 속 등장인물을 씨줄과 날줄로 엮다가, 시공과 화자, 삶과 죽음까지 엉켜버려 마지막에는 우리가 아직 아무것도 보지 못했음을 암시하는 영화였어요. 남녀 배역이 죽음으로 영원하게 되었다고 감독이 직접 나와 선언하고, 과거 배역에서 돌아온 현재에 속한 남녀가 다시 그 배역을 연기하고, 감독은 다시 나와 죽음으로 영원하게 되는 시공간의 이동을 이야기해요. 그렇게, 함께 있으면 늘 생동하던 우리의 순간들처럼, 모든 것이 바뀌고 넘나들던 영화였어요.

나는 영화 속 장면을 되뇌며 이른 아침에 여는 가게를 찾아 샌드위치를 사왔어요. 그리고 니스로 떠날 준비를 해요. 기차 시간은 두 시간이 조금 넘게 남았어요. 나는 잠시 무슨 글을 써야 할지 생각했어요. 빅토르 위고의 생가에 대해 쓸지, 피카소 미술관에서 만난 일본 소녀에 관해 쓸지, 오래전부터 조금씩 형성된 이 도시의 미적, 구조적 감상에 대해 쓸지, 베이징 싼리툰과 쿤밍에서 살육을 피한 우연에 대해서 쓸지, 아니면 내가 무섭도록 마르고 있다는 이야기나, 텔아비브의 펠라펠을 튀기던 동양인 알바생 시절 이야기나, 평범한 죽음에 관한 이야기를 쓸지, 그것도 아니라면 방금 보았던 영화에 대한 생각을 써야 할지.

지금 쓰지 않으면 이것들은 곧 희미해질 거예요. 하지만 나는 서늘한 새벽 문 닫힌 파리 길거리의 상점을 헤매다가, 꼭 당신에게 보내는 편지를 써야겠다고 생각했어요. 다른 누군가 볼 글이 아닌, 당신 한 사람만이 간직하고 당신 한 사람만이 읽을 글을. 짐을 배낭에 챙겨매고 지하철을 갈아타서 리옹역에 도착해, 다시 테제베를 타고 니스 빌 역에 내려 예약해놓은 숙소를 찾기까지 모든 감정이 온전히 당신에게로 향하는 그런 글 말이에요.

당신은 내가 쓰는 이야기의 화자가 매번 바뀐다는 말을 한적이 있어요. 그래요. 나는 필사적으로 그 이야기를 서술하기에 가장 매력적인 화자를 찾아내지요. 그중에서 나는 나 자신을 화자로 쓰는 글을 가장 경계해요. 있는 그대로의 나는 옹졸하고 미약할 뿐이에요. 그런 걸 자기복제하는 일은 끔찍할 뿐 아니라, 모든 사람을 내게서 등돌리게 할 것 같아요. 나약한 나는 그런 일을 좀처럼 견디지 못해요. 하지만 이 새벽에, 자판을 어루만지는 이 새벽에, 있는 그대로의 나로 글을 쓰고 싶었어요. 그것이 당신에게 편지를 쓰기로 결정한 이유예요. 그래서 나는 두렵게도, 비겁한 나를 당신에게 보이려고 해요.

당신이 골라준 노래만으로 여행하고 있어요. 그 목록을 이여행의 배경음악으로 삼아 한 곡 한 곡 들으며 당신의 분명한기호와 특징을 찾아내고 있어요. 끝까지 듣다보면 어디에선가는 당신이 사랑했을 부분이 들려요. 이 보컬의 중저음에서 당신의 가슴이 일렁였겠구나. 이 부분의 건반 속주에서 당신은 당신도 모르게 멜로디를 그리며 경쾌해했고, 베이스 독주에서는 현을 당기는 손가락을 상상하며 속도감을 느꼈겠구나, 하면서요. 나는 열두 시간의 비행만큼 당신에게서 멀리 떨어진 곳에 있지만, 우리가 같은 음악을 들으면서 취해갔던 기억을 떠올리면, 당신이 그 차분한 목소리로 이 노래들에 대해 설명해주는 것만 같아요. 열두 시간을 건너온 당신의 체취가 느껴져 당신과 함께 있는 것 같아요. 아, 귀를 허락한다는 것은 얼마나 많은 것을 허락하는 것인가요. 돌아가서 나는 이 노래들을 고스란히 당신과 함께 있는 공간에 걸어놓고, 배가 부르도록 며칠 밤을 새워 이야기하고 싶은 마음이에요.

공항으로 떠나기 전, 무심코 배낭을 꾸리다가 내 칫솔과 나란히 걸려 있던 당신의 칫솔도 넣었어요. 당신이 편한 표정으로 우리집 세면대 거울 앞에 서서 치약을 묻혀, 입안에 가볍게 넣어 양치질하던 칫솔을요. 이 칫솔이 오래도록 집안에서 당신과 나를 기다릴까봐, 더 쓸쓸해하지 않고 함께 있었으면 했어요. 덕분에 세면대 거울 앞에 나란히 걸린 당신의 칫솔을 바라보며, 화장기 없는 당신이 슬며시 칫솔에 치약을 묻혀 입에 가만히 넣는 상상을 하기도 해요. 또, 당신의 윗입술과 아랫입술이 잠시 맞닿아 열렸다가, 오므라진 모양이기도 하고 약간은 펴진 모양이기도 하면서, 여기서 들을 수 없는 모국어의 '아'나 '에' 발음을 만들어가는, 그 입술의 주름 모양과 형태의 결을 떠올리기도 해요. 그러면, 나는 내가 가장 듣고 싶은 모국어의 목소리가 당신의 것이었고, 가장 보고 싶은 입술도 당신의 것이었다는 생각을 해요. 그래서 문득 당신이 그리워지면 세면대에 나란히 걸린 당신의 칫솔을 바라보아요. 지척에 있는 듯한 당신의 입 모양만이라도 치밀하고 자세히 그려낼 수 있게.

나는 가끔 내가 어떻게 글을 쓰게 되고, 그걸 어떻게 당신이 사랑하게 되었는지, 그 아찔하고 신비로운 일에 대해 생각에 잠겨요. 내가 하필 여기 존재하고, 당신이라는 존재도 하필 이 세상에 와서 나를 바라보는 기적. 그 생각만으로 나는 이 세상이 믿을 수도, 이해할 수 없는 일로 이루어진 것만 같아요. 그러다 내가 만든 문장이 군중 속을 헤집고 당신을 기어코 발견해내는 공상에 닿으면 나는 바보처럼 그날치의 웃음을 전부 지어버리곤 해요.

세상에는 끔찍하게 화려하고 환상적인 문장을 적는 사람이 너무 많아요. 그 숱한 문장을 발견할 때마다, 나는 부끄러워서 당장 사라져버리고 싶어요. 마치 내가 온전히 줄글로 이루어져 있고, 그것이 파쇄기에서 분쇄되어 활자나 자모를 흩어놓은 문장처럼 무너지는 느낌. 즉시 내가 문맹자가 되어 어떤 글도 쓰고 읽지 못하게 되고, 나를 둘러싼 사람들이 삽시간에 고개를 돌려 사라지는 그런 공상.

그럴 때마다 나는 용기를 쥐어짜내, 당신이 내가 써낸 문장을 사랑하고 있다고 확신하고, 이렇게 써요. 그것만이 나에게는 유일한 위안이자 희망이 되어요. 마치 내가 눈멀고 귀 막힌 문맹자나 폐인이 된다고 해도, 내가 한 문장을 머릿속에 써놓으면 그게 당신의 꿈으로 한 문장씩 옮겨가고, 사랑하는 당신이 총천연색 꿈에서 유영해 건너와 한 문장씩 읽어내줄 것 같은 기분이 드는 것처럼. 그게 꿈길을 같이 걸었던 우리의 지난 시간과 비슷했기에, 나는 감히 당신과 멀리 떨어진 지금도 내 마음이 전달되는 공상을 해보아요.

　아, 두려움과 두려움을 이길 수 있는 힘을 동시에 주는 당신. 나는 당신 삶에서 미약하게 찍힌 한 점이어도 좋아요. 그 마침표가 당신의 마음을 조금이라도 움직인다고 생각하면, 나는 세상 무슨 글이라도 적어낼 용기가 생겨요. 나는 비겁하지 않은 적은 없지만, 당신을 사랑하지 않은 적도 없어요. 그래서 나는 이렇게까지 당신이 나에게 힘이 된다는 말을 전하고 싶었어요. 그 방법이 비겁하게도 당신 앞에 나서서 말하는 것은 아니지만, 당신에게 글을 적을 수 있는 미약한 능력이 아직 내게 남아 있음에 나는 감사해요.

　믿을 수 없이 빠른 시간에 감정이 압축되고 있어요. 이제 동이 트고 있네요. 3일째 저무는 해는 보지 못하고 동이 트는 광경만을 보았어요. 우리가 만나고 함께했던 순간들과 비슷해요. 세상이 밝아지는 황홀한 순간을 똑똑히 지켜보며, 나는 이 편지가 비현실적으로 길어지는 우리의 새벽이 되길 바라요. 내가 동이 터오는 순간에 살면, 당신도 그곳에서 동이 터오는 순간에 숨쉬고 있다는 생각. 이 장면이 길어져 영원에 가까워졌으면 해요. 마치 비행기의 높이에서 시차와 공기가 압축될 때, 우리가 서로를 마주보았던 그 숨막힘이 느껴지는 것처럼. 그리고 눈을 감았다 뜨면 당신의 환희에 찬 표정과 얼굴의 주름 물결이 생각나는 것처럼.

　이것은 여기서 쓴 마지막 글이자 당신에게 처음으로 쓴 편지가 될 거예요. 이 마지막과 처음이 지금 여기 내가 앉은 책상 양쪽에 존재하는 창문처럼, 빠져나가고 또 빠져들어오는 영원한 미궁이 되는 일을 생각해요. 우리가 보냈던 밤의 기억이 엮여, 한 차원에서 또다른 차원으로 향해가는 어떤 순환처럼. 나는 그렇게 영원을 휘적거리고 또 휘적거려도 우리에게 아직 영원이 남아 있는 그런 행복한 상상을 해보아요. 그게 빠져나올 수 없는 미궁이라 해도, 당신 곁이라면 나는 평생을 헤매어도 좋아요.

　이제 당신이 밝은 세상으로 일어나 나갈 시간이에요. 이 글이 곧 험한 세상을 버텨낼 당신에게 내가 품었던 치열한 사랑을 전달해 조금이라도 힘을 줄 수 있다면, 나는 정말 내일부터 문맹자가 되어버려도 괜찮을 것 같은 기분이에요. 그렇게 모든 문장에서, 당신을 생각해오던 내가, 당신에게.

제법 안온한
날들

ⓒ 남궁인 2020

1판 1쇄 2020년 3월 5일
1판 11쇄 2023년 6월 9일

지은이 남궁인
기획 김소영 구민정 | 책임편집 구민정 | 편집 유지연
디자인 김마리 | 마케팅 정민호 김도윤 한민아 이민경 안남영 김수현 왕지경 황승현 김혜원
브랜딩 함유지 함근아 박민재 김희숙 고보미 정승민 배진성
저작권 박지영 형소진 최은진 오서영
제작 강신은 김동욱 임현식 | 제작처 영신사

펴낸곳 (주)문학동네 | 펴낸이 김소영
출판등록 1993년 10월 22일 제2003-000045호
주소 10881 경기도 파주시 회동길 210
전자우편 editor@munhak.com | 대표전화 031) 955-8888 | 팩스 031) 955-8855
문의전화 031) 955-2689(마케팅) 031) 955-2671(편집)
문학동네카페 http://cafe.naver.com/mhdn
인스타그램 @munhakdongne | 트위터 @munhakdongne
북클럽문학동네 http://bookclubmunhak.com

ISBN 978-89-546-7080-7 03810

www.munhak.com